图书在版编目(CIP)数据

红叶草堂笔记/黄伯远撰. 感旧录/庄克昌撰. —厦门:厦门大学出版社,2018.9
(同文书库. 厦门文献系列. 第三辑)
ISBN 978-7-5615-6990-0

Ⅰ. ①红…②感…　Ⅱ. ①黄…②庄…　Ⅲ. ①诗集—中国—现代　Ⅳ. ①I226

中国版本图书馆 CIP 数据核字(2018)第 196419 号

出 版 人　郑文礼
责任编辑　薛鹏志　章木良
封面设计　李嘉彬
技术编辑　朱　楷

出版发行　厦门大学出版社
社　　址　厦门市软件园二期望海路 39 号
邮政编码　361008
总 编 办　0592-2182177　0592-2181406(传真)
营销中心　0592-2184458　0592-2181365
网　　址　http://www.xmupress.com
邮　　箱　xmupress@126.com
印　　刷　厦门集大印刷厂

开本　787 mm×1 092 mm　1/16
印张　15
插页　4
字数　240 千字
版次　2018 年 9 月第 1 版
印次　2018 年 9 月第 1 次印刷
定价　180.00 元

厦门大学出版社
微信二维码

厦门大学出版社
微博二维码

紅葉草堂筆記　感舊錄

黄伯遠　莊克昌·撰

同文書庫·厦門文獻系列　第三輯　陸

厦门大学出版社
XIAMEN UNIVERSITY PRESS
国家一级出版社
全国百佳图书出版单位

庄克昌，福建惠安人，早年居厦門鼓浪嶼，曾任
厦門女子師范學校教師，《民钟報》記者，《江聲報》副
刊编辑等。一九三八年抗战期間，离厦去香港，后往菲律
宾定居。一九三九年起在菲律宾中正學院任教。周旻

·莊克昌（國畫 周旻作）

黄伯遠先生造像
黄伯遠，廣東番禺人，廈门的老報人，
歷任《江聲報》《民國日報》《廈門大報》編輯，
曾任《廈门大報》總編。周旻寫記

·黄伯遠（國畫　周旻作）

總　編：
中共厦門市委宣傳部
厦門市社會科學界聯合會
執行編輯：
厦門市社會科學院

『同文書庫・厦門文獻系列』編輯委員會

顧　問：
葉重耕
編　委：
何瑞福　周　旻　洪卜仁　何丙仲　洪峻峰　謝　泳　鈔曉鴻　陳　峰　李　楨　李文泰
主　編：
何瑞福
副主編：
洪峻峰　李　楨

目錄

前言

本書輯錄近人所著的《紅葉草堂筆記》與《感舊錄》這兩種筆記體的作品集。

《紅葉草堂筆記》，黄伯遠著。黄伯遠，廣東番禺人，生卒時間不詳，僅知久居厦門，一九四九年之前歷任《江聲報》《民國日報》《新聞畫報》等報刊的編輯，以及《厦門大報》的副刊編輯。從這部筆記我們可以瞭解到，黄伯遠係從業三十年的老報人，國學基礎紮實深厚。他除了抗戰期間一度避居香港，以及勝利後曾到江西省龍南縣和杭州小住外，平生的大部分時間都在厦門活動，因此作者對當地的社會風情和人文狀況都有相當的瞭解。作為文化人兼報人，加上他平時對詩書畫藝術有所偏好，所以這部作品中有關這方面的篇章占較大的比例，這也許正是它值得傳世的原因所在。總體上説，它雖然僅有一一八篇長短不一的小文章，而且言之略嫌簡略，卻還是能夠勾勒出二十世紀三十年代厦門社會生態的大體輪廓，不但具有可讀性，而且還有一定的史料價值。

閱讀這部筆記，我們可以瞭解到二十世紀初虎頭山事件發生前後，日本領事收買厦門人的惡劣行徑；也可以得知其後臧致平、洪兆麟等大小軍閥在厦門之禍民以及種種醜行。書中還揭示舊社會厦門蓄婢、『好養異姓之子為子』的陋俗，和那些『服賤役，名曰「姐」』的婢女的悲慘生活，也對當地盛行家族自治會而引發械鬥的現象，加以鞭撻。這些對後人研究地方歷史文化頗有參考價值。作者在書中所記的文化藝術界人物甚多，其中有喜養金魚還種蝴蝶花（紫燕花），自稱平生有『十端友』（蔡文鵬、吳秀人、王選閑、黃幼垣、龔紹庭、沈琇瑩、蘇逸雲、蕭幼山、陳桂琛、楊宜侯）的文化名人李禧；有在抗戰期間不肯媚敵而甘願『困窮以死』的律師兼詩人胡軍弋、『獨具隻眼』的收藏鑒賞家馬亦籛、論『作詩譬如製鋼，愈鍛煉愈佳』的詩人兼書法家虞愚。至於廈門的畫家，幾乎他所接觸到的都能在這本書中讀到其簡介或評價，他們是鄭煦（霽林）、吳芾（石卿）、趙叔孺、蘇元（笑三）、趙素（龍驂）、龔煦（叔翊）龔植（樵生）兄弟、林嘉（瑞亭）。據作者所知，抗戰勝利後只剩下鄭煦、吳芾存世，後起之秀則有林子白和石雪庵，而鄭煦八十九歲還能寫小楷畫工筆畫。這些都是廈門近現代書畫藝術史很珍貴的資料。

本書還記錄了一些久已湮沒的史跡，如南普陀那通一九〇八年歡迎美國艦隊的摩崖石刻的書寫者是陳南谷，又近代廈門的泥塑佛像受廣東石灣潘玉書的影響，以大走馬路的『永順』號店最有名，佛像作品甚至『運售外洋』；清末水師提督衙門曾懸『作萬人敵』巨匾，臧致平占衙門為『閩軍總司令部』時，『付祖龍一炬矣』，等等。這些記載儘管簡略，但卻為後人的研究提供了不可多得的線索。當然，限於見聞，書中所記錄的有些人事未免有值得商榷之處，如八國聯軍攻入北京時的德軍統帥瓦德西是否到過廈門等等。

《紅葉草堂筆記》是作者黃伯遠將自己歷來所發表的隨筆小品加以整理而自行印刷出版的作品集，時間約在二十世紀四十年代末，今已成比較稀見的出版物之一。

另一種是《感舊錄》，莊克昌著。莊克昌（一九〇〇—一九八七），字藍田，別號蔚藍、漆園後人，原籍福建惠安，十二歲時隨父至厦門，居鼓浪嶼，遂在島上的福民小學、尋源書院上學。一九一九年在尋源書院修完高中和大學預科課程畢業後，先後在福民小學、雙十商業學校、雲梯中學和厦門女子師範學校（後改為慈勤女子中學）任教，或擔任教務主任、代理校長等職。在此期間，他又兼任《民鐘報》《思明日報》《華僑日報》《江聲報》等報紙的副刊編輯、主筆或總編輯，針對當時軍閥混戰、民生維艱的時局，發表大量鞭撻弊政的文章，頗有時譽。一九三〇年起，任教於鼓浪嶼的毓德女子中學，一度為該校的代理校長，為學校校舍的改建做出貢獻。抗戰期間，一九三八年厦門淪陷前夕，與胞弟馥沖倉皇南渡，先是避難香港，繼而應聘到菲律賓馬尼拉的普智學校任教，同時協助當地熱心教育的僑界人士共同籌辦中正中學，並長期擔任該校圖書館主任及華文、歷史兩科的教師。抗戰勝利後，曾兼任《中正日報》的副刊《語林》的主編，其後又在《大中華日報》的『人生小簡』及『筆談』等專欄撰寫許多散文、小品。當地華文社會評其作品『内容雋永飄逸，莊諧並陳，受到廣泛的歡迎』。今收入《莊克昌詩文存》的作品大部分均結集於這段時間。

一九七〇年，莊克昌先生從中正中學退休，又受聘於當地的聖公會中學，直到一九八〇年才以八十歲的高齡離開他所致力的華文教育事業。其間，他仍繼續為《大中華日報》撰寫專欄，筆耕不輟。晚年的莊克昌先生思鄉彌甚，一九八五年六月終於『摒擋一切』，歸返鼓浪嶼，旋因病於一九八七年與世長辭。

莊克昌先生去世後的同年年底，他的學生和親友為他出版《莊克昌詩文存》。該書包括莊先生生前結集問世的十二本散文、小品的單行本，計有：《感舊錄》《炎鄉夢憶》《松嶺夢痕》《爐香齋小品》《綠塵集》《蔚藍詩存》《海上語林》《筆耕餘譚》《椰風蕉雨叢談》《寶島屐痕》《南溟清話》《古今中外譚》。他的這些作品全都寫作於海外的僑居地，遺憾的是我們至今未能獲讀到抗戰之前他在廈門留下的斷縑零璧。不過，我們仍可以從他的這部詩文存所有的文章中，感受到作者傳統文化的厚實底蘊，駕馭語言的精湛功力，以及字裡行間所洋溢著的對故鄉、對中華文化的深厚感情。

閩南地處海濱一隅，素有『地瘦植松柏，家貧子讀書』之風，由是文化氣息能夠繩繩相繼。莊克昌先生的家鄉惠安也不例外。他五歲即入村塾，接受傳統文化的教育，從《三字經》《百家姓》念到四書五經、唐詩宋詞，繼而又轉到鄉下的新式學堂上學。後來莊先生來到廈門鼓浪嶼，時值該島已成了華洋雜處的歷史國際社區，他所讀的又是外國教會創辦的小學和中學，所接觸的不僅有中國文學、歷史，而且有自然科學等西方文明。中西文化的交融對日後他所從事的文化教育事業的影響很大，但他對中國文化情有獨鍾。據他晚年回憶，在進入尋源書院的第一學年，他的國文業師就鼓勵他多看雜書，於是他『幾乎撥出三分之二的時間看小說』，並且還『藏有幾十部小說』（《炎荒夢憶・看小說去》）。青少年時期文學方面的積累，反映在他以後的散文小品中，使之形成了與眾不同的風格。

自從莊克昌先生間關來到菲律賓後，就一直在那裡工作和生活。他是性情中人。從此，廈門故鄉的『一山一水，一草一木，時縈夢轂』，『父老音容，以至於兒時釣游地，及擊社鼓、敲小鑼的遊侶，無日不入於我的夢中。一鱗一羽，一丘一壑，一顰一笑，一悲一喜，一生一死……都織成短夢』（《炎荒夢憶・自序》），這些故鄉的夢，就貫穿在他所有作品的字裡行間。這裡面有廈門老家往時的『薄餅、肉粽、油蔥粿、土筍凍、夾燒餅、薰腸、五香卷、泉鎰的魚丸、北慶的芋包、泉發的肉面、雙虎的馬蹄酥、慶蘭的豆沙餅……』濃濃的鄉味，『怎教人不垂涎三尺，食指頻動呢？』（《綠塵集》）。這裡面還有『蚊子「報衙」』、『失食失怪』、『格空』（擺架子）等一大堆已近消失的閩南俚語，遙遠的鄉音，聽來何等親切。可能經過歲月的淘洗，故鄉親友們那些留在腦中的印象越發深刻，所以莊先生筆下回憶的人物，個個親切可愛，呼之欲出，如說到孔子馬上提起精神，高呼『密西斯，泡好茶來』的林文慶（《感舊錄・林文慶博士》）；每天叫孫兒持字條來借報紙的中華新字改革先驅盧戇章（《感舊錄・盧戇章先生》）；類似說話間反復強調『共你說你就明白』那一句口頭禪的雲頂巖和尚（《炎荒夢憶・蕭寺一僧》）。類似這些人物形象，在其作品中都能讀到，其精湛的文學造詣於此可見一斑。

總體來說，莊克昌先生的作品講究篇幅短小精煉，語言生動流暢，信手拈來而莊諧有趣，頗得明人小品的旨趣，這當然與他早年從事報刊的副刊工作有一定關係，此其一；談文說史，引古論今，文雖白話而用典自然，言亦有據，因此可讀性強，在菲律賓的華文社會很有影響，此其二；因其筆下所涉及的人與事大多係親見親歷，故寫來引人入勝，甚至還有一定的史料價值，此其三；作者久居海外，思鄉之情溢於言表，讀罷每每令人頓生秋風蓴鱸之感，此其四。

今者，我們徵得莊秀蓉和莊友仁等莊先生的親屬同意，從《莊克昌詩文存》裡挑選出其中單篇的《感舊錄》，另外再從《炎荒夢憶》《爐香齋小品》《海上語林》《筆耕餘譚》《南溟清話》《古今中外譚》等集子精選出若干篇作品，附其後一起編成此輯。顧名思義，《感舊錄》共三十四篇，所緬懷者都是作者遍佈閩南的親朋好友，其中大部分是我們耳熟能詳的廈門或鼓浪嶼的文化人，譬如賀仲禹（仙舫）、馬僑儒、林文慶、黃復初（廷元）、盧戇章、鄺鐵香、蘇笑三、林安國、邵慶元（覺廬）、王泉笙、柯伯行等，還有畢腓力、和安鄰等外國傳教士。此外，還有梁燕居、陳寶善、張琴緣、黃清玉等國學有專長而已經被歷史所遺忘的尋源等學校的教師。在其他集子裡所選擇的，也是以人物為主，輔以過去厦鼓兩地值得回味的往事。所記人物有到過厦門的林語堂、吳稚輝、徐玉諾和許地山等文化名人，所憶的事有故園從前的聖誕夜和重陽、中秋、元宵等節慶，以及菽莊的菊花會等。此外，選錄的《烽火餘生錄》等三篇則是一九一七年至一九二三年閩南地區軍閥混戰期間，作者作為新聞記者在第一線的親歷記。作者通過為這些人物所寫的回憶文章，以其生花妙筆，讓讀者對上述的這些人與事，以及鼓浪嶼作為歷史國際社區在文化、教育上所呈現的多元狀況，有進一步的瞭解。

厦門市社會科學聯合會、厦門市社科院辟『同文書庫』，廣泛搜集近現代地方文獻，加以整理並重新出版以存文脈。《紅葉草堂筆記》原刻本藏於厦門市圖書館，《感舊錄》及其他篇章則選自菲律賓陳國全、劉天佑、吳曼如、高錦心、蔡卿卿編印的《莊克昌詩文存》一書。今將此二種合訂為一冊，編入『同文書庫・厦門文獻系列』第三輯，以饗廣大讀者。

何丙仲

二〇一八年七月二十日於雲頂巖麓之一燈精舍

紅葉草堂筆記

少作有「我思古人室筆記」，「樓東漫筆」，及「紅葉草堂」三種，散載聲應，江聲各報，皆未留稿，亦未成書，民十六後，專力於外勤工作，日忙採訪，夜勞剪輯，小品文字，遂不復作，而紀事之文，率多援筆草創，甯棄之不復惜，故三十年來，雖日作萬言，竟無隻字留存。丙戌冬，自贛歸來，十載流離，一麾仍繫，[illegible]重理，乃有紅葉草堂筆記之輯，排日刊載廈門大報，原擬假我歲月，[illegible]成[illegible]，去其糟粕，取其精華，然後就正大雅，再為刊印成書，正料量閒[illegible]，已將大報所載者，倉卒付印矣，檢視一過，瑕疵迭見，不[illegible]雲聲，亦嘗遠道貽書，謂已將予近作在星刊印單行本矣。二君之[illegible]也。所惜倉卒排印，集腋不多，文亦未經刪潤，不無美中不美之憾耳。然二君之意則可感也。書成，爰識數言，表其謝忱而已，至於重編與否，且俟他日。

民國三十七年戊子春黃循達識於我思古人室。

1

紅葉草堂筆記

黃伯遠著

清徐仲光(芳)柳夫人傳云，夫人慧倩工詞翰，然柳不獨工詞翰而已，且善畫，嫵媚瀟灑，兼而有之，柳名絮，字如是，別署我聞居士，虞山錢牧齋宗伯妾。宗伯以明臣降清，入貳臣傳，晚年抑鬱死，如是以身殉，論者以為闕盼之於張尚書也，予謂：虞山不足道，若柳娘固明末諸妓之錚錚者，其才行，眉生，香君差可比擬，若圓圓非其倫矣，柳娘畫，曩在滬展覽會，閱其眞蹟立軸二幅，一為桃花乳燕，一垂柳新鶯，鈎勒法陳章侯，著色法南田草衣，惜價昂，不敢問津，松青室主人嘗臨如是本茶花翠鳥便面贈予，十年來，刼火頻驚，名書古畫，消失殆盡，而此葉吉光片羽猶存，故人手澤美人花，彌足珍惜矣，柳夫人傳云，「柳在章台日，色藝冠絕，一時才雋，奔走枇杷花下，或投筆銜餌，效玉皇書仙之句，紙唧尾屬，柳視之蔑如也，卽空吳越無當者，獨心許虞山，曰隆準公卽未負絕古今，亦一代顛倒英雄手。」余獨惜隆準公銀樣蠟槍頭，不能殉明社稷，使柳娘無所附麗，卒之一死自明，而沒以馨，使虞山泉下有知，應亦有鳳凰不如我之歎矣。

廈門人呼內子曰「家內」，惟此有意義，今浙江紹興人稱妻為「家裏」，其意同也，古人有呼妻為鄉里者，沈休文山陰柳家女詩云，「還家問鄉里」，南史張彪傳，「我不忍令鄉里落他處」，鄉里謂妻也，民國後，官商士夫，多稱朋友妻為「太太」，己之妻亦曰「我家太太」，太太之稱，殆始於元，而盛於清，民國後，階級廢除，何有太太，且沿滿習亦未當，禮失求諸野，仍應稱「家裏」或「家內」為宜，若朋輩相尊重，曰「女士」，曰「先生娘」不愈於「太太」「夫人」之刺耳乎？

2

南亭筆記十六卷，武進李伯元著，多述清代掌故，聞見頗博，鈔襲亦多，如第四卷「相傳圖書集成一書成於陳省齋之手」鈔自梁章鉅歸田瑣記者，又一則云『和珅當國，廣西某將軍貢珠串，鉅如菽，乾隆命和試佩，和叩頭稱死罪，已而乾隆醉，謂和曰「朕若棄天下，當以珠畀汝」，和聞，抗聲顧內侍曰「若曹誌之，他日天子食言，若曹皆證人也」，』按乾隆乃有清一代英主，功業彪炳，震爍今古，和何人，未必敢如是放肆也，卽就紀事言 令試佩，猶跪稱死罪，聞「畀珠」則聲色俱厲，有是理也？又第三卷謂姚安公乃紀曉嵐之外舅，按曉嵐父官雲南姚安府知府，故稱姚安公，閱微草堂筆記述之甚詳，不知何所見而云然也。

三國人物，論者多稱孔明，而抑公瑾，夫公瑾奇才，孔明亦奇才，公瑾雖未必出孔明上，然使公瑾不死，以長江之險固，吳地之富饒，兼以孫權知虛實，陸遜見兵勢，人才衆盛，遠過巴蜀，其不致如備之局處益州，孔明之屢出祈山，固可斷言矣，觀夫赤壁一戰，曹操喪胆，劉備亦得從容以收巴蜀，駿功偉業，三國前後，殊無其匹，吾故曰孔明謹慎，不如公瑾英發也，王通曰：「通也敢忘孔明公瑾之盛德乎？」周南曰「孔明雖負管晏之略，厥後卒無所成就，獨公瑾所見，遠出諸人，」又曰，「三國自孔明而下，號爲英雄者，獨瑜有混一之志而已」，諸人之推重瑜如此，足見公瑾之才，未必出孔明下也，公瑾自赤壁之後，便欲與孫權取蜀，幷張魯，還據襄陽以蹙曹操，然則周瑜不死，蜀之爲「漢」，未可知也，當時在瑜目中，不惟無劉備諸葛，且無曹操矣，不幸，瑜早死，而三分之局成，否則，以瑜之才，據長江，兼巴蜀，還襄陽，出宛洛，以爭許下，操在，猶感棘手，況於丕，叡，司馬乎，予詠周郎詩云：「赤壁鏖金誇駿功，三分局破不凡同，當年若假周郎壽？那有曹劉在眼中」所見同也。

粵人善製臘味，故粵製臘腸臘鴨，名滿天

下，殊不知臘鴨以製自江西者爲佳，所謂南安臘鴨者是也，南安卽江西大庾縣之舊稱，梁得邦爲予言：南安臘鴨之鴨卵，以產於湘省之某縣者爲佳，卵由湘運粵之曲江，以鷄伏之，既脫殼，乃籠而售之大庾，朔風初起，鴨子肥矣，則宰而拔其毛，全軀不得沾濡滴水，架棚爲屋，以板鋪鴨，張而晾之，掃花生油於皮，眼鼻封以棉紙，防蠅蟻侵襲生蛆也，不許見日處精液爲日光所洩也，晾三日，卽疊藏於特製之木箱中，箱四面通風，如鳥籠，以人力貨車推過大庾嶺，車行緩緩，朔風吹入，味汁自上而下，既抵曲江，臘鴨商乃取其疊於下者爲上品，中者爲次品，上者爲下品，而分銷於廣州，香港，再由廣州香港轉銷南北滬閩各地，一般人但知「南安臘鴨」甲天下，而不知有如許曲折也，」按大庾縣舊隸南安府，過大庾嶺則南北界限分焉，南爲粵省，北屬贛境，贛之大庾，南康，信豐，龍南諸縣，地處山城，春夏多雨，溪塘池沼水草彌盛，宜於豢鴨，土人之飼鴨，晝驅之池沼，聽其自覓食，夜則飼以穀，故肥美異於他處之鴨，鴨身短而尾闊則壯碩，粵人食臘鴨，多舍肩取臂，蓋晾時鴨頭向上，精液流下味尤佳也。

晤吳文楚兄於鼓浪嶼，文楚諄諄以子元公爲問，故人誼重，彌足佩感，既而談及蘇眇公，楚兄云：「眇公當代報界第一流人物也，論詩，第一流，而氣節識見更第一流」其推重如此，眇公詩，散見各報，以「廈聲」刊最多，其短評，寥寥數十言，精悍無前，尤見學問根柢，惜多不存稿，爲可惜耳，予辦新聞畫報時，眇公嘗以『「興元紀略」觀後記』一文見示，平白寫來，直追史漢，當時曾鈔出一紙付刊，而存其原稿，今已散失，文亦不復記憶矣，而文楚兄能背誦一二，且吟眇公詩多至十餘首也。李繡伊先生正蒐集眇公詩，重九偶作云：「遲暮低徊入棘門，簿書鞅掌易黃昏，豈徒北海知劉備，亦似虯髯避太原，十載東南波不起，滿城風雨夢重溫，綈袍舊誼分明在，愴念前修一斷魂」，紫金山途中：「輭語繁英萬樹開，傾城士女謁靈囘，微聞偶語傷新政，頗爲危時惜霸才，入彀英雄皆嫵媚，兼天波浪起疑猜，九原不作吾誰與，擡轡澄清念已灰。」

戰時避倭香江，寓舍利街，對門爲印度直敎寺，寺有木棉樹，當春，嫩葉蒙茸，幢幢囘上，濃陰蔽街，蔭可數畝，夏秋之間，葉落花開，繁英滿樹，遠觀近賞，使人之意也消，及鴉歸樹，詩情入畫夕陽挂山，此境此情，彌堪乎秋末冬初，花漸落，葉漸凋，孤幹凌霄，暮慮追念也，惜爾時國仇家難，紛至沓來，四海無家，一身落拓，雖有佳境，難拓心胸耳，戰後歸來，重過香江，木棉未老，人事全非，更無閒情逸致，暮倚夕陽，朝臨芳樹矣。按紅棉樹，廣州最多　近代畫家陳樹人，高奇峯輩，均喜畫紅棉，顧稱意之作不多見，嘗見伯年畫丈幅茱萸，直幹勁挺，橫枝參錯，蓓蕾盈樹，俯仰多姿，使任氏而生在廣州，吾知其必有「青溪多少茱萸樹」，「不及南番棉子花」之嘆耳，廈門紅棉樹不多見，惟大同路林姓宗祠有兩株，亭亭如華蓋，數百年物也，光復前，盟機來炸，前後左右皆燬，而樹依然，祠亦無恙，異已。

娟如問我：「明季八姬，是那八個，」我答：「馬守眞，卞玉京，李香君，寇白門，陳圓圓，董小宛，顧媚，柳如是，」又問：「八姬，那個名字最佳，」我說：「當推河東君柳絮，字如是，以絮喻其身世，「字曰如是；嗟其淪落，恰合身分，柳別署「我聞居士」，「如是我聞」爲佛語，絮果蘭因，如是我聞，亦解脫，亦含蓄，當推第一、若顧媚，字曰眉生，號橫波，雖佳，意念已治矣，問：「桃花扇本事怎講，」答：『明季有四公子，侯朝宗名方域者乃其一，李香君者，名妓也，與朝宗嫿，香君識大義，誓欲終事朝宗，其後，以死明志，自剄，血濺紈扇，畫家藍田叔（瑛）取筆就其血斑爲桃花，時初秋，菊正吐豔，乃取菊葉搗汁爲桃葉，活色生香，千古豔稱，此「桃花扇傳奇」所由作也，』問：「馬守眞與王伯谷事如何？」答：「馬守眞卽馬湘蘭，畫蘭一時無出其右者，詞翰亦佳，名士王伯谷雅慕其爲人，欲以爲妻，時守眞已老，而伯谷始壯，守眞峻拒之，謂「子欲妻我，抑母我也」，夫以五十餘歲之老太婆，猶爲人所愛慕顚倒如此，其色相之不尋常可知，蓋不僅書畫詞藻之足以動人而已也，」問：「董小宛與順治帝事如何？」答：「冒辟疆影梅庵憶語，但云小宛病死，只因字裏行間微涉惝怳，世人遂疑董姬被擄入宮，得寵順治，旋鬱鬱病死，順治苦憶成癡，因入五台爲僧，予以爲水繪流風，小宛絕豔，兵荒馬亂之年，小宛被擄入宮，事所難免，情亦在意中，若順治因一女子，而輕棄萬乘之尊，皇帝出家，恐無如是簡單，總之，八姬除卞玉京，寇白門外，餘皆才色藝足以玩弄梟雄豪杰於掌上者，以之點綴明代二百餘年賸水殘山，亦史無前例之一頁也。」

太監，古稱寺人，又曰宦者，閹人，閹之爲義，當是生殖器被閹割，惟閹法是否與閹豬，閹雞同科，將睪丸割去，抑切斷其勢，非過來人，不得而知，漢太史公司馬遷曾下蠶室受腐刑，所謂腐刑，腐去四肢五骸某一部分，未見闡明，不能斷定必係腐勢，史公又未嘗被罰充太監，由此可證所謂腐刑，當是另一種慘酷刑罰，不必定爲腐勢也，清代，直隸河間出太監，紀曉嵐爲河間人，閱微草堂一書，對太監多有紀述，惟不談閹割，他書則載，紀嘲太監，有「底下沒有了」之語，此言而確，則太監必爲割而非僅去其睪丸而已，又稗史載，魏忠賢嘗服百虎羹，遂通客氏，所謂百虎羹，卽飼雄狗百頭，日宰一狗以啖羣狗，至末一隻和藥自服，故名，說雖不經，亦足參攷，淸人說薈亦有李蓮英得異人爲改造生殖器，如未央生之故事，故得西后寵幸，內院咸稱「九千歲」，之二人皆嘗受閹割者，何以能獲寵於婦人，固知禁庭之內，形形色色，何所不有，不必少見多怪耳，或曰「閹人去勢之法，先傳以藥，爛去其肉，如女子之纏足焉，主之者乃內務府總管所轄之專責閹官，受閹者去短留長，或去長留短，視夫其人而定，其然，豈其然耶？

鄭成功有三將，曰甘輝，曰劉國軒，曰施琅，皆國士也，永歷二年，成功起兵南澳，中提督甘輝以兵從，六年，攻海澄，遂取長泰，十年，黃梧以海澄降清，輝聞變，進攻不勝，旋奉成功破閩安，逼福州，轉略溫台等郡，浙東大震，十一年春，成功大舉伐南京，從破江陰，瓜州，蕪湖，遂趣鎮江，於是，輝進曰「瓜鎮為南北咽喉，但坐鎮此，斷瓜州，則山東之師不下，據北固，則兩浙之路不通，南都可不勞而定矣」，不聽，率師登舟，逕取南京，南京守將梁化鳳，約期請降，納之，輝諫曰「以臣觀之，則尚未也，夫兵貴先聲，彼衆我寡，及其淆、且未定，則勢可拔，若彼集禦固，綏難圖也，君必悔之」。又不從，已而鄭師敗績，倉皇爭舟而渡，輝殿後，且走且戰，至江，驍能鬭者三十餘人，馬躓，被獲，死焉；十月，成功歸思明，建甘輝廟，哭而祭之，廟在橫竹路之關帝廟街，馬路闢後，已不知劃入誰家屋內矣，劉國軒，福建汀州人，初為漳州城門把總，永歷八年，成功伐漳州，國軒開門降，參將馮澄世奇之，為語成功，擢護衛後鎮，十五年，從克台灣，二十八年，敗耿精忠之將王進於塗嶺，追至興化而還，越年入潮州，平南王尚可喜，率兵十餘萬衆，悉銳來攻，與戰於鱟母山下，斬首二萬，捕虜七千，由是，威名大著，三十一年，清軍攻興化，右虎衛何佑敗績，漳泉俱陷，國軒亦棄惠州；歸東甯，三十二年，晉正總督，表賜上方劍，專征伐，諸將咸受命焉，二月，伐漳州，下玉洲，三叉河下游等堡，分兵取石碼，數戰皆捷，閏三月，與黃芳世穆克林戰於灣腰樹敗之，胡克率援兵至，戰於鎮北，又敗之，姚公子李阿哥段應舉來，又敗之，八月。清軍大舉援泉，樓船中鎮蕭琛與遇，未戰而潰，國軒亦全師歸東甯，卅五年正月，經崩，子克塽嗣，晉武平侯，十月，清以萬正色爲陸路提督，施琅爲水師提督伐台，師次澎湖方戰，有風從西北來，琅舟爲急流衝散，士皆股栗，琅大驚，禱天，須臾，雷發，立轉南飈，軍乃復振，國軒方據案調遣，痛哭而起曰天也，乘單舸從吼門入東甯，遂奉克爽以降，後授天津總兵，施琅，福建晉江人，少從戎，爲芝龍部將，及成功起安平，與弟顯從之，年少號知兵，持才而傲，有標兵某得罪，逃於成功，琅擒治，成功怒，逮其家，殺其父及顯，琅夜走匿荒谷中三日，佃兵某知其才，飯之，乃逃之所部蘇茂家，捕者至，茂假一舟一劍一豎子，夜渡五通入安平，久之，降清，授同安副將，遷總兵，康熙元年，擢水師提督，四年，挂靖海將軍印，疏請伐台，二十二年春，大治舟師，六月十四日發銅山，會於八罩嶼，遂克澎湖，乃刑牲奉幣告於成功之廟曰，自同安侯入台，台地始有居民，逮「賜姓」啓土，世爲巖疆，莫可誰何。今琅賴天子之靈，將帥之力，克有茲士，不辭滅國之罪，所以忠朝廷而報父兄之職也，但琅起卒伍於「賜姓」有魚水之歡，中間微嫌，釀成大戾，琅于「賜姓」覺爲仇敵，情猶臣主，蘆中窮士，義所不爲，公義私恩，如是則已。言畢淚下，台人爲之嗟歎不置。

林東山君逝世，秉涵兄哭之慟，且爲文悼之，予讀而悲焉。憶寇禍初起，予先避香江，林君繼至，君與清慕兄善，而予與清慕兄爲患難交，故時相過從也，劫後歸來、琛瑤偕予訪君，已形神枯槁，無復當時翩翩風度矣，別後，予告琛瑤：「今後朋儕，將不免又少一個，」蓋君患肺癆已入第三期，即古所稱病入膏肓者是也，果然緣僅一面，君不復與予再見，而予所能慰君於泉下者，亦惟此「秀才人情紙半張」而已，予與君雖淡交，然讀秉涵兄文，謂「戰後文化人，早就註定餓死，窮死，病死，自戕命運，」而君固吾輩先驅之一人，然則君之死，寧不使吾輩後死者，同放聲一哭耶？四十年來，任職商會如君者，有施君潔舫，鄭先生霽林，渭同兄弟，林君寄凡，而君爲最久，施林以詩名，鄭氏昆季以書畫見稱，君則書記翩翩，風流勝於文采，其後施君渭同先生皆死於窮，霽林翁老猶賣畫，不能自逸，寄凡吾未知，然度其情，知亦不免窮或餓，或如信陵之自戕而死，今獨存者，惟霽林翁而已，秉涵云云，諸君猶然，況對客不舞如我者乎？可慨也已。

虞竹園先生，今之詩家亦書家也，昨過寒齋，與予論詩，竹園謂：「作詩譬如製鋼，愈鍛鍊愈佳，若草率成篇，東拉西湊，祇求協韻，則不如毋作，」味其言，竹園之苦吟可知，而竹園詩能成名者亦在此，非倖而致也，竹園云：「嘗以一律謁石遺，石遺只錄取兩句，乃「客思濤聲相斷續，壯懷暝色共沉淪」是也。然則，其餘六句爲不佳矣，既不佳，則不能不更作，冀成完璧，人徒知一詩之成，寥寥數十字，寧知詩人已嘔卻幾許心血耶？」予固心折竹園詩，但不無「詩人何自苦乃爾」之感，因笑：「予爲詩，不推敲，且亦不求甚解，如君所論，其不被打入油甕者幾希」，竹園爲莞然，既又談及石遺，竹園云：「石遺善論詩，詩之美醜，經其品評，無不中肯者」予謂：「眇公論詩，美弢盦而貶石遺，豈石遺亦有所短乎？」竹園曰：「善論詩者，詩不一定工，善作詩者，論不一定對，仁者見仁，智者見智，」予亦云：「予善觀畫，畫之好醜，經目無不了了，而予實不能畫，然則君所言，固幽深而有味，豈徒詞令妙品已耶？竹園雖笑謝不敏，亦頗以予爲知言也。

李伯元南亭筆記，載有林維源鬥鶉一則，而喻之爲半閑堂，維源爲何許人，筆記中未說明，使人有茫然之感，按林維源，字時甫，台灣人，甲午內渡，寓廈門鼓浪嶼，家富有，爲台灣望族，嘗拜李鴻章爲師，清季捐銀五十萬兩，修繕臺北城，得旨賞給侍郎銜，異數也，先是，甲午之役，李鴻章與伊藤博文，議和馬關，李告伊藤，有門生林某，請爲善視，故日人據台後，對林族極優遇，然維源竟內渡，始終未受日本爵秩，以視辜某，以嚮導日人入台，獲封爵，賢不肖遠矣，伯元以維源方宋之賈似道，何其謬也，維源子爾嘉，字叔臧，別署菽莊，又號尊生道人，晚號百忍老人。初報捐四品京堂，以父為侍郎，亦欲得侍郎以榮，會清廷派濤貝勒振興海軍，叔臧報効二十萬兩，慶王奕劻為奏請，亦給侍郎銜，未旬日，黎元洪起義武昌，時叔臧正張樂鼓浪嶼，大讌賓客，亟罷，遂赴台灣，光復後返廈，築菽莊花園於鼓浪嶼港仔後，與諸名流結社吟傲其間，不與聞世事，其後漫遊歐洲，隱居瑞士阿羅沙五年，其地距中國五萬里，風景絕佳，有歐洲公園之稱，山之高者距地六千尺，積雪終年不消，返國後，未幾，中日戰起，叔臧蟄居滬濱，絕口不談中日事，日人亦不強之出，今猶健在滬濱。

顧媚，字眉生，號橫波，明季名妓也，居金陵北里，膀所居曰「眉樓」，妍婉明慧，通文史，善畫蘭，有馬守眞之遺風，合肥龔芝麓（鼎孳）以重金贖歸為亞妻，芝麓入仕勝清官尚書，顧得封夫人，清狄曼農（學耕）嘗得其蘭石眞蹟，題云「眉樓近接半閒堂，妙寫幽蘭紉國香，料得閨中慚畏友，白頭遺恨在滄桑。」「黃公高節試磨磷 鄉傍溫柔不染塵，誰識因緣文字在，題詩偏有蔡夫人」「不學湘蘭畫折枝，風花露葉盡紛披，籜翁跋語香翁傳，想見才人下拜時」，「歲朝粉本舊藏圖，姑射仙人筆態殊，錦軸牙籤銷劫火，祇今結習懺除無，」可謂傾倒之至，惟第二首「黃公高節試磨磷，鄉傍溫柔不染塵，」意似指石齋先生游識眉樓事，攷方望淡「黃石齋逸事記云：「黃岡杜蒼略先生客金陵，習明季諸前輩遺事，嘗言崇禎某年，余中丞集生與譚友夏結社金陵，適石齋黃公來游，與訂交，意頗洽，黃公造次必於禮法，諸公心嚮之，而苦其拘也，思試之，妓顧氏，國色也，聰慧通書史，撫節按歌，見者莫不心醉，一日天雨雪，觴黃公於余氏園，使顧佐酒，公意色無忤，諸公更勸酬劇飲，大醉，送公臥特室，榻枕衾茵各一，使顧盡弛褻衣，隨鍵戶，諸公伺焉，公驚起，索衣不得，因引衾自覆蔫，而命顧以茵臥，茵厚且狹，不可轉，乃使就寢，顧遂暱近公，公徐云「無用爾」側身向內，息數十轉卽酣寢，漏下四鼓，覺，轉面向外，顧佯寐無覺，而以體傍公，俄頃，公酣寢如初，詰旦，顧出，具言其狀，且曰「公等爲名士，賦詩飲酒，是樂而已矣，爲聖爲佛，成忠成孝，終歸黃公。」此段記載張山來採入虞初新志，予謂望溪此文，不惟侮辱橫波，且亦唐突黃公及東林諸君矣，蓋橫波暱就黃公事，寫來聲情如繪，使橫波自言，無是理，使作者代言，則望溪自視爲何等，稗官小說猶不可，況文章載籍乎？夫顧氏名妓也，果如所云，則秦淮河畔一賤娼耳，望溪傳之，山來採之，曼農詠之，不嫌多事乎？望溪文又云：「顧氏自接公時，自歎，無何，歸某官，李自成破京師，謂其夫能死，請先就縊，夫不能用，語在縉紳間，一時以爲美談云」，某官卽龔芝麓也，橫波有此節概，而侮辱之如此，謬矣。

狄曼農藏眉君畫蘭，竹石橫披一幅，有黃石齋夫人蔡潤石女士題前人句云「湘臯春婉娩，居然見雙清，幽香下覆之，翠條仰而承，高石旣磊塊，新泉亦泓澄，臨風況君子，去住有餘情」，先生高風亮節，夫人名德兼優，眉君倘無動人節操，夫人肯爲留題乎？而末兩句：「臨風況君子，去住有餘情」．對眉君婉勸芝麓不聽，意在言外，雖錄前人舊句，眉君得此，亦足以豪矣。江陰悔餘道人論橫波畫蘭云：「眉生畫品清拔，正如淤泥蓮花，皭然不汚，幽妍入骨，無損其清，宜其自拔風塵，卓然有以自見，」蓋確論也。

往事辛酸莫再論，鴿廬空憶舊精魂，桃花片片紅如血　知是春痕是淚痕？此予悼五兒季澤詩也，抗戰軍興，予舉家避倭香江，次兒天祥，旋赴廣西肄業軍校，三女秀娟隨夫壻軍次曲江，四，五隨侍左右，時年皆穉也，逾年益窮，友人謝君介予課國語於中環某藥肆，月入僅港幣二十元，賃居香港仔一小閣，閣如鴿籠，季澤書桃花爲帳眉 自署「鴿廬十」以予題所居曰「鴿廬」，故云，閣僅容席；闢窗爲門，傴僂出入，鞠躬如也，顧老妻弱子朝作夜息，一室怡怡，未嘗覺苦、夜，季澤輒隨予赴課室，步行須兩小時，且行且語，遂忘所苦，歲暮，爲「盆栽」售於市 見者爭購，夕未除即售空，歸、購糕果魚肉奉母：孝養如成人，三十年十二月 寇侵香江，戚某邀予遷灣仔，冀緩急相助，越四日，所居室中砲彈、予夫婦受重傷、醫愈，季竟罹難，仲幸無恙 嗚呼傷己，三十五年秋，重過香江，「鴿廬」依稀，遺眉猶在，血淚汍瀾，悲不自勝，回憶曩年出走，兒女成羣，老父健勝，今則白首歸來，惟賸貳老矣，傷存悲逝，血淚斑斑矣。

徐炳勳，廈門人，爲文有才氣，惜嗜酒不羈，爲全閩報記者，以左祖林布其 斥林向今，著論標題有「請林司令滾蛋」語，爲衆詬病，林不能忍，下令逮捕，時謝龍闊爲全閩報主幹，曾戒徐勿爾 不聽，就逮，謝置不理，林部以「搖動軍心」，請向今置徐於法，向今原之，解法院論罪，久之、釋出、神經遂失常，報界慮其行不檢 無敢延用者，已，赴內地執教鞭，鬱鬱不得志，旋歸廈，益沉湎於酒，初故交猶有周濟者 到手輒盡，時醉娼館，遣奴向友索金償夜度資，人盡畏而遠之，從此，破衣跣足 徜徉市肆，或箕踞而食，或就途人不識作狂飲．曰我徐炳勳也、人遂以瘋子目之，偶遇故友，輒攀談 忽而巴拿馬，華盛頓，忽而桀紂，妲己，語無倫次，與就沽肆飲，輒復醉，醉則臥，或廁所，或曲巷，或道左不顧也，嘗自墜枯井中，置鞋於井沿，即而窺之，危然植立，以繩吊出，則長衫馬褂短袴而赤足也，詰之不答，摯友某、賻巨金，送登輪，使赴新嘉坡 逾夕 復遇之於某所，大肆飲啖，蓋已鬻其船票行篋，仍買醉娼家樓矣，其後，不知所終，或曰懸梁，或曰失蹤 家人諱言之，人亦不欲深究也，聞諸人言，徐父善八股，臨歿，戒子毋哀，弦歌代哭，故某君挽云：「忝叨兒輩知交，平生宜譽效常親，一死胡爲天亦靳，聞說彌留遺囑，送死寧弦歌當哭，此公猶是古之狂」，父狂子狂，非偶然已。

蒯文通以相人術說韓信存楚制漢三分天下，韓信不悟，卒召未央之禍，論者多爲信惜，余獨不然，信能下齊滅楚，甯不知楚滅之後，己身亦危耶，其所以未敢妄動者，固知麾下無心腹之士，苟有異動，諸將不爲用，楚漢皆足以制之，與其叛漢而遭毀滅，何若守時觀變，況文通微言剖腹，爲已爲漢未可知，蕭何老奸鉅猾，張良足智多謀，假令文通爲漢奸，則己未發，漢已制於機先，如其否，蕭亦可聯楚以制齊，楚恨己，亦如漢高之恨季布也，然則爲信計如何而後可，余謂信不背漢，乃其衷心，蓋誤以蕭何爲知己，苟有禍患，何必告耳，殊不知薦信者蕭何，而殺信邀功固寵者，亦蕭何也，蕭何薦信，期在滅楚，楚滅，信無所用，留之，適足爲己累，漢高，呂后無殺信之心，而蕭何早蓄滅信之計矣，蓋何之欲殺信，爲己非爲漢也，然則信家奴之首變，蒯通之說信，安知非蕭何之謀，讀史者可深長思矣。

荔枝，產閩粵，閩之「挂綠」，粵之「糯米慈」，名滿天下，「挂綠」惟莆田有之，樹僅二株，清代列入貢品，花時卽張網罩之，蓋防烏啄也，清道光元年，福建巡撫顏檢，始奏罷之，今已亡種，然莆田荔枝，仍甲福建，漳州之「烏葉」，不能逮也，糯米慈廣東各縣皆有，一名「桂味」者亦佳，粵中之糯米慈有兩種，一種形不甚大，似青梅，綠殼，有核若無核，一種紅殼，味較遜於前者，暑天，盛以冰盤，或懸井中，食乃取出，齒頰留香，通體生涼，此福惟閩粵人享有之，他省雖有飛機載運，然貴等兼金矣，按荔枝在果類中，具有色香味三絕，福建莆田府署舊有聯云「荔子甲天下，梅妃是部民」，梅妃指江采蘋也，蔡端明云「荔枝纔似小青梅」徐夢昭云「龍綃殼綻紅紋粟，魚目珠涵白膜漿」，梁章鉅云「摀盡西禪侵曉露，分來南浦滿庭芳」三詩均極工，荔枝以破曉摘下，裝籠運出爲佳，過午則味稍變矣，故梁詩及之。

廈門爲鄭成功故地，鄭氏扶明抗清，艱難締造，稱「創格完人」，沈文肅公葆楨語也，故滿清二百餘年來，廈人排滿思想極濃厚，民間市井，一言一動，多含有排滿因素、時過境遷，老成凋謝，後起無聞人，遂不覺耳，如呼猪爲「蠔仔」，（廈音二字均作仄聲）蠔仔者即「胡仔」，胡仔乃「胡人」也，又呼狗爲「嘉溜」，嘉溜即「覺羅」，指「愛新覺羅」氏也，夫滿清統治中國，直至其壽終正寢爲止，被廈人罵作猪狗，無覺者，怨毒之於人，甚矣哉。

人徒知太監爲中國專制時代之專利品，不知外國亦有太監，報載，世界評論雜誌駐土耳其記者約那桑寇林，參加伊斯坦堡某博物院，見一物甚怪，約那問管理員柴烈夫貝，此物是否臘乾的鸚鵡，（此博物院原爲蘇爾頓族皇宮，所陳列多世間稀見之物）柴烈夫貝乃一專門考古者，據答是物名「孫阿茄」，乃歐洲最後一箇太監的「贅疣」，約那問誰是歐洲第一箇太監，柴烈夫貝云：「茜米拉米斯乃巴比倫國女皇，是爲第一箇將男子生殖器割去，叫他們做太監的女皇」，太監英文名爲「友納」，其源泒出自希臘，本旨爲「床邊衞士」或「宮侍」，顧茜米拉米斯女皇之創造太監，並非如中國皇帝需要男性服侍宮闈，又恐若輩作怪，因而將其生殖器割去，伊之爲此，乃完全出於惡意，蓋茜米拉米斯乃武則天，那拉氏（清慈禧太后）之流，凡士兵或戰俘之容貌英俊者，皆取以爲面首，則屏而棄，亦如中國皇帝之貶妃嬪美人於冷宮焉，茜米認爲若輩雖可厭，但又不愿其他貴婦宮女得嘗禁臠，於是，遂設閹刑，將此類「外宅男」一概閹割，被閹割者，有一種變態，即臀部肥大，喉音不亮，執劍之手漸由粗魯化爲纖細，嗣後歐洲各國專制君主，相沿爲例，皆有太監，豈獨中國，按希特勒柄國之始，爲強化德國民族，嘗下令凡德國男女染有花柳性病，或生殖機能眇小，子宮不健全者，概處以閹刑，使不能生育，一時受此種刑罰者凡四十萬人，此世界希有之魔王，手段之毒辣，使西米拉米斯見之，猶是小巫見大巫。

洪永安，字子青，清最後一任廈門水師提督也，爲人沉深有謀，治軍嚴，好敬禮儒生，且精易數，人鮮知者，嘗告興泉永道郭某曰：「三十年後，此地惟石獅子存矣，」郭不解所謂，再問，洪笑不答，洪有巡捕某，其人今猶在，洪瀕行，某請後會期，笑云：「遠矣」，已又歎曰：「予不死，五年後可能再見也，」洪原籍河南商城，民國後，返里閑居，會「白狼」寇境，洪督鄉團登城禦之，中砲死，先是，臧軍北撤，海軍入駐廈門，司令部設提署，改稱漳廈海軍警備司令部，再改海軍廈門要港司令部，倭寇侵廈，台奸王水儀獻策敵酋，謂「要港部不拆，易爲中國機投彈目標，盡毀之，以建旭瀛書院講堂，且可售其餘材爲購機之用，」王計既售，而此二百餘年之偉大建築，遂蕩爲平地矣。今舊提署石獅僅存，洪亦作古已久，迴憶舊聞，寧無荊棘銅駝之感也歟？

王谷青，能吟詩，隱於商，其玉燕曲云：「江郎欲別愁難訴，蕭娘有曲周郎顧，旗亭酒半爲沾衣，萬里煙波朝連暮，湖海歸來樓已空，賸有雕梁昔日同，燕釵玉股歌扇薄，彷彿秋娑魏夢中，天台山農挾才藻，燕子歸來玉山倒，蜀箋揮就報雲鬟，銀鈎難當玉杵擣，三十年中舊壘塵，珠簾不捲海棠晨，輕綃籠護照空壁，歌泣無端字字眞，風流雲散才人老，畫堂難駐綺羅春，斜陽門巷悲自語，燕子燕子歸何處？」自序：「民七南渡前夕，酒筵中遇麗人名玉燕者，明眸皓齒，姿致嫣然，酒酣，撫弦度曲，貫過流雲，四座停杯，擬之潯陽江畔，既別十餘年，海外歸來，重過其館，見房中懸有天台山農書聯「玉山頹倒」「燕子歸來」，詢諸友人，始悉山農來廈，曾一度遊醉其間，厥後，玉燕不慣俗客，飛去久矣，斜陽門巷，懷舊三十年，作玉燕曲」云，按天台山農，與天台山人異，山人為劉鶚西，嘗過厦鷺字，寓湖南會館，書法並不佳，然善鼓吹，亦頗稱意而去，尤喜為北里中人書聯，玉山頹倒聯，予嘗過眼，乃天台山人書　非天台山農也，豈谷青誤「山人」為「山農」耶，抑予所知者乃為另一玉燕耶，然而山農未嘗來厦，鶚西則徜徉此間甚久，贏得李郎薄倖，不殊杜牧揚州也。

臧和齋駐軍厦門時，有李蘭齋者，為臧軍參議，李河南開封人，善交際，有謀略，初任臧部營長，臧反正，驅李厚基，擴軍組獨立旅，旅長職初欲畀李，使當一面，嗣以李耐庵爭之力，李廣東　埔人　初為李厚基副官，以脫臧有恩，頗跋扈，臧不能制，因畀李，二人嫌隙益深，己而臧派劉長勝為總指揮，軍閩西，拒洪兆麟，蘭齋任前敵參謀長，會長勝子病長勝滯漳，洪軍突犯，指揮無人，軍潰，洪軍遂長驅入漳碼，蘭齋懼罪，東走汕頭，為書告臧；，明己無罪，臧置未覆，先是有楊蘋卿者，又名九盞燈，韓產，張幟厦門，能為粵謳，與蘭齋暱，蘭齋逃汕，妓居鼓嶼，李聞蘭齋欲歸，為間誘妓，使致書促歸，蘭齋度臧不致殺己，又惑於妓，遂返，未登岸，邏者至，遂俯首就逮，時臧部軍法官為邢藍田，黨於李，蘭齋請見臧司令，不許，為書致臧，均被沒收，即日斬李於司令部照牆以徇，即今植偽碑之舊址也，李既死，臧始稔，其友俟旅長為收屍，瘞東郊，蘋卿復為妓，中烟癮，卒隨浪子以終，某君詩云：「豪舉飛揚我亦能，從今無復酒如澠，情絲搖曳心旌下，重掛天幢九盞燈」，即為蘋卿詠也，美人自古如禍水，可不畏哉。

日本武士道以切腹為無上光榮，其實乃極野蠻無人道　除中國專制時代，人君用以處罰其臣民為「腰斬」，「剮」外，未聞有此殘酷也，而日人之切腹乃自動者，尤奇，發動太平洋戰爭之日罪魁東條英機，當美憲兵往捕時，以手槍自殺不殊，為美醫救活，美記者詢以何不切腹，東條曰：無此胆力」并稱：「切腹須有助手，及準備與舉行儀式」，蓋謂切腹者例以左手執刀，自下而上，再從右而左，作十字形，然後以刀尖刳腸出，顧鮮有終事者，必需助手，執「仁慈」之刀，站於背後，自殺者刀方劃下，而仁慈之刀已斷其首」，信如東條言，是切腹者受腰斬慘刑後，復須斬立決也，日人「北方之狠」土肥原賢二，肆毒東北及華北二十餘年，生平殺人無算，其人亦可稱為混世魔王，方土肥原就逮時，中國某記者詢其何不切腹以謝天下，土肥原答曰：「余老矣，無此勇氣」，觀此，則彼國之所謂武道精神，為此二魔辱沒盡矣。

市人某，屠羊為業，設羊肆於塔仔街，夜有盜持一裹，曰：「予惠人也，殺人亡命，能容我，留，不能，我去！」言訖，出鉅金為餌，某納之，逾日，市酒設脯，飲之醉，扼其喉而剸刃焉，既斃，支解其軀，甕埋牖下，遂盡沒所有，人無知者，久之，出金，置屋福河宮側，娶妻生子，業亦日益，儼然富戶矣，又十餘年，育一子一女，女嫁廈門港，子讀中學，某原籍惠安，家有妻有子，境亦優裕，會某五十初度，子自惠偕媳來廈，為父壽，女亦歸甯，闔家歡敍至樂，酒闌，客散，其子醉；伏廳事假寐，忽見一人持屠刀直入，大驚叫喊，家人羣集，無所見，某詢來者何狀，曰「短褐，赤足，唇有黑痣，目稜而膚色赭也，」某聞，默然，時已醉，因述曩日事，謂所見即昔所殺盜也，中夜，子醒，呼渴，媳入廚烹茶，置燭於薪束，時暑熱，戶外有呼賣豆湯者，出購豆湯飲之，而忘返其燭，夫婦復酣睡，漏四鼓，燭燼薪燃，北風陡發，媳朦朧中似聞有人呼喚聲，亟起奔出，火已及室，驚而踣，頃之，為人掖出，而某竟闔門焚斃焉，事後，媳告人，翁所殺者似為其父；此民國十一二年前事。

胡軍弋，惠安人，業律師，與李删癡，黃莪生等組未社，删癡有劉伶癖，行篋或衣袋中必置酒，未幾，病酒死，莪生每飲必醉，先娶曰遠香，再娶曰雅琴，一以瘵死，一以蠱亡，雅琴有子，年已五歲，隨琴依莪生，先雅琴死，廈門既陷，莪生避居鼓嶼，潦倒難自存，久之，出任僞府祕書，益縱酒自戕；旋病黃疸死，或曰中毒，莫繇明也，按廈律師界出任僞官者，有李思賢，謝若濂，洪景皓，譚培燊，楊廷樞，許世昌輩，而軍弋獨否，雖居闤闠，家徒四壁立，恬如也。後卒困窮以死，龍巖蘇臥雲先生客窗閑話，錄其贈句云：「相憐晚景同飄泊，猛憶春雲自卷舒」，自題篆章云：「半生嘔盡心頭血，一飽難爲筆下刀」，軍弋不能飲，與人交亦落落寡合，所謂不合時宜滿肚皮者，而晚節竟能甘死如飴，不蹈陷阱可敬也。

中國歷史上有兩大建築，在南曰洛陽橋，在北曰萬里長城・萬里長城予未目覩，洛陽橋則數過焉，橋長三千六百尺，廣十尺，石版厚逾尺，長逾丈，工程之宏偉可見，橋跨晉江惠安兩縣，橋南屬晉江，橋北屬惠安，爲閩南北交通孔道，而橋終始與蔡姓有因緣，亦可異也，橋創始於蔡忠惠，忠惠有記，世稱三絕，而醉隸夏得海事，則屬蔡錫，見明史本傳，相傳橋圮時，有石讖云「石頭若開，蔡公再來「閩書及歸田瑣記均載其事，堅瓠集名山記以爲忠惠事則誤，民國廿一年壬申，十九路軍軍長蔡賢初駐閩，橋復圮，蔡命周醒南拓而廣之，以利車行，於是，廢梁石，而代以鋼筋混凝土，扶欄新翼，舊址仍舊，而面目則非矣，按橋又名萬安橋，始於忠惠，修於蔡錫；拓於蔡廷楷，讖云「蔡公再來」，一而再，尤可異也。

仰文兄見示李繡伊先生台灣雜詩二首，其一云：「大江落日發清謳，倉海椎秦志竟酬，一卷六陰深處讀，無人報與李悲秋，」按：悲秋與丘逢甲（仙根）善，逢甲所著詩選出版，日人尼之，李悲秋懼詩爲祖龍所虐，悉收購以贈知交，廈門不見丘集已十餘年，繡伊先生近購得一冊　而悲秋已棄世，故愴念故人，發而爲詩也，戰前・予參加福建記者團赴台灣，日人導遊日月潭，晚下楊涵碧樓，樓依山築屋，景物幽深，傳昭和爲太子時駐蹕焉，所以待貴賓也，當時泉州日報社長張賴愚，詢余有詩與否，予顧而言他，旋以指濡茶作七絕三首，其中一首云：「明潭隱約望中收，倉海椎秦志未酬，不到百年仍是虜，漢家子弟已登樓！」賴愚笑而頷之，今倏忽十餘年間，讀綉伊先生詩，不無「河山還我，人面則非」之感耳。其二云：「能逐荷蘭鐵甲舟，冀將鷗海比琉球，早知完久難完久，自築夢哉空也樓」，原註云：「夢哉空也樓在新竹，日人永井完久所築，蓋示彼族不能長此土之意獨野心家未喻耳」。

廈門輪渡碼頭直上，經中山路而達中華路之起點，有碑圓而銳，巍然矗立者，清代廈門水師提督衙門遺址也，少時過此，輒低徊不忍去，門有「戈什哈」，詢予：童子何爾，豈欲見軍門耶」，予亟笑謝，逡巡引退，彼不知予所視者乃衙署所懸雄偉而壯麗之「作萬人敵」匾額也，額爲康熙所寫，以賜廈門提督吳英者，上署康熙二年，下署賜提督臣吳英立，中嵌「康熙宸翰」御寶，每字橫直徑約五尺，龍蛇飛舞，使人望而興奮，想見吳將軍作戰時暗啞叱咤，亦如康熙帝之揮毫落紙時也，清鼎既革，民國肇建，臧和齋駐師廈門，以爲閩軍總司令部，署中匾額，多被伐作燃料或盜賣，此希有之鉅製，亦不免同付祖龍一炬矣，惜哉。

清代廈門提督，吳英後，予所知有彭楚漢，黃少春，楊岐珍，洪永安，彭黃皆湘軍宿將，彭能畫梅花，雅慕彭玉麟爲人，楊岐珍，皖籍，初爲李鴻章戈什哈，隨李久，李有妾某氏，不容於大婦，求去，李曰：「容圖之」，他日，李告妾曰：「得之矣，外宅男中，惟某有厚福，我將仍畀爾一紅頂，」妾叩謝，李即以妾贈某，而連擢其職至提督軍門，某即楊岐珍也。楊爲廈門提督時，德人瓦德西嘗過廈，楊招待備至，以己乘八座肩輿抬之，過闢仔內，街道狹隘，咸以破篷幕天，遮日光，天暑，魚腥觸鼻，瓦德西在輿中，一手捏鼻，一手持巾拂風，意似不耐，松青老人兒時曾見之，驕傲之態，今猶可捫也，其後，楊有族子某犯貪汚，楊懼罪，吞金死，妾隨任廈門，稱四太太，楊死後，扶柩返皖原籍。

清季，廈門有陳總殺媳案，鬨動一時，陳總者，台灣人、甲午之役，隨某紳內渡，寓蚶殼井，與高義賴乾輩伍，時稱四大總，子天送，性懦弱，媳曰王不池，貌僅中姿，陳妻虐遇之，不時夏楚，呼號慘叫聲時聞，而陳頗橫，衆雖側目，莫如何也，或云：陳有新台之醜，妻遷怒於媳，故虐之，事屬曖昧，莫繇明也，某夜，媳哭甚厲，旦，以暴斃聞，於是，衆議紛紜，謂陳姦媳不遂，妻助虐殺媳，此倡彼和，一呼百應，遂毀其屋，事聞，啓棺驗，棺厝半山塘，時代理廈防廳爲董筱珊，善唱皮簧，時稱董麻子，與陳有金蘭誼，頗護陳，驗日，吏報無致命傷，時觀者空巷，一時磚石紛投，叫罵之聲囂起，董亟避回署，隨而至者數千人，喧呶不休，與泉永道某，檄知同安縣事陳文褘覆驗，陳健吏也，知衆怒難犯，訂期大堂坐公審，先提陳妻出，刺乳、鞭背，咸鼓掌呼陳青天，旋提陳出，飛一籤下，笞五百，再一籤下，杖五百，又一籤下敲五十，拶五十，卒斃杖下，獄平，陳嘉獎，董去官，陳總家亦毀，其妻逾年釋出，貧不能自存，女某淪爲娼，養母以終，往年，廈門劇團有陳總殺媳劇，事多虛搆，非實錄也，先是，陳與某鉅紳有隙，紳倡之，獄遂起，某名流爲檄仿，「討武曌」體，當道恐激變，示意令，「不求供，但杖斃，所以平民憤也。

廈門鼓浪嶼登岸處曰「龍頭」，然實無龍形；惟升旗山稍昂視，日光岩風景略勝而已，予所經有龍岩，及江西之龍逕，龍灘，龍門諸勝，龍岩爲縣治；隸福建省政府民政廳，清代屬汀漳龍道，爲州治，縣有岩高深蟠鬱，天然佳勝，新羅山人題曰「天下第一岩」，名不虛也，蔡賢初駐閩時，師長張炎閱兵龍岩，廈門記者團赴岩參觀，予亦與焉，惜爾日行色匆匆，未窺全豹，爲可憾矣，洞中有石刻華秋岳畫佛像，猶恍怫記憶焉。龍頭山在江西之龍南，明巡按御史王宗徐，記云「昔大禹導河，積石至龍門，門外懸泉兩山間，水陸不通，傾流蕩蕩，禹疏而闢之，活者萬八千國，故白美哉禹功，明德遠矣，又白微禹，吾其魚乎、予所躬親。龍南之龍頭，險阻之狀，不知視龍門其當孰爲甚耶？」此引禹功，以喻龍頭之險者，顧予曾履其地，殊無所謂奇，而一經名流品評，則境界異於尋常矣。

格物論云「杜鵑花」一名山石榴，」一名山躑躅，一名謝豹花，蜀人號曰映山紅，啼時，花始開，故名「王建宮詞云「太儀前日暖房來，囑向昭陽乞藥栽，勅賜一窠紅躑躅，謝恩未了奏花開」，孟郊詩「迸火燒閒地，紅星隨遠天」，蘇軾詩「南澗杜鵑天下無 坡香殿上紅氍毹」，胡天游詩「燰風深院賣花天，爭買繁花梟鬢邊，揀得一枝紅躑躅，隔簾抛與沈郎錢」，寇準詩「杜鵑啼后血成花」，白居易詩「千房萬紫一時新，嫩紫般紅駐麴塵，淚痕染揹胭脂臉，翦刀截破紅綃巾」，又白「閒折兩枝持在手，不似花叢似火堆」，羅鄴詩「蜀魂千年尙怨誰，聲聲啼血向花枝」，除白居易「嫩紫般紅駐麴塵」外，皆詠紅杜鵑也，顧予在台灣嘗見紫杜鵑，黃杜鵑，蠹家亦多繪黃，紫杜鵑，而諸家詩皆未及，又蘇詩注云「潤州鶴林寺有杜鵑花，高丈餘，相傳貞元中，有僧移植於此，又云「周寶鎭浙西，謂殷七七曰，鶴林寺花，天下奇絕，常聞能作非時花，今九日將近，能開此花，以副此日乎？」七七乃前二日往宿寺中，中夜有二女子謂七七曰，妾爲上帝命司此花，今與道者開之，然此花不久歸閬苑矣，遂瞥然不見，及九日爛漫如春，寶驚異，遊賞累日，花俄不見，其後兵火焚寺，樹失根絕，信歸閬苑矣」此雖未言花爲何色，既曰爛漫如春，料想亦紅杜鵑矣、紅杜鵑天下皆有，未必便爲奇絕，所云奇絕，殆指其高丈餘矣，又白居易戲問山石榴詩云「爭知司馬夫人妬，移到庭前便不開」，似此，則杜鵑亦可名「白由花」，蓋花中之有氣節者，不能隨人意作鑒賞品也，惟余最喜高江村題羅兩峯夫人畫杜鵑花云：「蜀山夜夜聞鬼哭，幻作山花紅滿谷，山人畫鬼能通靈，不若山人之妻畫鬼無鬼形，一枝染得新啼血，時有腥風紙上生，慘淡脂痕更粉痕，喚起當年望帝魂」。

建窰有二，一在德化，一在曾江，始於明代萬歷，天啓間，德化窰今猶存，但製工與瓷質已不逮戰前遠甚，曾江窰在東溪，故稱「溪」窰，又曰「米」窰，俗稱「美」窰，以瓷質色微黃如米，故名，今已廢，予曩藏有米窰觀音像一尊，高約尺許，左手拈蘭花一朵，尾指甲長達寸，古色盎然，揑造極工，刼後歸來，已不知流落何處矣，松青老人，贈我米窰花瓶一，瓶作橄欖形，色澤鮮潤，光可鑑影，望而知為明代物，暑天以手撫摩，熱度全銷，可異也，德化窰，以明代產品最佳，俗稱「白綻」，瓷質色澤，光瑩如雪，製品以觀音大士像，羅漢像，香爐，爵，盌為多，戰前，一小品值百

金，今則物稀，價益昂貴矣，我國「江西瓷器甲天下」，勝利後，滬上某大公司即輦鉅金赴景德鎮將所有瓷廠出品盡數收買，獲利無數，而德化瓷竟無聞焉，廈門瓷器店，贛瓷絕無僅有，德化瓷皆粗製濫造，不值一顧，新瓷猶爾，遑論舊瓷哉。

黃梧，平和縣皂隸也，洪復，同安縣優旦也，鄭成功拔以為將，其後，黃據海澄降敵，封海澄公，洪攻南京被擒，與甘輝同罵賊而死，二人初為賤役同，為鄭氏識拔同，而結局則黃降敵而貴，復罵賊而死，賢不肖判矣，予昔遊台南鄭延平祠，祠前有塑像二，曰甘輝，曰張萬禮，無洪復，鄭成功自江南敗歸，為甘輝立廟於廈門，而洪復不與焉，蘇菱槎東甯百詠，亦遺復，惟蘇臥雲客窗閑話，誌其概，亟表而出之。

廈門有魚，曰馬嘉，體實，膚作銀靑色，洒鹽醃之，片刻取出，滌淨，切塊煎食，春夏可數日不變，火炙為熏魚，罐藏之，用以餽送

，旅行皆宜，昔人每以時魚多骨，松江鱸魚，難致為憾事，予謂馬嘉魚兼有時鱸之美而無骨，實魚類中之佳品也，宋姚鎔云：海有魚，曰馬嘉，銀膚燕尾，晬歲而大，鬻用火熏之，可致遠，常淵潛不可捕，春夏乳子，則隨潮水坡上，魚者用此時簾而取之，簾為疏目，廣袤數十尋，兩舟引張之，綃以鐵，下垂水底，魚過者必鑽觸求進，愈觸愈束，則頰張，鬣舒，鈎著其目，致不能脫，向使觸網而能退却，則悠然逝矣，知進而不知退，用罹烹炙之酷，悲夫」。黃子曰，今之人，鮮有不愛黃金美鈔者，爾鑽我觸，不至頭破額裂，身敗名毀，不肯止，彼豈不知，黃金美鈔猶簾網也，奈何觸網而進愈銳，造物之不仁歟？抑明知其不可觸，而必觸以為快也？物慾之誘人有以哉。

石老精繪事，書則未盡善，然臨石門銘，或仿南田草衣作簪花楷，亦頗得其神似，顧求者鮮，亦不常作也，友人某君嘗囑予丐繡丈書大字，予以繡丈事忙，且急待，不便促，而石老與予厚，可立應，乃轉求石老，旣書，石老不自覺，旋以某君束之高閣 意乃恍然，自是，晨興，輒作擘窠書 無間風雨寒燠，久之，書益進，腕力亦益健，然猶秘不示人，予偶見之，驚曰：士別三日，應刮目相看，石老亦笑曰：微子，吾不自藏拙、今而後，猶未也，再假我十年，或可與時流爭一日之短長耳，予因述追醒廬筆記一則，為石老解嘲云：趙之謙少時曾為某縣令幕客，縣令以能書著，乞書者，每乞令而不及趙，趙輒悒悒，會令倩趙為鐫印章，遲久不報，令促之，趙憤然曰：君欲以書名壓予下，予豈下於君者，竟辭館去，至維揚鬻書，維揚多鹽商，喜徵求書畫，居月餘，祇一人三顧其廬而已，以為知己，遂往訪之，再請乃見，久之，不出，趙見廳事四壁琳瑯，皆名人書畫，欣賞不已，忽見字簍有尺素，取視，赫然乃己所書也，屏條，聯，扇，無一不在焉，憤詡欲退，主人已出，仍納諸簏，而叩以棄置之由，主人莞爾笑曰：先生初至敝地鬻書，予照潤請書一楹聯，歸視，佳處莫名，以爲殆不以擘窠大字見長，而工於屏幅者尠，故越日又求屏幅，仍未見佳處，不得已，再求便面，冀於小中見大，詎意俗眼仍難鑒別，因俱置案頭，未加裝裱，不圖爲僕輩誤投字簍，乞恕其妄，趙聞言，氣沮色變，局促無以自容，興辭而出，翌日卽束裝離維陽，遍遊大江南北訪道，日必書字數百，寒暑無間，越數年，而名鵲起，卒成一代名家。

蘇臥雲遊港，謂有三不可解，其一爲香港男女盲人多 若非傳染與氣候，卽係飲食，環境不潔所致，予謂皆非也，蓋香港爲三教九流集中地，盲公盲女容易覓食，粵港一衣帶水之隔耳，全粵瞽者爲求得衣食計，有一藝之長，咸趨而之港無論矣，下焉者若乞兒，亦莫不以港爲理想地，在港凡小販皆須領牌營業，牌有限制，非化鉅貲，不易到手，惟盲者領牌無不允，或不須領牌，以港政府有盲廢優待之特例也，港固闢山爲地者，洋樓層層矗立，華燈初上，卽有不少盲者，胸懸馬口鐵箱，沿堅道一帶斜坡而上下，唱賣鹽脆落花生，其聲悽楚，居是者，聽其聲，可默會是時街上風雪寒燠暨瞽者所獲之有無焉，或則彈胡琴代叫喚，夜闌人靜，東街拉胡琴，西街唱「剃剃脆」，漸去漸遠，步履疾徐，工商合拍，不殊臥看一幕有聲無形電畫戲也，堅道舍利街有印度囘教寺，每週，盲人，乞兒，三五成羣，沿街上下，佇待印籍教徒之施與，彼教之富有者，每丐一角數角不等，習爲常，港多商肆，丐乞賸餘，肴骨猶勝菜根，故不獨瞽多乞亦多也，又瞽者集港，各有團體組織，若爲歌女，若爲醫卜，若爲負販，若爲乞丐，皆有首領，地域區分，不容或紊，而其首領則皆狡黠而不盲者，若某一地盲販或盲丐出缺，此首領則擇其閑散者遞補，無則多方設法羅致，間或誘流丐或童乞藥而瞽之，役其終身，飽一己之享受，非深入下層，不能知個中尷尬也，堅道一帶，時有瞽者，愴地呼天，號泣求乞，每出額腫如胡桃，歸不滿所欲，輒施鞭撻，其所受痛苦，實慘絕人寰、且不敢洩，洩則必死，故日乞兩餐，延命而已，有餘皆爲丐首所得，丐首甚有三妻四妾者，昔齊人有一妻一妾，傳爲美談，由今視昔，小巫見大巫已。

天祥言：滇西保山縣東南十五華里有一山通蒲縹縣、爲赴緬印之捷徑，該山土石，皆赤紅色，山上樹木稀少、遍山蔓草，民三十三年，伊隨軍赴緬作戰，道經是山，詢土人，曰此火燄山也，然山并無火燄或特異，山麓有洞，深莫能測，漆黑異常，寒氣凜然，莫有敢入者、洞口有神龕，內塑泥像四，即唐玄奘師徒四人，乾隆年間鄉人所建，土人言，洞即芭蕉洞，然因無志可查，亦姑妄聽之耳。山之西約二十華里，有一鎮，曰諸葛營，隸保山縣，昔武侯南征時，駐軍於此，故名，今東南方尚有二土墩，相傳即諸葛武侯點將臺，土墩面積爲二丈平方，高約五尺，墩之四圍皆平地，可容十萬兵駐紮，現平地均成腴田矣，據土人言：武侯五擒孟獲，即距該鎮三十華里之辛街云。

臥雲又言：「廈市有兩大敝俗，中人之家，蓄婢而通之，生子，或遺嫁，其不嫁者，終身服賤役，名曰「姐」，漢書所謂傅婢者是也，親生子女直呼其名，不以母視之，不獨非人道，亦傷天理也，又好養異性之子爲子，多男者亦復爾，植荊棘於庭階，不獨瀆亂宗祧，亦家庭禍水也，有識之士，宜亟起革之」，此說是也，然尚未盡，按廈俗，有稱妻爲雞者，又曰「細脚」，「姐」爲鴨，又曰「大脚」，通婢留不遣者爲「姐」，聘而歸者始曰妾，媵婢曰「隨嫁嫺」，隨嫁嫺鮮有不通者，通而去之，亦比比也，俗生女必纏足，否則爲「姐」而已，民國後纏足之風已廢，已纏者多解放，今卅餘年矣，市間細脚娘猶有存者，足半弓，放而不伸者亦不少也，蓄婢之風，雖未盡廢，已不如昔日之盛，蓋現代女子智識略開，蓄婢之家，稍有姿色者，往往爲外界所誘惑，去而之他，粗鄙下材，不甘於屈伏者，亦各有其新生之路，法律既乏根據，易致人財兩失，故蓄婢者已多改蓄爲僱，風稍煞矣，至於購異性爲子，始作俑者，多爲南洋番客，飽暖思淫慾，妻妾既多，各圖爭寵爭產，無子者，必求螟蛉一子，以期分得一分家產，無論矣，有子者，則藉口彼可螟蛉，我不可螟蛉乎，此妻妾之道也，富僑家庭妻妾衆多，生意如雲鼎盛，聘夥記，恐靠不住，亦廣熟而自謀，分我一杯羹，若爲螟蛉，呼我爲父，其心未必異，即異，我亦有權可以制裁，對外人丁衆盛，對內，家庭累積，此富家寡蓄異性子之又一原因也。

洪兆麟者，陳炯明部將也，以善戰稱，嗜賭好色，駐軍汕頭日，嘗衣黑響雲紗短衫褲，禿其頂，不修邊幅，日徜徉歌樓舞榭間，非女不歡，非賭不樂，妓有近之者，固喜其多金，而又畏其甚擾也，每戰，則陳「大花邊」案上，曰：勝，取其衆者，不勝，取其寡者，每攻下一城一地，聽所部飽掠三日，故兵無紀律，而樂爲死戰，既下漳碼、康樂道蕩子班，凡稍有姿色者，多被沾染，尤嗜小足，贛妓月紅，固金蓮三寸者，洪召至俱樂部，留三日，不令出，既歸，爲姊妹行沘所遇，衆始知洪有嗜痂癖，喜聞婦女腳汚，及女人之有腋臭者，朋輩乘其醉，偶以詢之，洪不自諱，且曰「此味祇應天上有，人間那得幾回聞，」咸傳以爲笑柄，顧爾時，軍閥橫甚，妓女雖畏之如蠍，不能不滿其所欲，否則，禍不旋踵矣，每與部下博，非推牌九，即開番攤，一注不勝，下二注，再不勝，下四注，如是累加，不勝不止，人畏之，輒罄所有，滿其所欲，洪得之，不賞妓，即賞兵，此則狗肉將軍所不如也。洪爲陳部粵軍第三軍第一獨立師師長，隸尹驥，尹亦湘人，爲人殊儒雅，而洪視之蔑如也，尹有參謀長二，曰王季堯，楊筱珊，皆湘籍，皆有肆應才，嘗涖廈，民十五東路軍攻下潮汕，尹王楊均逃廈，洪旋遇刺，按洪微時，嘗爲妓館帶班，人稱洪和尚，帶班者即弦索師，爲妓女拉胡琴者，既貴爲師長，同儕操舊業者，見洪輒稱老板，洪笑頷之，不以為忤也。

昔日軍閥，以奇淫無度著稱者，南有洪兆麟，北有張宗昌，讀夔公劍花樓雜俎，有紀狗肉將軍一篇，爰錄以實紅葉 張宗昌自贛移師湖南，軍紀敗壞，師行所至，沿途二三里，居民遷避一空，男懼拉夫，女恐姦淫，茶肆中有老媼，五十許人，自分老醜，當可倖免，不意為兵所執，縛之門扇，七人輪姦而死，湘贛之民，恨之切骨，一兵離羣失散，衆人攢毆之，落水陷叢葦中，衆復以石投之，兵不得已，復泅近塘邊，為衆掘土用活埋，怨毒之深，蓋可想見，張固市井無賴，以慷爽愚闇，為北洋軍閥所豢養，位躋封疆，當張作霖吳佩孚全盛時宗昌炙手可熱，其穢聞醜事，時人類能道之，予曾親見一事，亦殊有趣，張喜賭牌九，入局時南面踞坐，弁佐環列背後如堵，擲骰之後，摸得牙牌，往後一幌，不論為閉十或一點，弁佐輒呼天降，地降，或天九王，宗昌亦不檢視，擲牌棹上，推而亂之，左右立為掃盡棹上金錢，謂已通吃，宗昌則猶笑得意，旁人不敢究詰也，稍頃，聞步履之聲，橐橐而來，羣呼少帥至，張急讓位，少帥為皇帝，張連擲數注，盡負，意頗快快，八大胡同名妓亞仙者，最為張眷愛，是夕亦至，張急擁之膝上，告以大負，亞仙曰：「我為汝反敗為勝」，宗昌試再擲一注果勝，一手捏亞仙頰曰：「你這張小嘴，可真靈驗」，亞仙亦作媚笑曰：「我還包你三天之內，攻下南口，」一時張等圍攻馮玉祥軍於南口，期月未下，頗感焦急，聞亞仙言，喜不自勝，未三日，南口果下，自是，亞仙遂為宗昌帳下專寵之一人矣，有王某者，為張部團長，少年英俊，亞仙甚愛其人，不久，王遁走，亞仙亦下堂，民國卅一年，亞仙與王相值於春申江街頭，約翌日赴咖啡室情話，至日，王竟負約未往，今已客死香港，亞仙猶健在也。

蘇逸雲臥雲樓筆記：「曾文正清代有數人物，王湘綺著湘軍志，頗有微詞，傳太平軍與，王曾以蒯通說韓信者說文正，不從[illegible]，事定，文正薦賢徧各省，獨遺王，王憾焉，此語未知確否，惟文正卒，王挽云：「平生以霍子孟張太岳自期，異代不同功，勘定僅傳方面略」，「經術在紀河間阮儀徵以上，致身何太早，龍蛇遺恨禮堂書」，一識相業之卑，一識經術之疏，甚矣文人私見之難除也。』按太平軍時代曾若蒼頭特起，用龍爲蛇，未可知，然洪秀全非能成事者，曾早已窺其端矣，方其時，清室信任漢人，視滿人爲優，曾固清室儒臣也，湘軍崛起，遂總師干，信任之尊，一時無兩，韓信非漢高心腹，一朝拜將，遂總羣倫，身處上下交危之地，猶不肯背漢獨立，而謂曾氏以經術起家，際會風雲，艱難創造者，乃見異思遷乎；知其不然耳，故論人不能以後代眼光而譏議前代，蘇子所言是也，在今日漢族重光，漢人固宜推尊秀全，而在當日洪軍所爲，似非如吾人之理想者，否則，曾左胡李，必又是另一番人物，未可知也，然在當時，湘綺能[illegible]，文正荐賢，獨遺湘綺，實乃愛惜之，欲保存之耳，而湘綺見不及此，異已。

晉江蘇天賜，素滑稽，而畏人詢其年歲徵同事李君鐵民嘗問：「君今年幾何矣？」蘇李笑不即答，徐曰：「賤降今年三十二公歲」，君初不解，已而乃悟，蓋世以二市斤爲一公斤，三十二「公」歲，乃六十四「市」歲也，「公歲」自我作古甚奇，李繡伊先生嘗告予：「朋友讌會，以予齒高，每請予上座，左也讓，右也讓，予笑云：「不要把我讓到公婆龕上去，」衆爲哄堂，此亦一老笑話也，戰時，東飄西泊，舉家流離，不自覺鬢眉漸白，每市肆購物或乘車，人多呼予爲「老伯伯」，初不自覺其老，聞之頗有慊意，久而聽慣，不老亦老矣，大抵人之壽數，普通恆在六七十歲，故談命者，少有批八十以上，批至七十則爲高壽矣，子曰七十而從心所欲，不逾矩，可知八十歲古人已難，故不論，何況今也。

周丁因，浙江永嘉人，陳滌盧創廈門小報，周爲總編輯，爲人浪漫，不修邊幅，然善白話文，下筆動輒數千言，腹儉，而文不荒，亦一時作家屠龍手也，廈小報發刊不久，以厄於經費停辦，旋昌言，如是，廈晶各小報亦被禁停版，昌言改刊廈門晨報，蜀人張止淵任總編輯，周編副刊，當時小型報，新受創傷，台浪人橫甚，而一部不肖官吏復與敷衍苟安，晨報雖繼起，欲以另一種姿態表現，卒不能挽回刼運矣，久之，周赴滬辦小報，無成功，十九路軍淞滬抗戰，周與許輝洵辦戰時特刊，以記者而自兼賣報童，出入槍林彈雨中，可謂勇矣，顧戰爭旋停，十九路軍調閩，周徜徉滬瀆，鬱鬱不得志，窮迫益甚，竟跳黃浦江死，先是周在廈與蘇古春翟遊，古春嘗爲蘇歪面副官，狡黠很險，闢室東亞，通陳國輝爲不軌謀，周不知也，時有補鞋匠與周同鄉同居，匠婦輕佻，久而成姦，匠覺，執周詣官，報紙鬨傳，周不能居，遂赴滬，古春嘗騙歪面鉅金，許卓然先生被狙，有傳蘇與許案有關者，蘇懼離廈，與歪面遇於泉州黃子鎮宅，歪面察古春有異謀，佯與歡，堅邀至其家議事，古春不疑，既至，歪面猶盛筵款之，夜遣妾導古春入室，足甫及閾，弁發槍，貫腦而死，乃瘞其屍以甕埋園中榴花下，其後，歪面亦爲國輝所殺。

滇黔人惜水如金，有終身祇浴三遍者，即落蓐，娶妻，及成殮是也，普通之家無論矣，富有者，一家十餘口亦祇面巾一條，更番輪用，次而下者，惟以掌捧水滌面，以指擦口，塞天猶可，暑天，汗臭洋溢，近之，輒令人欲嘔，又滇人論嫁娶，必先問三條件，一，煙燈數，二騾馬數，三，始及房產 蓋鴉片煙燈多，人丁衆，產亦厚，否則，不能支持也，滇地崎嶇，交通不便，貨物運轉，行旅交流，非騎不可，故「行產」較不動產爲尤重也，滇西之保山女子，迄今猶纏足不變，十四五歲女孩，背駝一簍籠，三寸金蓮，梟梟婷婷，中年老人，亦復如是，沿海人士或外人遊保山者，驟見，未嘗不目瞪口呆，如入另一世界，美兵過保山，爭購繡花纏足小鞋，及小兒之帽箍，寄美展覽，鞋帽肆咸大獲利市，滇緬交界之芒市，仍為土司所轄，土司俗稱土皇帝，土人見之必行三跪九叩禮，見中國官兵，輒稱天官，土人非宮女或曾充宮侍者，皆赤足不穿襪 富厚者亦然，每當春令，輒舉行男女拋球選婿盛舉，男列左，女排右，甲女看中乙男，遽拋球擲之，男接球則為表示同意，於是，男索女身上物，盡舉與之，既散，女遂詣男家談判嫁娶，不合，男棄球，或拋乙而誤中丙，女則與丙接，蓋猶沿中國古代彩樓擇配之意耳。

天祥言：滇西怒江，即古之瀘水，諸葛亮「五月渡瀘」乃其地也，江水洶湧，潮流湍急，雖善泅，莫敢下，沿江多鐵橋，建築極宏偉，以惠通橋稱最，橋為滇西鉅商梁金山所建，為戰時我敵必爭之地，過橋即松山，松山乃高黎貢山之支脈，高黎貢山拔海七千餘公尺，松山亦五千餘公尺，滇緬公路汽車須沿松山而過，蜿蜒百餘華里，山下徒行至山上，歷時須一日，民三十年，松山為寇軍佔據，我軍斷橋固守江東，敵軍不能越江而過，乃構築松山堡壘，稱為第二馬奇諾陣線，至民國卅三年秋，始為我軍攻下，犧牲精銳達八團之衆，山中築有戰壕，四面環接，連亙不斷，壕外佈有鐵絲網及電網三道，每一鐵網之出入口皆有電鈴，幷以軍犬代替哨兵防禦，鈴聲動，槍聲即發，發射準確，無或免者，夜間偷襲，軍犬見影即吠，人未至，敵已覺，故偷襲猛攻均感不易，陣地皆築於山洞，洞中掩蓋工事，更為堅固，頂座置有鉅木，沙包，次層為石梁，下層為鋼筋混凝土，盟軍以飛機大砲，更番猛炸無效，其後以鉅量炸藥開隧道輸入，用電流爆發，炸山為田，守軍全沒，守山者，為一敵軍少將，年已六十餘歲，不甘俘虜，切腹自殺，在洞內搜出中國婦女百餘人，糧秣械彈無算，足供三年之用而有餘，卒之，馬奇諾焦土全翻，五千海拔高山半成平地，徒恃暴力與天險，何濟於事哉。

中國影片有「賽金花一劇」，劇情如何，予未覩，雖下批評，惟賽金花庸材耳，非若明季秦淮八姬，書畫詞翰足以動人，識見志節足以服衆，若李香君血染紈扇，河東君死殉虞山，足以照爍今古也，按賽金花於庚子八國聯軍蹂躪北京一役，與瓦德西同宿儀鸞殿，出入禁宮，并騎首善，爲國恥史上大汚點，大恥辱，當時德人且諱言之，而中國人乃播之紅氍毹上，形諸電影以爲榮，豈非大謬邪，觀於我國電影界取材如「小白菜」，「潘金蓮」「三笑點秋香」之類，無讀史眼光，祇以圖利爲標的，如此影人影事，殊堪慨嘆矣，曩在港觀「紅軍十三壯士」，深嘆蘇聯映片有偉大教育意義，其後又閱一片，忘其名，亦蘇聯出品，雖劇情不及十三壯士之轟烈動人，然以視美國好萊塢之一貫作風，夐乎遠矣，安得化千萬身，爲中國影壇現身說法，而改進其江河日下之作風也。

閩畫人謝穎蘇者，字琯樵，別署懶雲山人，善畫蘭石松竹，筆意略肖新羅山人，瀟洒中微含蒼勁，書學米老，喜談兵，擊劍，時有四絕之稱，奇人也，相傳謝在林文察軍中，太平軍李侍賢部入漳，謝倉卒中與騎遇，一騎揮刀，頭巳斷猶行十數武始仆，騎驚爲神，羅拜而去，謝死後，其遺墨人爭寶之，惜頻經喪亂，流傳甚少，生平所見謝畫，寥寥可數，前十九軍某旅長駐龍巖時，得謝畫虬松一幅，雲烟滿紙，逸氣盎然，信可寶也，林畏廬題謝琯樵墨蘭摺扇云：「琯樵先生吾閩之詔安人，能舞劍，好畜馬，每作畫時，翳其窗紙，令不漏日月之光，以小紙撚細條，爇油，以自照其畫，畫時不令人見，跣二足，令小童搔足心，至奇癢不可遏抑，則起而揮毫，自謂筆底似有神助也，又嘗斲檀香木爲小棺，肖己像爲木偶人，製小衣冠，稱木偶之長短，閒時衣著既完，納入棺中加釘焉，則拍手大笑曰「吾事畢矣」，及遇難漳州，屍不可得，其友蘇君卽以小棺葬焉，今其墓蕪矣，先生足不出閩疆，書畫之妙乃無知者，閩人之不善爲名，在昔已然，小子後生乃能稍一潑墨，而名已譁噪都下，展讀先生遺墨，不期汗出如瀋也。」

人有能，必有病，有才，必有癖，惟善御與不善御而已　漢高能用韓信，項羽不能，非不能也　有能而不能用能，斯其病耳，惟漢高有能，且能善用他人之能，故卒成其大，而項羽，信，終爲漢高滅也，或曰：「誠如子言，漢高能而不病矣，何以圓其說？」黃子曰：「兔死狗烹，此漢高之病也，惟信有才，必使畢其才，天下已定，無所需信矣，則去之，夷滅之，此漢高之病無害於能者也，項羽不然，自恃其能，而小覷天下之能；終之縱漢高而爲漢高滅，鄙韓信而爲韓信迫，雖有一能，莫掩大病，此其所以敗也，雖然，天下後世多爲羽惜，而病漢高，此何故哉，仁與不仁之別矣，項羽能容太公，呂后，釋漢高不殺，漢高不能也，或以項羽弑義帝，屠咸陽，燒秦宮室，爲項羽病，夫秦宮室不當毀耶，秦政之裔，李斯趙高之徒屬，不當滅耶？義帝，漢高所殺歟，項羽所弑歟，千古下誰證之，誰見之，予故曰：以羽爲婦媼之仁者，非知羽者也。

家族自治會，廈門最盛，有會必有祠，如林黃吳陳等其著者，漳州有許蘇連三姓聯宗，菲律賓有陳姚虞胡田共族，稱曰有嬀堂，蓋謂五姓皆大舜之裔也，夫同姓通譜，昔人已病之，今一姓不足，而三姓，三姓不足，更五姓，涵義尤廣泛，然不知此事古人已開其先例，如盧杞集崔盧丁呂四姓合建太公呂尙廟，日知錄載何與韓爲同姓，陸次雲蒯徹論，廣南韋姓爲韓信後，此五姓聯宗，三姓通譜之所本歟，廈門原隸同安，陳吳二姓爲同邑鉅族，陳姓所居爲丙洲，吳姓所居曰潯江，地皆瀕海，族庶丁強，多以操舟爲業，廈門固通商口岸，輪船出入頻煩，自海禁開通以來，吳陳兩姓因爭儎而致械鬥者，無間年月，二姓恃其族衆資廣，遇有因械鬥而致死傷者，官捕急，則買兇塞責，朝入獄，暮輸金，不旋踵卽釋出，官是士者，多抱投鼠忌器之旨，不欲興大獄，行政官吏諉之司法，司法官吏諉之法律，各立於不敗之地，爲己計，而不爲地方計，地方人士除奔走呼號，爲魯連，爲朱郭，以求息事甯人外，無肯倡議爲正本清源之謀者，馴至械鬥成風，循環靡止，有由來矣，世無西門豹，鄴都其人，欲期百年惡習，一朝廓而清之，難矣哉。

諸葛武侯出師表之「深入不毛，」卽今緬甸境之「八莫」，亦有謂係「瓦城」者，予謂：不毛乃沙漠水毛不生之謂，不一定指八莫或瓦城，而孔明七擒孟獲，曾曾抵瓦城則是事實。

滇緬界一帶之擺夷，呼諸葛亮爲「爺爺」，無敢直呼其名者，迄今數千年來，此風未替，硌德入人之深，遠矣，惟入緬境則異是，緬人繪畫，輒作孟獲南面坐，威儀凜凜，諸葛公則捧苞茅珍寶，北面而朝，蠻夷不能自掩其醜又如此。

陳仲弓異聞記云：張廣定者，遭亂避地，有一女子，四歲不能走，又不忍棄之，乃懸籠於古塚中，意謂他日得骸骨，及三年歸，引取之，見其尚活，問之。女答曰，食盡則餒，見其旁有物，引頸呼吸，則效之，故能活，廣定入視之，乃一龜也。觀此，則張子房辟穀，甘地翁絕食，或亦深得龜法歟？當茲米珠薪桂之世，特廣其意，公之大衆，共效法之，龜乎，龜乎，汝果能不飮不食而生乎？

龍溪陳家瑞先生著漳州抗倭史略，所引證書目計有十三種，堪稱抗倭史實之最完備者，是書成於民國二十六年，與予著三韓亡國慘史相先後，惜三韓演義一書，印行不多，未銷流內地，在廈者悉被燬滅，刼後歸來，承陳君惠贈一冊，爰錄其總述一則，以見倭寇蹂躪明季之始末焉。『倭患與有明一代相終始，其爲患種種，略如左引所述，甲，關於倭患之由來，一，日本海盜及商賈所爲，二，日本政府武人所指使，而諉不負責，三，沿海游民及寇盜勾引而至，四，張士誠，方國珍，陳友諒殘部與之結合，乙，關於倭寇之成分，一，眞倭，所謂眞倭，以「薩摩」，「肥後」，「長門」三州之人爲多，有白眉者，有赤體者，有利用其婦女以役使諸從倭者，二，從倭，從倭多江浙閩粵四省人，其類不一，有鹽民，有蜒戶，亡命罪人，有失職及不得志之士夫書生，其數以嘉靖間爲最多，三，脅從者，脅從者皆中國人，大抵爲被掠人口，脅使從逆不能自拔者，其數嘗十倍於倭；每被驅作戰前鋒以死；莫得逃脫，丙，關於倭寇之肆擾，倭寇肆擾，約分三時期，明洪武初至正德末爲前期，特點爲，一，渠帥皆眞倭，二，以刼掠爲目的，三，多假朝貢以行之，四，偏擾山東，江南，浙江，福建，廣東五省沿江沿海各郡縣，嘉靖一朝爲中期，漳州倭患卽是時也其特點爲，一，渠帥多從倭，二，刼掠兼有報復及求撫作用，三，倭多假互市以行之，四，集中江浙，以及閩粵，深入內地，五，奸民特多，萬歷及明亡爲後期，特點爲：一，依附中國海盜，不能獨樹一幟，二

，由江浙流徙閩粵，在山東，江南者已絕迹，倭寇入擾之時期及地域，憑風信之向背爲轉移，倭船之來，恆在淸明至五月，重陽至十月，宿至之倭，多屯據我境上及海島，江南之川沙窪，柘林，浙之雙嶼，普陀諸山，閩之平海衞，北茭，梧嶼，皆其巢窟也，丁，關於倭寇之情狀，丁，來必以船，船旗幟題，「八幡大菩薩」，或「八幡船」，登岸輒焚其船，魚貫而上，單列緩步，强者爲鋒殿，每隊二三十人，隊相去一二里，二，吹海螺，揚白旗，爲進退之節，或揮扇爲號。三，行衢陌間，不入委巷，恐設伏也，不敢沿城而行，恐城上抛磚石也，居則據高破垣，以防襲擊，四，善埋伏，常繞出官軍後，夾攻取勝，五，市鎮則匿民家，田野間伏林莽，河岸則藏蘆葦中，六，善詐，效鄉民及官軍之裝束，以給官軍，七，陸遁，則懸羊以擂鼓，舟遁，則樹檣燈於竹篙，爲疑敵之計，八，入寇則稱來貨，伺隙則由失航，九，嘗乘風雨黑夜以進攻，或乘潮而猝至及遠

遁，十，攻城必布奸細，或遣賊詐降爲內應，十一，所過焚掠，富室尤難倖免，十二，擄人勒贖，否則鋸殺，又發塚取骸勒贖，十三，擄婦女．驅令纖繭，夜則聚而淫之，十四，得孕婦，剖腹視男女，殺戮嬰孩，飲其血，或束之竿上，沃以淋湯，觀其啼號以爲樂，十五，得酒饌，令人民先嘗而後食，十六，戰時用雙刀，刀長五尺餘，或竹弓，長八尺，有鳥槍，有砲，不甚習用，十七，攻城之具，有硬梯，軟梯，雲車，望高台，十八，渠帥戴銅兜鍪，著鎖子甲，束生牛皮，衣紅，乘馬，兵無甲，冬夏只花布衣，或赤體，下著短袴，十九，迷信鬼神，每行止，必禱問，又信卜筮及籤語，二十，志在劫掠，無遠圖，戊，關於倭寇之勘定，勘定倭寇，得力收功於左列各事，一，城戍衛所，對遼東，山東，江南，浙江，福建，廣東，皆有衛戍，分布要害，福建一省，即有衛十一，千戶所十六，巡檢司五十二，水寨七，瞭望台三，烽堠一百八十三，又嘉靖中，濱江沿海各地方，紛紛築城以自衛、福建海澄縣城，即經始於三十六年，其他岩寨堡隘之增設，尤不可勝計．二，戰船，明初，閩浙沿海各衛，已奉造船備倭之命，嘉靖間，或徵集，或仿製，船制參差不一，然皆用以備倭，有所謂大福船，二號福船，哨船，冬船，鳥船，快船種種，皆閩製也，三，將帥士兵及民衆，平倭將帥劉元，朱紈，王杼，張經，俞大猷，戚繼光最著 戚俞尤吾人熟知，俞籍曾江，張籍侯官，皆閩產也，士兵有衛兵，調兵、募兵，練兵之別，募兵以寶山嚴家兵爲最，練兵以戚繼光之戚家軍爲強，洪武二十年；沿海衛戍，已徵調閩中福興泉漳四府之兵，其時漳兵與蜀兵西陽兵，義烏兵：並馳名天下，俞大猷所部，俱漳人也，義勇編練，守土抗戰，捐軀報國，前仆後繼，所在多有，抗倭烈士事蹟，後有專章敘述，漳州各縣人士抗倭有名者，安溪黃釧，林昌，王大任，同安呂誠源，林青卿，永春游廉，許財佑，俱見志乘。」

天祥著南征散記，錄其兩則，其一云：滇西有山曰三官山，地形極險，山可通騰衝，龍陵，芒市三縣，日寇在山上築有陣地，異常堅固，我軍登山而攻，無蔽可掩，輒爲所敗，時予任某團特務排中尉排長，奉命攻山，團長檄一連進襲，死傷過半，再調兩連，屢進屢退，傷亡漸盡，知不可以力取，乃電上峯請援，由盟軍派機四架，更番猛炸，將陣地夷平，步軍始上，是役，與余同進第十二集團軍甲級軍訓班，同畢業於軍校第十七期，同參加緬甸遠征軍作戰之副連長黃君輔殉焉，君輔廣東大埔人，父爲新嘉坡華僑，僑生，故能操閩南語，與余意氣相投，作戰前夕，余酌以巵酒，祝明日勝利，至夕，大雨，君輔督隊登山，再退，再進，一彈飛來，遂陣亡，逾三日，陣破，敵潰，余率四健步，搜索君屍，君胸部中槍，彈由背穿出，面目已腐，猶可辨認 乃掘地瘞焉。

其二，軍中有三忌，一近婦人，二啖狗肉，三穢諸不潔，凡老兵無不知者，有新兵入，輒告誡之，又將戰，煮飯不熟，軍將必斬炊事兵御軍，鮮有免者，故戰前，將炊，主管必誡炊事兵曰：「今夜造飯須仔細」，其常也，我軍反攻緬甸時，予任某團上尉駝載連連長，班長某捕得野犬，宰以進，食而後知，亦不戒意，是夜，突奉令率全連襲蒙果山敵陣，敵覺，機槍彈雨下，予指揮隊伍冒雨彈疾進，左右士兵先後倒地，予腿部中三彈，護兵某，蛇行而前，冒險舁歸，以飛機載返後方療治，事後，此種哲學，其理難明，存而勿論可也。

鄭福之者，潮州人，暹羅富僑也，年少，美丰儀，偶遊市廛，遇女郎，驚爲絕豔，尾之，跡其住所而返，既偵知爲謝某未婚妻，謝亦富僑，難以勢奪，思得一計，以重金購女像一幀，賄攝影師合己像爲一，放而大之，陳於廳事，折柬邀謝，謝至，覩像大驚，佯問女何人，鄭曰「予未婚婦也」，問：「婚期何時？」曰：「在邇，」謝默然，歸即函女，願解婚約，女家莫明所以，亦姑聽之，鄭旋遣媒求婚，女父母允焉，合卮後，夫婦相得甚歡，女喜觀劇，每深夜始歸，久之，鄭覺女行止有異，乃與譜兄鄧六謀，鄧任暹府偵探，初：鄭有鑽戒二，夫婦各約其一，至是，以戒贈鄧，鄧感其意，使女傭於鄭妻，察其行止，女覺，不自安，由是，深自韜晦，鄭心稍慰，以爲女已覺悟也，一夜，忽有盜入，刃鄭夫婦之首以去，兩屍橫床上，一絲不挂，而女傭則杳，鄭家告官，官疑鄧，乃責鄧獲盜破案，鄧訪查彌月，無頭緒，因告暹政府，曰：「盜殺人，必遠颺，予我一月限，赴港粵偵緝，必獲」暹府許之，並派人跟蹤，防其遁也，鄧赴粵港半月，無所得，乃之汕頭，偶步市肆照相館門口閒眺，忽一人出，握臂邀入肆，乃曩所識之攝影師陳某也，蓋已回國營業矣，陳極寒暄，鄧則落落，時案上有照片一冊，乃徐翻閱之，聊解鬱悶，忽覩一幀乃鄭妻與一男子合攝者，驚喜，詢陳，何時所攝，陳曰近日，且言，男子爲名伶，今夜正登臺演劇也，鄧默誌之，遂辭而出，至夜，入院觀劇，迨某伶出場，左手無名指戴一鑽戒，閃爍奪目，觀衆莫不注視，而包廂中有一妹，豔妝入時，頻頻喝采，仰視，果鄭妻也，亟出，告警，劇終，遂將二人逮繫，鞫以謀殺事，女供：與男伶戀奸，賄盜殺鄭及女傭，人必疑女傭與人私而殺鄭夫婦，盜其財寶以遁，傭婦不得，案終不能破也，其計可謂狡耳，案白，男伶與女均解回暹羅伏法。

中國人食物用箸，歐美人用刀叉，印度人用手，惟印人用手，有左右之分別，右手專以拈物自食，或以奉人者，左手則洗滌汚穢，不能隨便使用，如以左手持食物獻人或贈人則爲不敬矣，蓋印人如廁，恆用左手指洗擦臀部也，印人之奉婆羅門教者，食不用箸，刀叉，亦不用指，雙手捧盤至口，俯而嚼之，一如獸類焉，甘地翁卽奉婆羅門教者也，此教食猪肉，而屏牛肉，而奉回教者，則嗜牛，羊肉，而畏猪肉，同是印人，因奉教不同，而嗜好異趣如此，日本人用箸，食後卽棄之，日人以爲衛生，其實亦不盡然，蓋箸多以竹製，竹每生蛀，外裹以紙，紙亦易長微菌，衡情度理，未必每食易箸，卽爲清潔耳，中國人用箸，上流爲牙箸，銀箸，次焉者竹木箸加漆，或鑲銀，下焉者，粗製濫造，不一而足，然亦不輕棄也，又有一種印度人，係仰面而食者，食時，面向天，張口，以右手指拈食物墜而下　人類智識愚闇之不同，亦各如其面，異已。

戰前，嘗搜集關羽，岳飛，韓世忠，文天祥，史可法，鄭成功，黃道周等事蹟，將成，而戰事起，稿本全失，戰後欲竟全功，參攷之書，什不得一，在廣州，上海舊書肆，尚有善本演義或諸家記載可搜羅，若廈門則難矣哉，按關西故事，載關羽不姓關，少時力最猛，不可檢束，父母怒而閉之後園空室，一夕，啓窗越出，聞牆東有女子哭甚哀，有老人相向哭，怪而排牆詢之，老者訴云：「吾女已受聘，而本縣舅爺聞女有色，欲娶爲妾，我訴之尹，反受叱罵，以此相泣，羽聞大怒，仗劍逕往縣署殺尹並其舅而逃，至潼關，聞關門圖形，捕之甚急，伏於水次，掬水洗面，自照其形，顏色變蒼赤，不復認識，挺身至關，關吏詰問，隨口指關爲姓，後遂不易，東行至涿州，張翼德在州賣肉，其賣止子午，午後卽將所存肉下懸一井中，舉五百斤大石掩其上，曰能舉此石者與之肉，羽適至，舉石輕如彈丸，攜肉行，張追及，與之角，力相敵，莫能解，而劉玄德賣草履亦至，從而禦止，三人共談，意氣相投，遂結桃園之盟，此事三國演義未載，惟京劇演桃園結義有之，所謂掬水洗面，顏色變蒼赤，蓋附會伍員過昭關，一夜鬚白，事屬荒誕，演義不取爲有由矣，關羽不姓關，本姓爲何，關西故事未見詳述，而蒲東解梁多關姓，事亦費解，又稗史載：龐德爲關羽所殺，其後人隨鄧艾入川，遂盡滅關氏，果爾，則關羽或無後。

余僑寓江西龍南半年，龍南僻處贛省邊鄙，與粵之和平縣交界，其地四山盤錯，風氣閉塞，人民多閉關自守，刻薄固陋，公營事業如電燈電話自來水皆無之，仍燃油燈，使用火水油或樟樹油兩種，火水來自曲江，樟油則產自本縣，從漢屏門入，僅馬路一條，非墟日，市肆蕭條，行人寂寞 以視閩漳之海澄，石碼猶不如也，每逢墟日，四鄉易有無者雲集，產品有煙葉，黃豆，米，菰，落花生，人無分富賤多手抱一水煙袋，以消遣時日，所產煙葉，質薄味澀，祇供本邑刨作皮煙用，不能製作紙煙也，製紙煙者多來自廣東之南雄，戰後，南北車船暢通，舶來紙煙大批湧進，本土煙葉，大受打擊，多改種其他植物，地濕多蚊，晝蚊皆細如蔑蠓，不見形，不聞聲，樹下草間，稍坐片刻，肉皆墳起矣，夜非懸帳不能睡，食惟蔬菜，肉，魚蝦極少，有之唯草魚鯇魚，然非墟日不宰售。購肉非搭骨腸則配頭尾，農家或大戶多自釀，客至，獻酒爲嘉賓，獻茶爲俗客，地雖鄰粵，而涇渭分明，民國以來，粵軍常駐贛境，情感極壞，士人每呼粵人爲蛇，粵人則名之老表，姓情嗜好亦格格不相入也，風景以玉石岩稱勝，岩有二，一曰上岩，一曰下岩，上岩惟一洞淺而狹，無甚異，下岩差勝，洞中有洞，泉流涓涓，寺僧接喉貯水，烹茶供客，甘芳異常，方暑，投洞休憩，如入清涼世界，岩際雀巢羅布，飛鳴上下，見客不驚，巢皆以泥築成 如蟻穴，低昂有致，參錯不一，亦奇觀也，明武宗間，王陽明平浰頭賊池仲容，駐軍於此，故有陽明小洞天之號，迄今懸額猶深嵌石壁中。

杭州西湖，遊者夥矣，顧遊客惟知湖山之美，不知其特點之所在也，杭人某氏嘗告予，西湖有泉眼，在湖之東北角，每日子午之交，掉一葉扁舟，徐駛其處，投以丸片，則水珠濆出，天然之「湖樂」生焉，然須靜志息慮，凝神細聽乃得，否則，不易領會，憶曩歲遊台灣日月潭，潭側有熟番善爲自然音樂，或十人八人，各持短挺，赤足，團團作一圓陣，一聲胡哨，則以挺點地 和之以足，疾徐上下，而音韻出焉，此自然之天籟也，蓋近湖之地，地心中虛，擊之則作金石聲耳，予居西湖近兩年，所不能去懷者，惟此「湖槳」，又其一，則為居民之飲食問題，晨輿，近湖民居輒持碗碟便桶或魚肉菜蔬，臨流洗滌 旅店酒樓之擔水人則絡繹不絕，擔湖水作飲料焉，左糞溺方傾而下，右水桶已吊而上，湖警視欲無覩，居民習為固然，生斯長斯食斯者，殆不知衞生為何物已，或曰：湖之面積殊廣，穢物傾下，毒質成分減少，故飲食之無虞，殊不知傾滌污穢，胥在湖畔，滯流不暢，汚穢淤積，舀而飲之，不生病亦傷腸胃矣，遊湖而飲食於旁近之旅社酒肆茶座者，寧知一飲一啄，皆衆生之排洩物乎？可戒也。

盆景，又曰盆栽，按即宋代之所謂花石綱是也，粵人擅盆栽，香港廣州尤盛，以宜興盆，英德石，龍岩茶，石灣人物，為盆景，生香活色，春意勃然，視四王山水，徐崇嗣，沈南蘋寫生有過之無不及也，予旅港四年，嘗從花農學圃，略識栽種之法，然以較擅長此技者，尙是三等手而已，個中能手日戴禰者，每為盆栽，先相樹，樹形具矣，則配盆，盆具矣，則移植，然後置樹蔭下，將息之，噢咻之，俟其本固矣，嫩葉茁矣，遂左手揑樹，右手執利，留其軀殼，去其枝葉，如蠶嚼桑，如風捲雲，旁觀者，正心驚目眩，神凝意奪，而一盆之栽成矣，尤奇者，半枯之樹，經其摩娑，罔不著手生春，非餘子所能及也，盆栽樹以茶，榆，松，星，影，竹，紫薇，酸味較普遍，而茶獨佳，春時賞葉，夏賞花，秋結子，冬則葉落枝挺，傲骨風稜，彌存古意，某次，九龍塘開盆栽展覽會，予植五茶成一林，四圍插石，石下為活泉，一石灣名製人物臨流佇立，意有所思，予題兩句云「深山不少離羣葉，不向人間低處流」，後為某鉅公購去，盆為宜興製，色作妃子紅，今無此雅興矣。

繡伊先生喜養金魚，顏其齋曰「紫燕金魚室」，紫燕者俗名蝴蝶花，花時甚美，惟不經久，葉由夾縫中歧長，青翠可愛，余亦喜之，少時亦嘗養金魚，十五歲後，先祖鴻恩公逝世，迫於生計，飄泊四方，衣食不遑，無此閒情逸致矣，先父子元公嘗告遠，張南皮督粵時，好養金魚，所畜多異種，有九品，其名甚新，即一墨芙蓉，二金線圍，三玉蟛蜞，四孔雀屏，五鶴頂紅，六青玻璃，七朝天笏，八錦豹子，九藍寶石，九品中，墨芙蓉最難致，此品僅一尾，乃安南賈胡所餽者，謂其色已三變，始爲半金白色，繼變全金色，後成黑色，再經二年乃變純黑如松煙，發燐光，兩眼澄然、若墨金，絕品也，孔雀屏，錦豹子，青玻璃三種，爲人製金魚，此法亦傳自賈胡，先取寸厚赤磚浸尿缸中，逾月取出，置不見日之陰地晾乾，伺蠶蛾撒卵時，放蛾於磚，俾放卵磚上 放畢，仍置原地，護以紗囊 勿令鼠嚙蟲蛀，至三伏日取出，放瓦盆中，沃以山泉或井水，水逾磚盈寸爲度，放日中曝之，稍久，魚即化出，法是否有驗，鴻恩公未嘗試，然四十年往事，今猶深印腦中，誌以待生物學家之研究。

獸類唯象性最靈，且知恥，他畜不能及也，楊浚明言：安南暹羅之象，象休必雙，土人獵象者，獵槍皆特製，彈銳而長，尾端如旋螺形，不發則已，發必貫雙象，獵者獵象，必先偵象跡，無象羣始下手，防羣象來襲，死無地也，象交多在穀雨前後數日，信屆，輒先築室如洞，壘石或樹木稻稾爲之，交時，或爲人所窺，則必斃窺者而後已，如地近水草，則泅至無人跡之處，澗邊石底行之，閱微草堂嘗紀其事，信也。人謂：象奴多懂象語，其實，乃象解人語，蓋習慣而知之，限於舌鈍，不能發音如人耳，近人有研究象生活及知識者，其辭云：象每日廿四小時有十八小時覓食，睡眠不過四小時，食時，邊行邊嚼，站定而食之時間亦極小，工作以搬取森林中樹木運至溪邊爲最普通；緬甸或暹羅大規模之森林公司，有僱象二三千頭者，工作時，隊伍整齊，並不混亂；每星期工作僅四天 晨六時工作，十時即輟，過此，不能復強也，日須帶至溪河洗浴．澡畢，聽其散步覓食以爲常，通常工作，象頸必繫鈴及鍊，鈴備報警，鍊防失踪，蓋遇猛獸，象與角或奔則鈴響，鍊過則留痕，易於踪跡也，象壽命與人類彷彿，普通六七十歲，七十五歲以上者極少，開始工作時恆在十六歲，體格發育完全爲二十歲，雌象十八歲卽能生育。過六十五歲，便不能工作，印度象肩高九英尺，體重五噸，雄象多長牙，無長牙者名曰哈因，哈因力猛，常打敗長牙象而被稱作象王，雄象有一種毛病，名曰麥司病；發時如人類之中羊癎，須將象四足縛牢，至病愈爲止；否則傷人毀屋，難於收拾，或以爲性病，非也。

有清一代畫家，余最服膺任伯年，嘗著拜頤亭讀畫記：推重備至，惜原稿未刋，已於戰時遺失，今不復盡憶矣，民十一年春，余遊澄海庵埠，見任畫垓下圖一幅，紙本，圖作大帳幕，帳外一烏騅昂首長嘶，兩健卒持火炬，分立馬後，人物鬚眉，旗幟馬鬣飄動如生，烏江一綫，遠遠自雲樹中透出，不見霸王，不見虞姬，而霸王叱咤聲，美人嗚咽聲，歌聲，劍聲，步履聲，恍然如躍紙上，神化之筆也，又一幅爲田橫五百義十圖，圖繪大槐三株，交叉奇古，疊石爲壘，高下不一，有坐而酌者，有立而語者 有仰而射者，有騎而下者，有奔而告者，有戟指而罵者，面不一面 狀不一狀，已欲觀止矣，忽槐縫中有美人面露出，櫻唇一點，螺髻高懸， 負手背立 面對美人者， 則齊王田橫也，格局奇特，生面別開，可謂前無古人無後來者，圖中人得三十二，得物十有七，大樹三，小樹六，隘口二，石壘五，縱橫石無數，枝葉有懸崖而下者 有直挺霄漢者，生平所見任畫 此爲第一，不可不紀。

伯年生平怕薙髮，恆一二月芟一次，剃頭師下一篦，則髮稷稷落，而藤黃，靑綠，鉛粉，鴉片煙屑亦稷稷落，蓋伯年作畫，輒先吸鴉片起腹稿，稿未得，則頻以指搔首，積久，色料與煙膏固結，牢不可解，非有善手，難爲下篦矣，薙匠某，伯年同鄉也，一日告伯年曰：

「任先生倘再用我兩年，我可以開一間顏料舖矣，伯年亦笑曰：「你的顏料舖開成，我不要變成禿頭了嗎？」其風趣如此．晉江人蔡德遠，嘗詣任寓求畫　任曰：「君來自福建，畬情可感．稍待，我為汝作一佳畫　言畢　躺而吸煙．口張目閉，似睡非睡．約片刻，忽躍起，取便面亂塗鴉，蔡微睨之，殊無所似，旋復臥，復狂吸煙，頃之，復起　下筆如飛，即視，則古柳數株，良駒八匹，或俯或仰，或翻或臥，形狀不一，顏色亦不一也，德遠再拜稱謝，歸為人言，任作畫時，下筆迥不猶人　當其起腹稿時，似神與物會，凝而為一，宜其卒享盛名，千古不朽。

蛙善鳴，往歲寓江西之龍南，居近田塍，入夜，蛙聲大作，輒起，靜聽，如怨，如怒，如哭，如詈，蛙鳴聲緊張不一，旅人幽思亦伸縮不一，漸定，忽有光如豆，自田間出，自遠而近，乍明乍滅　初疑鬼火　既而自念　世寧有鬼哉，殆螢火耳，須臾，雲破月出，燈微人

兒，則鞠躬如者，捕蛙人耳，余乃徐步而下，一就而與語　捕蛙人曰：余業此，三十年矣，一蛙之值雖賤，一物之命雖微，而一蛙之長成由蝌蚪而至於可供膳食須三年，世之快朵頤者，寧復知生之者之難，而殀之者之易也，蛙喜趨炎，而畏寒凍，見光則聚，余擇其鉅者羅之，其不肖者舍之，約計鬻諸市　可得三斗米則亟止，其常也。」余曰：「何不滿爾簍，多得金，足而食，新而衣．」答曰：　貨多則命賤，徒戕生命而已，吾固窮，而得天不窮，其不窮者　徒快意一時矣，甯知三十年後，蛙猶是也，余猶健也，而世之不窮者　今安在哉？」黃子曰：「若而人者　知足不辱，知窮不殆，可以語道矣　作捕蛙者傳。

西子湖邊有武松墓，海上聞人杜月笙黃金榮張嘯林所築也，夫武松名不見經傳，且與西湖亦絕無因緣　乃植其墓蘇小墳前　甯不令湖山美人大煞風景。嘗攷施耐庵水滸傳紀武松事，始柴進莊遇宋江，陽穀縣打虎，金聖嘆批曰

「人是神人虎是活虎」，是誠壯士矣，至刳婦人腹祭兄，殺張都監全家，直是強盜本色，與王婆之狡，婦人之狠無以貳也，而杜等題碑曰「宋義士武松之墓」，不知何所取義？昔聖歎批西廂、水滸，歸元恭見之歎曰：「此誨盜誨淫之書也，然則武松何人？乃值得立墓，與忠臣節士，爭光湖山，長垂不朽耶？」又案前於水滸傳者，有宣和遺事，僅列三十六人姓名，無武松事蹟，後於水滸傳者有水滸傳，蕩寇志，後水滸稱武松獨臂擒方臘，顧方臘乃韓世忠所擒非武松也。蕩寇志爲清人俞仲華著，難資引證，宋史宋江等三十六人皆爲張叔夜所擒，後無表見，然則武松有無其人，猶難斷定，何墓之足云哉？

洪文忠，台灣人，戰前在鼓浪嶼組廿四猛，炙手可熱，人畏如虎，然狡黠有智計，社會賢達多有入其彀中而不悟者，曩時，鼓浪嶼有華人議事會之組織，例非華人不得參加，洪台籍，竟砌詞非日籍，而取得華人議員一席；而華議會袞袞諸公皆不覺，可異也，廈市淪陷，洪獻奇計，向華人募捐，美其名曰，購飛機呈獻南京僞府，虎兕出柙，一市皆驚，不兩日竟集國幣四十六萬元，乃改獻敵酋，敵酋奇之，大加青睞，時陷區商業蕭條，惟煙賭差可獲利，鼓一隅之地，即有俱樂部四家，所謂奉旨設立之煙賭妓大本營是也，於是，敵酋授意合併爲一，而命洪主之，供其揮霍，暗中則責其圖報，此兆和案之所由興大獄也，洪先有妻妾三，勝利前，在大王佔一屋爲複壁，複壁下有穴，通暗室，非妻妾不令知也，贛妓某纏足，洪暱之，常恐識其妻妾者衆，一旦有禍患，易爲邏者所獲，乃納妓居複室，其第三妾怨之，乃告密，遂成擒，其後，贛妓及三妾均釋出，「採得百花成蜜後，爲誰辛苦爲誰忙？」天下事，悖而入者，必悖而出，悖而行者，亦必悖而覆！可不畏哉？

廈門畫家，予所知者，有鄭霽林（煦），吳石卿（芾）、趙叔孺（時棡），蘇笑三（元），趙龍媒（素），龔叔翊（煦），龔樵生植），林瑞亭（嘉），及林子白，石雪庵諸氏，壽林先生，廣東中山人，淸季以通判候補福建，任廈防同知，爲興存永道延慶所賞識，代理泉州知府，淸社旣屋，先生任中國銀行廈門分行長，公餘輒以書畫自娛，所繪人物工整謹嚴，一筆不苟，今年已八十有九齡，作小楷，繪仕女，髩髮條條可數，誠異稟也，抗戰軍興，先生舉家避倭香港，賃居九龍深水涉，鬻畫自給，淡如也，太平洋戰事起，先生所藏名貴書畫，盡付浩劫，處境愈窘，而抱璞彌堅，足不踰閾者四年，尤可敬也，先生壯年，嘗從裕朗西出使日本，善日語，倭兵陷九龍，搜其居，詢所業，以作畫對，不卑不抗，倭兵爲敬禮而退，其後有以畫請者，皆婉辭不應，倭卒莫奈何，今猶蟄居九龍，讀書作畫，精力不異夙昔，異己。趙叔孺，名時棡，浙人，嘗任廈防同知，善畫馬及草蟲，少時曾見趙畫一箋籠•，籠蚱蜢十餘頭，隻隻可數，予徘徊久之不忍舍，丙寅春，鄭壽翁郵滬，爲予求得雙馬圖一幅，一赭，一白，吳石老爲補景，斜陽古柳，春郊試牧，足稱雙絕，此幅今已不存，趙亦作古，感物懷人，彌增惋嘆耳。叔孺畫馬法郎世寧，頗得其神髓，寓公海上頗久，吳石卿，廈門人，祖春波，官廈門水師提督，石老畫，初無師承，而深得古法，山水，人物，花鳥，蟲魚，走獸，各體皆備，仿南白著色，臨伯年盈丈巨幅，一時嘆爲能手，尤善繪雙鉤牡丹，丹荔，枇杷，年來非知好，不易得其佳作也。龔叔翊·樵生·晉江人，昆仲也·樵生喜畫菊，限於天分，生氣索然，書如其人，然此老固多材多藝者，能詩，能作小楷，篆，隸及刻石，然卒奇窮，有斯人獨往之嘆，叔翊，畫，流傳極少，佳作未見，林瑞亭，詔安人，工人物，能畫不能寫，每有所作，款識必倩人代筆，亦一缺憾。趙龍媒，旗人，善草蟲，予藏有有秋葵蟋蟀一便面，頗有書卷氣，蘇笑三畫，流傳較多，然粗悍，帶傖氣，不足觀也，三十年來廈門老畫家，今唯壽翁石老存耳，較遠如沈塢池，馬兆麟，畫亦常見，未易品評。後起如林子白，趙雪庵，亦各有千秋，戰後，子白過廈門，曾一面，而子白畫則久曠眼界矣。

市有養鴨者，肩一鋤，跛而行，羣鴨隨之，遇破屋斷垣，輒止，以鋤鑿地，或一下，或三四下，泥仰，而蚯蚓出，羣鴨爭食，雄者得頭，雌者獲尾，弱者喋喋，強者囂囂，跛者鑿不息，羣鴨亦喧呶擾攘不息，予過而異焉，詢跛者年幾何矣？曰，春秋七十有一，予曰：嘻！世亂，壯夫猶不得飽，若何有食，兼有餘以豢多鴨也，跛者曰：余豈能兼食余鴨也哉！春多雨，蚯蚓生焉，夏苦熱，蛆蟲蠕然，此皆鴨之養飼料也，余利用之以肥吾鴨，吾鴨肥，而吾口與腹可免飢餓矣，不啻惟是，吾養鴨，吾妻飼猪，吾子拾田螺，賣糕粿，朝而作，猪囂囂然，鴨喋喋焉，老妻劈柴燒粥鏗鏗然，小子數鈔票千千百百焉，暮而歸，話家常，促膝怡怡，詎不可樂也，余聞而歎曰：嗟乎！吾有手，有足，且有滿腹文章焉，而吾業乃不如一老跛，余何言？余將借子遊於沒有奈何之天！

水滸析疑云：「朱君鳴和以下列水滸疑點見質，一虞侯，押番，承局，押司，孔目，都頭，節級，押牢，巡簡，觀察等官名，其職務爲何？」趙按「虞侯卽都虞侯，乃禁衛之官，孔目掌勾稽文牘，宋時內外衙署多置之，王府亦然，節級爲吏役，典司官物者，唐宋以來有之，巡簡疑卽巡檢，宋時於沿江沿海置都巡檢及巡檢，所轄或數州數縣，或一州一縣，掌訓練甲兵，巡邏州邑，擒捕盜賊，所在聽州縣守令節制，觀察領一道或數州，位亞於節度使」，予謂趙先生所答，似未詳盡，按虞侯乃等於滿清督撫提鎮之「巡捕」，巡捕有內勤外勤之別，內勤專司衙內伺候長官，扈從外出，及向外差遣，淸衙門中人，凡侍候官吏之差役，一二品督府提鎭曰「巡捕」，「戈什哈」，三四品以下曰「當差」，「跟班」，水滸傳中火燒草料場之陸虞侯，乃侍候太尉之外勤或內勤巡捕而已．並非禁衛官也，孔目乃吏目，文衙稱「書辦」「或書吏」，武衙稱「稿房」或「稿公」節級乃管理囚犯者，卽獄卒之首腦，非「典司物者」，水滸傳之金眼彪施恩，施耐庵已明白寫出，巡簡等於滿淸之「典史」，爲文官中之最卑者，其職務爲協緝盜賊，兼理獄囚，巡檢爲捕盜官，職位與滿淸之巡檢同，專司緝捕盜賊者，觀察爲巡檢之別稱，非另有官職，趙先生謂亞於「節度使」似誤以觀察使爲觀察耳，蓋節度使職位等於明之「巡按使」，淸之「總督」，或「巡撫」，水滸傳中之何觀察，不過一捕盜官而已，又淸代凡按察司（卽臬台）稱觀察，觀者觀風，察者察吏，故候補道員亦統尊稱爲觀察，此觀察與觀察使不同之別也。如岳武穆之親衞大夫，建州觀察使職是，而何觀察則爲捕盜巡檢而已，押番乃皂隸，亦卽差人，戲台上拿繩索，執竹棒以縛押及刑責犯人者是，承局乃差遣，在衙門中簡接走動，因緣爲利者，押司乃掌印吏，都頭乃知縣衙門帶團勇，以捍衞衙署，及捕盜緝匪者，水滸傳中之都頭武松，及美髯公朱仝，插翅虎雷橫，卽爲此類人物，押牢在節級之下，管理囚犯者，二，「王婆道，我也做馬泊六，這馬泊六作何解？」趙答「馬泊六大抵是拉皮條之意」，按元曲，「拾金釵」云．誰言馬迫鹿？滋味不相調！「馬泊六卽馬迫鹿也，意指「牽猴」「帶馬」者使兩種不相近之物，驟然令之交合，正如迫鹿就馬，提鷄騎鴨也。三，王婆對西門慶說，挨光須有潘驢鄧小閒五條件　西門慶回答第二件，我少時也曾養得好大龜，作何解，趙答：好大龜卽係好大行貨，好大龜頭，此問殊猥褻無聊，水滸對潘驢鄧小閒已解釋甚明，何必問？四，五，六，七，八，略，九，佛牙作何解，趙答，佛牙似指象牙，按佛牙乃指「舍利子」，自來和尚僧入，每令鑿工刻骨爲舍利，以炫惑善男信女，非象牙也，十，花榮向宋江說，劉高這廝，又是文客，又不識字，徧後宋江被擒，花榮修書與劉高云，舍親劉文，劉高拆開封皮，看了大怒，把書扯得粉碎，則劉高明明識字；何以前後矛盾？趙答，當係著書者粗忽之過，予謂罵人不識字，被罵者未必便不識字，或者識字不多耳，水滸文之妙，全在此等處著眼，不能斷係著者疏忽也，質之趙君，以為如何？

狐是否通靈，是否能禍福人，是否深通世故，如閱微草堂某氏書樓之狐，是否多情，如聊齋之青鳳，嬌娜，吾不得而知，亦無從徵信探討於狐博士．惟聊齋言鑿鑿　紀文達亦津津樂道，其理自必有在，讀曉嵐先生詩：「仙人也自好樓店，文采風流我自知，新得吳箋三十幅，可能一一畫芙蕖」，如此孤君，尤使我豔羨不置，夫狐之為義，乃胡也，蒲留仙斥為異族，弄狡獪於毫端　紀曉風暢諸議論，明是非於腕底，世人至今無有能發其覆者，遂致才人名宦，抱秘終天，孤魅妖魔，橫行一代，豈非藏天下之大祕乎？予有「聊齋索隱」一書，闡幽發微，言人所未道，將與天下賢達共研討之。

虎稱山君，又曰獸王，實際獸類能敵虎者固多，猛於虎者亦不少，如虎與獅鬥，虎每為獅敗，虎與象鬥，象皮厚，虎爪牙無所施其技，虎雖便捷，而象則力大，若為象拔所卷，則猛如虎者，其奈象何哉，又如野牛，犀，虎往往為所殺，蠢如水牛，力亦足以敵虎，虎固不足畏也，第虎亦有智，不徒恃勇，世傳虎倀，余謂非虎有倀，乃虎有智耳，虎出不循舊徑；歸．不從原路，防狙擊也，不走絕路，備進退也，遇敵，施威；察強弱也；間行，輒示弱，狀若無能，乃誘敵也，敵情既得，則磨牙舞爪；吞噬如意矣，故終不失為獸中之強者，雖然，虎智，不如人智，虎善嗅，而終覆於陷阱，虎好殺，卒不免擒於獵人之手，蓋貪饞無饜，傷害既多，智與力終不可久恃耳，往歲僑寓龍南，龍南為江西之邊縣，與粵省毗連，古稱南野，漢九江王鯨布封地也，其地多山，時見虎豹，士人有月姓者，世以打虎為業；製鐵球如傘，能開闔、使壯夫持入山．猝遇虎，則逆而迎之、虎撲，必張口，疾以球入，球張，而虎口不得闔矣，於是棄傘，斧之斃，荷歸，此與閱微草堂所記徽州唐打虎事相類，惟月姓之鐵球有科學性，視唐姓之十年鍊臂，十年鍊目者，技似不及，而用機械則有進步，顧月姓亦往往爲虎噬，蓋有時猝遇兩虎夾攻，則氣先餒，氣餒神亂，前虎未制，後虎已來，遂不獲免矣，余嘗詰其何不結隊以往，獵者云，人多，虎不出，蓋虎恆襲敵，不攻堅，非以獨誘，則難得遇敵也。

蜈蚣與蛇是死對頭，人盡知矣，顧蜈蚣與甲蚱，亦誓不兩立，則鮮有研究者，近世科學家，認蜈蚣，甲蚱皆有毒，而中國婦媼嘗取甲蚱摘去其頭，腸，翅，而強使小兒生食者，醫書亦有甲蚱屎一門，謂可驅風，余不知醫，未敢武斷，惟甲蚱能收毒，蜈蚣能放毒，則曾親見之，是又物理之足以研究者也，先是，有甲蚱伏壁間，壁糊破報紙，欻一蜈蚣從紙縫走出，頭尾已露，見甲蚱遽止，甲蚱見蜈蚣來，初似張皇，旋鎮定，屹立不動，兩虫相距僅一食指，時蜈蚣雖不進，但足則蠕蠕不停，甲蚱鬚亦忽張忽弛，頻動不已。時同觀者，有同學趙君德潤，趙欲撥之以筷，余止之，久之，甲蚱鬚伸縮漸緩，蜈蚣足亦漸止，轉盼間，兩虫皆仆地，鉗起視之，甲蚱腹如鼓，腸破液流；蜈蚣則成僵蠶矣。蓋蜈蚣放毒，甲蚱吸毒，結果兩敗俱斃也。

談命譬如談易，天地陰陽，行流無盡，四時五行，變化莫測，其義深，其數玄，吾病未能也，談相，譬如讀春秋，明是非，別善惡，褒忠義，定猶豫，蓋理之正，道之常者也，古相士見於史者，秦以前難考，楚漢之際，有許負，漢有王朔，其著者，自後，諸家紀載固多，難資引證，不能僂指數也，漢蒯通，以相人術說韓信，信不聽，去而爲巫，巫與相皆術家者流，由此可證卜巫星相，皆操之於術，聰明人自能了解，不盡據相書，證命理也，史記「李廣嘗與望氣者王朔燕語，李廣曰：自漢擊匈奴，而廣未嘗不在其中，然無尺寸功，以得封邑者，何也，豈吾相不當封侯耶？朔曰：將軍自念，豈嘗有所恨乎？廣曰：吾嘗為隴西守，羌嘗反，吾誘而降之，降者八百餘人，吾詐而同日殺之，至今大恨，獨此耳！朔曰：禍莫大于殺已降，此乃將軍所以不得封侯者也，」此一問一答，寫來鬚眉如繪，其妙處在要李廣自己說出，若云將軍所以不得封侯，定有虧心事，或直接指出殺降，便是笨伯，觀此，可證蒯通，王朔皆辯士之流，所謂以口舌博取信任者也，文中「自念」，「豈嘗」句，畫龍點睛，何等委婉動聽，然非史遷寫不出。

俞蔭甫春在堂隨筆云：「關羽用刀，史傳無可攷，疑亦矛屬」，蓋取陳壽三國志，羽本傳：「紹遣大將軍顏良，攻東郡太守劉延於白馬，曹公使張遼及羽為先鋒邀擊之，羽「望見」良麾蓋，策馬「刺」良於萬衆之中，而引周禮考工記，「刺」兵欲無「蜎」為證，此誤解也，按羽本傳雖無刀字，而「刺」字實「驟擊」」之義，非指兵屬也，觀上文羽「望見」字，及「策馬」句，可知羽之捷，而良之不及備也，若因羽用刀，而改用砍或斬字，不惟事實不符，且亦黯然無色，尚安得謂之良史才哉？又吳志魯肅傳：羽會肅於益陽，諸將距百步外，單刀與會，俞謂，此雖有刀字，但疑係佩刀或短刀，此亦強解，蓋古來戰陣之事，刀，茅，劍，戟，隨人所習，並不限制，肅知羽用刀，不能使之不帶刀，故特別提出刀字，祇許諸將單刀與會，防施放暗器耳，非只許佩刀與會也。

蘇菱槎悼施耐公一絕云：「文心六代稱都麗，詩律王唐有正宗，直把心肝都嘔盡，萬篇太富一身窮，」按施士浩，字澐舫，號耐公，台南人，父亦名進士，耐公甫冠，補博士弟子員，縣府院試皆第一，時稱小三元，士論榮之，年十九成進士，主講台南書院，時瀋陽唐景崧開府台灣，公暇輒邀為文酒會，嘗任總商會坐辦，鬱鬱不得志，卒年六十七，所著詩，歌，儷文甚富，均未梓，隔江菽莊主人爲經理其喪事，叔臧築菽莊花園于港仔後，爲詩社，耐公，許允白、汪吉泉驂靳其間，稱三進士，而耐公詩獨絕，社中稱祭酒焉，今菽莊零落，主人滯滬不歸，而耐公亦物化久矣，檢讀菱槎詩，不禁感慨系之。

聊齋談鬼狐，而王漁洋奇賞之，致欲擴爲已有，紀曉嵐清代大儒也，而閱微草堂一書，亦多談狐鬼，遠如干寶有搜神記，近而袁簡齋有子不語，數子者，豈眞有所愛於鬼與狐哉，或則闡其理，而揭其微，或則舒其情，而抑其憤，又或明示不能，不得不發之於寓言，未可偏廢也，時至今日，科學昌明，神道消滅，偶而談之，未嘗不可，若連篇累牘，刺刺不休，雖不拾人牙慧，亦蒙頭腦冬烘之誚矣，然三十年來，狐雖未見，鬼則屢聞，固知鬼爲人之餘氣，餘氣未盡，或有所示耳，閩人康研秋，能詩，依丘菽園於海外，嘗夢與人談詩，醒而記其兩句云：「鬼燈歷亂黃昏雨，窗外芭蕉作人語」。醒以告菽園，菽園詫云：吾夜來亦得夢，夢與子遇，子示我前作，而我則改爲「牆頭鬼燈亂秋雨，窗外芭蕉作人語，」觀此，則元微之寄白傳詩：「夢君兄弟曲江頭，也向慈恩院裏遊，驛吏喚人排馬去，覺來身在古梁州，」固確有其事也，顧此乃生人魂魄相値，非人與鬼遇也，研秋居閩時，嘗悅一鄰女，兩情雖通，以未得父母同意，婚事遂阻，女旋鬱鬱死，其後康放洋，恆夢見女，似有所恨而無言，康之友亦見之，述其形無以異也；此卽寄相思於萬里外，茫茫人鬼，情深一往矣。

阿棠者，何許人也，江聲報工人也，生於龍巖，已忘其姓，年四十許，曾讀書識字，無生活背景，執役編輯部，自食其力，不以役賤爲恥，不以事煩而尤，朝寐，暮作，編輯部秩序井然，有條不紊，當夫電炬初明，編者記者或入或出。紅墨水，毛筆，原稿紙，鉸剪刀，甲者仍甲，乙者仍乙；有所命，檢報紙也，查稿底也，應聲而至，無稍誤，拂曉始寐，已初復起，掃地，抹桌，整茶具，夾報紙，開時鐘，滌明窗，事畢，乃休，非公不出，有電話，訪趙，問錢，尋孫，約李，時與刻，人與地，緊急或暇裕，必記於冊，來則告之，終年如一日，嗟夫！若阿棠者，或以為使處政事，亦治中，別纔之材，豈百里侯而已哉，奈何屈於賤役，莫能自伸，余曰：不然，滔滔天下，騖高者多，而安分者鮮，此所以亂也，阿棠惟有自知之明，役雖賤，能甘守，雖不溫飽，飢餓可免焉，人苦不知足耳；何貴賤之別？民二十七五月，倭寇陷廈門，江聲報員工全部內遷，惟阿棠與一獵犬守不去，寇破門，得棠與犬，見其倔強有胆，懼為患，併獵犬皆殺焉，世之所謂士與宦，明禮義知廉恥，臨大難而不苟者，吾見亦罕矣，而阿棠以一執役工人，竟視死如歸舍，匹夫濼然，不可奪志也，斯為可貴耳，今者倭寇屈伏，天下底定，蛾冠博帶之士，衣輕乘肥，滔滔皆是，又或生存死殉，多有厚卹，而棠寂然無所聞，天下之大，類如此者，亦正多矣，孰為國殤，有賴野史，吾惡可不表而出之，慰九泉，告來茲哉。

清曾國藩善相人，有人經其延接，三數語後，即能永誌不忘，嘗論江忠源，駱秉璋，謂必死國，其後果驗，又嘗論俞蔭甫，謂祇能作文章，不能作官，李少荃，善做官，且拚命做官，皆恰如其分，蓋聽言可以窺心，觀貌足以別善惡，如能留心體察，自有感應，至若孔子，陽貨，貌同心不同，張子房狀貌如婦人，晏平仲，身長不滿六尺，此則時代傑出之材，自當例外，不能執以為斷也，文正嘗云：「與我說話，而眼睛旁瞬遠矚者，頭俯不舉者，動作不自然者，說話音澀而喉不響者，入不平視，出不嚴肅者，皆不取。」心平氣和，語有條理，不張皇，不矯揉，不論人長短，不黨同伐異，有問必答，不問不談，語簡意賅，行動有則，任事負責，對上恭敬，對下有禮，凡人具此，貌雖不揚，吾必用之」，文正所見，深得論相之大，蓋貌具而品行不稱，亦非載福之道也。

或問余曰：「殺趙王如意，戚姬者，何人也？」余曰：「漢高祖劉邦也！」問者以爲謬，余聞而歎曰：「信夫讀史者之不易也，」夫戚姬趙王，婦人孺子耳，以敵呂后，無異以卵對石，勝敗之數決矣，漢高誠愛戚姬趙王，則廢太子立趙王可也，何有於四皓，所謂羽翼已成，太子不可動矣，乃托詞，非由衷之言也，彼豈不知與太子爭天下者趙王，與呂后爭寵愛者戚夫人，漢高不能容項王，而謂呂后能忍戚姬趙王乎，知其不然矣，知其不然，而聽其自然，猶養肉以飼虎也，明乎此，則趙王戚姬，非漢高殺之而誰殺之耶？余故云爾，非厚誣漢高也，夫漢高畏呂后，更從而授柄婦人，使殺韓信，已啓其端矣，然則呂后視劉氏臣妾爲眼中釘，必欲夷滅之爲快，其來者漸矣，劉氏之不覆，賴呂后死矣，否則，彼呂氏者，寧止殺一韓信，屠戚姬趙王而謂已足耶？漢高誠雄材大略矣，殺翁且可分我一杯羹，固知趙王戚姬呂后，皆不在其意念中矣，而暮年卒制於呂氏，可歎已！晉江黃吾曾有詠漢高詩云：「一代朝儀拜舞新，乃公手劍定三秦，關中子女都無意，沛上英雄自有眞，無事家山生產計，坐收天下太平春，獨憐烹狗藏弓日，忍以威權假婦人？」讀此可與予論相印證。

周芸臯，凱，淸道光間，任興泉永道，有內自訟齋文集行世，其鍼婦記一則云：「丙辰之夏，廈島亂，余旣發義倉粟平糶，慮貧而無糴貲者，乃使二僕日察島上，孤貧無以爲貲者，與之錢，夜則還報，一日，僕告曰，晨見敗屋中，以蓆爲簾，婦挾姑簾外坐，察其衣履，貧甚，與百錢，婦令置諸地，白姑，姑聾齒豁，語不可辨，窮詰所由，良久始省，婦乃言曰，吾姑謝使君德，吾家尚能針黹以養，其與更貧者，再三與之，不受，僕曰，昨一婦已得錢，復自後戶出，以貧告乃得錢，夫喜，誇其婦於鄰，余曰，以貧故，欲多得錢，猶人情，愚夫婦可憫，其不受者尤可敬，明日，便多與之錢，亦不受，嗚呼，此豈無風節自持者乎，故記之，以不得其姓，謂之鹹婦云」。

蘇臥雲以香港女子極少穿旗袍爲異，此亦有說，第一，粵人守舊，如娶妻食燒猪，迄今此例不廢，至論衣着、不獨婦女不喜穿旗袍，卽男子非服務政，學，報界者，亦多仍對衿舊式便裝，不願易也，蘇先生居香港不久，所見者，大約多爲工人，生意人，以及一般普通人家之婦女，若富厚家之女子，已不盡然矣，第三，粵人多實事求是，夏天，一套烏綢，或黑響雲紗，點梅紗衫褲，便可由三月穿至九十月，工作時既靈便，且不須肥皂滌洗，用水一掠，須臾便乾，若旗袍既嫌約束殊苦，衣裾亦易破裂，又穿旗袍者，不能不穿短褲，，赤腿露肉，亦非其所喜，間嘗論廣東人性質視江浙人特異之點有二，可於衣食而判別之：江浙講究穿，廣東尊重食，廣東人無論食好食醜，例不留隔宿饌，外省人則否，不獨江浙爲然矣，至於衣，廣東人不如江浙外省人遠甚，在香港，廣州各大茶樓酒樓，短衫褲同志，佔有十分之八九，彼可三年兩載不易一新衣，而不可一頓不上茶樓，語曰「食在廣州，穿在杭州」，信也。

中國婦女頭上所梳之髻，明以前多爲螺形，高懸額際，狀至美觀，降及清代，滿人梳高髻，橫插紙版，襯以各種紅綠通草花，雖不及古裝之豔麗，然視漢人爲圓髻，罩於腦後者，則猶是彼勝於此也，淸代婦髻各省雖不一致，然風氣所趨，已自上而下，平章佳麗者，已無墮馬，參鸞，凌雲，望仙之詠矣，而圓髻最爲普遍，二十年前，廈門女子出閣必「上頭」，上頭者易辮而髻也，自後女子剪髮盛行，結婚者多尚新儀式，乘風車交換約指，迄於今，舊俗全廢，卽大家望族，食古不化者，亦不得不舍舊謀新矣，再過十年，髻之一字，必又成爲歷史上一種有名無物之廢名詞矣，或謂婦女剪髮，視結髻束辮便利多矣，其言是也，然而試問現代女子，誰不卷其髮，炮烙之，殘虐之，以自炫其美乎，一燙之費，動輒十萬八萬金，今日燙之，費時若干，明日卷之，需錙幾何，余非頑固不化者，然平情而論，翦之可也，何必卷？此則尚論者不能以爲非也，天下事物，常時接觸則生厭，棄置久之，重又使用，未嘗不又有另一番感想，今日翦髮卷髮以爲美，安見十年二十年後，翦而無可再翦矣，卷而無可再卷矣，不再回復梳髻與打辮乎？觀於翦髮者，近已有留髮至頸，平卷而上若髻者，亦有歧分爲二，作蝴蝶翅，若飛蟬之鬢者，不必十年廿年，而後余言始足徵也。

柯賢英，廈門人，少年俊美，善彈琵琶，暱妓女玉環，有白頭約，顧賢英有婦，玉環有夫，事未諧也，玉環貌僅中姿，惟膚白如雪，其裙下雙鈎，尤爲里中少年所豔羡；善歌崑曲，所歌有長恨歌傳，明妃怨；文姬歸漢，晉江楊新田所指授者也，每邑中盛會，或諸少年雅集，座必有玉環，而歌則必明妃怨，客始大樂，嘗雅集，玉環披狐氅，抱琵琶，彈明妃怨，賢英起，浮大白，唱葡萄美酒夜光杯，一座皆起，有攘臂大呼者，其動人之深如此，里中謂之雙絕，然玉環非遇佳客則絕不彈明妃怨也，每謂賢英曰：「妾每歌此曲，歸必咯血一二口，嘗自恨爲名所累，如繭自縛，不能或已，君盍爲我早計？賢英默然，卒未嘗及之；會有大腹賈欲量珠易環去，環諾，但請一歸省其父母鄉，爲緩兵計，欲得當以奔賢英也，環既去，賢英無聊賴，夜詣他妓名珠者彈琵琶，妓披白毛氅，戴紫貂冠，效玉環歌明妃怨，一曲未終，客稍稍散去，頃之，四顧惟賢英，妓耳，賢英大感傷，是夜竟沉湎宿妓所，旦，諸所善少年共詣視，則賢英已暴逝矣，詰之妓，但云中風，檢其屍有創痕，吏來視，擬剖腹驗，而賢英父母不愿其子之暴露也，卒寢其事，其後半年，玉環旋嫁作商人婦，未幾病瘵死，其明妃怨一曲，今無有能彈之者矣、余有悼賢英詩云：雲雨荒唐已可疑，嗟君一死更離奇！當前緣業誰能識？此去恩怨倘自知。半夜游魂歸短夢；百年春恨付哀絲。傷心更有南飛燕，辛苦營巢未可期。少日豪情咍惱公，交期不盡客場中，水邊人去琴猶在；花底魂歸曲已終，却黑成灰都莫白？守雌垂死可知雄，思君淚落泉台遠，逝者如斯恨靡窮。」

品茶各地不同，惟廈門尚存古意，街邊茶桌，陽羨一壺，糕餅兩碟，評今論古，話雨談禪，如有六朝烟火味也，福建原爲產茶區，武夷岩種甲天下，虎谿白鹿，泉水亦佳，故品茶在廈門得地不薄，得天亦厚，與廣東人之食茶，北方人之喝茶，灌水滿腹者，不可同日而語耳，此間騷人，墨客，商賈，多有品茶之習，往時文圃小種，名藉一時，今則舊家零落，店肆亦非，戰後，市上所售岩茶如大紅袍，水仙，鐵觀音等類，斤價高達廿餘萬金，商人顯者，猶可享受，特筆墨爲生者，此福難消矣，往時石老家茶具最多，品茶亦最研究，嘉賓到訪，茶具必獻其佳者，有時高興，茶易六七次，具亦易六七副者，今則人事刺激，生計迫人，主人無此雅興矣，夫茶不曰飲，而曰品，則其不同尋常可知，有佳茶而無佳泉，不可，有佳泉佳茶矣，而無雅客，亦不可，必也飲是雅人，泉是清泉，茶是岩茶，方爲不負耳，飲時，須舉杯至鼻端，先來一嗅，謂之聞香，既飲入口，則頻以舌尖咀嚼，謂之引味，此可見國人，品茶之風調，奈何舍茶不飲，而羣趣於飲咖啡，可可耶？四川，南京，飲茶之風亦盛，四川人早起，第一件事，不是洗面漱口，而是飲茶，蓋洗面漱口，恆在茶館爲之也，有種茶客，上茶館必攜一盥洗袋，內藏牙刷，毛巾，肥皂等物，亦如登輪船，乘火車焉，故蜀人有「一日之計在於茶」之諺，所飲之茶，以沱，香片，菊花爲多，沱茶味厚，本省出品，香片閩人亦嗜之，即糝以茉莉花之茶，菊花四川特產，不必遠求杭州，余原藉四川內江，先大父生時亦嗜茶，晨午必泡「普洱」，「普洱」產自雲南普洱縣，色濃味厚，老人飲之最宜，到四川茶館飲茶，如不喜放茶葉，可喚茶博士「來碗玻璃」，不能呼開水，每晨開肆，第一位茶客，更不得飲「玻璃」，蓋白飲爲不吉之兆也，南京人飲茶與四川人大同小異，四川人是「一朝之計在於茶」，南京人則是「一日之計在於水」，早起，第一是喝茶，第二是盤算今天到何處去洗澡，所謂一日之計，朝來是「皮包水」，夜來是「水包皮」，熱天大汗淋漓，自然澡後遍體涼快，寒天把軀體浸在熱池裏，使筋絡舒暢，氣血流通之後，躺在虎皮氈上，睡一大覺，亦是此福難消也，南京是六朝金粉，烟雨樓台之地，上了五十歲，而家中略可溫飽之人，多半購數幅字畫，養幾尾金魚，種幾盆鮮花，早上，提着鳥籠到夫子廟奇芬閣，或奎光閣茶館，躺在睡椅上，來一杯「雨前」或「明前」，（龍井茶在穀雨前採下者，或在清明前採下者故名），眼見爲形，耳聽爲聲，此地人無分南北，界不限貴賤，東邊是一羣滿身臭汗的工人，脫得赤條條像禰衡撾鼓，西邊是袖長堪掃地的老教授，正斯條斯理的大談杜工部李太白之詩。吳穉先生說的最好：「中國的茶葉行銷歐美，黃頭髮藍眼睛的外國人，有的也攷究茶品來，可是我國新派的人，却多講究喝開水，自然這是各有所好，不能勉強，不過嚴格的說起來，開水不過是一頁原稿紙，而茶却是一首「清麗的詩」。粵人飲茶，重於吃飯，無論工商百流，偶然相遇，必請飲茶，上焉者，朝午晚，日飲三次，最少者亦一次，所謂一盅兩件者是也，有一共通原則，即朝晚可免，飯可免，而午茶則不可免，「囊裏留錢待飲茶」，此乃普遍之習慣，蓋談生意經，論交際，講人情，行賄賂，以及蠅營狗苟，分金分銀，嘘寒送暖，謀財害命，什之九在茶樓行之，於是，而飲茶之道，古意全失，中外大都市，不論上海，廣州，香港，澳門，營茶樓者，非廣東人莫舉，粵人飲茶之風，遍及全國，惟廈門，北平則乏大茶樓之設，就余所知者，廈門最初有錦記，廣來居，陶園，廣陶兩家皆衞伯芹所創，陶園規模尙具，然卒不能持久，無他，廈門人有廈門人之脾胃，此地有蝦麵，妙米粉，蟯仔粥，薄餅，五香等這類食品，爲之旅行者不如滬港之衆，又乏工廠，無廣大之工人集團以爲支持，故雖以伯芹之才，終不能一展鴻圖，此限於風俗習慣者，非人謀所能爲也，戰後，廣州之大茶樓有鑽石，陸羽居，紅棉，涎香，今龍等，丙戌十月，余過廣州，偶偕友三人，同登鑽石樓，腹未知飽，惟灌水滿腹而已，比結賬已三萬金矣，由今思昨，當又是另一世界矣，諺有「食在廣州」之語，所謂食，上茶樓便無所不有，要小酌，鹵味，要大酌，有酒菜，要佐茶，有點心飽餃，茶樓與酒家亦有分別，如爲茶樓，則早午兩市，有點心飽餃 晚市僅供甜品及餅食，炒粉炒麵，不供酒菜，酒家則早午酒菜點心皆有，晚市則祇酒菜，不備茶點，又一種爲小茶店，專供工人車夫光顧者，謂之三等茶樓，光宣間，余在廣州，當時飲茶，「三分六」謂之「上高樓」，「二分四」謂之「上茶樓」，「一分八」謂之「坐板凳」，三分六卽半角小洋之謂，蓋當時尚未改兩爲元也，廣州茶樓雖不供酒 如有熟客，亦可任便飲酒，香港則否，非有酒牌，例不沽飲，茶客犯禁，茶博士卽下逐客令，防受罰也，戰時，香港中環高陞茶樓，晨四時，天猶未亮 卽已開市，其第一批茶客五時已告滿座，此等客，簡言之，約有如下三種，一爲舞客及舞女，跳舞畢，先飲茶而後回家睡覺也。二爲上省城或赴澳門各地之旅客，先飲茶後登輪也，三爲在港商人，赴九龍合地趁早市者，天既亮，第一批去，第二批又來，生意如雲，盛莫倫比，而灣仔之高陞茶樓，洋房雖大，因地點不適中，生意遂判若霄壤矣。

相傳漳州考棚原開元寺遺址，李世賢入漳，寺毀於火，事定 乃改建考棚，奠基時，揭土得碑 題云：「五百年逃墨歸儒 跨開元之絕頂，」「十二峯送青排闥，從天寶以飛來，」載於志書，予謂此與泉州洛陽橋「石頭若開，蔡公再來，」似同一附會之談，意或好事者爲之，故神其說耳，惟歷來各地志書，多沿習此類傳說，未加糾正，不知何解，一說：漳考棚落成，適左季高駐師漳州，因撰聯云：「經始問何年，果然逃墨歸儒　天使梵王納士，」「籌邊曾此地，自茲修文偃武，我從漳海班師，」出聯似亦本此，左侯固賢，亦難免俗，然聯語自佳。

嘗奪社課題八公樹，八公者　乃淸代曾任廈防同知，種樹鎮南關道旁之滿人八十四也，馬路闢後，鎮南關夷爲大生里，關已不存，樹亦伐盡，詩人弔古傷今，必多感慨矣，按姓名之奇特者，中國人有鬼谷，日本人有鬼塚，滿人有十二峯，日人有七十烏，千頭竹猪，歷史上姓名僅一見爲万俟，爲万俟卨應讀作密異基，而近人万俟誤讀原音，卨則作媧，能糾正其誤者甚鮮也，「人從宋後鮮名檜，我到墳前愧姓秦」，秦猶有姓，而万俟則絕姓矣。

袁寸才詠謝安詩云：「能支江左偏安局，難道中年以後情　」此種心境，非過來人道不出，余亦有詠謝傳句云：「難收兩晉蒼生淚，付與長江西向流，」命意頗同，而情境則異，自謂尚不落窠臼。

自來詠韓信詩，貶多於褒，黃吾曾云：「漂母能生后能殺，丈夫如汝婦人哀，溝中早死眞窮鬼，胯下猶甘此蠢材，被縛後車應覺悟，寧知來軫不紆迴，築壇拜將何人見，臍有淮陰一釣臺，」余亦有句云：「可憐鳥盡弓藏日，生死還須問蒯蕭，」固知生韓信者不獨漂母，死韓信者豈祇呂后而已，然滕公亦嘗生韓信矣，不忘報母，却遺滕公，詩人從未道及。

李繡伊先生，名禧　廈門人，善詩，善書，尤熟習廈門掌故　周孝廉墨史故後，編廈門志書者，非先生莫屬也，先生嗜印章，所藏篆刻甚富，有十端友齋石印，或問先生，「君嘗慨惟士無用，那得遽有十端硯乎？」答曰：「端友見孟子子濯孺子章，言人非言硯也，」或曰：「君友鼓浪嶼有李伯端，廈門有陳端四，香港有杜四端，然合之尚不過九端，答曰：「

有婦人焉，蓋先室亦名端也，」其後遇如此，然據先生云：渠實有端友十人，故鐫之印邊，以志不忘也，十端友名郎答文鵬 博，吳秀人，尚，王選開，人驥，黃幼垣 鴻翔 龔紹庭，顯禧 沈琛笙 琇瑩・蘇逸雲 壽喬 蕭幼山 培榛，陳丹初，桂琛，楊宜侯，昌國。

三國人材，推孔明公瑾，公瑾余嘗論之矣，若孔明余頗疑其忌才，平心而論，公瑾孔明皆不及曹操也，蓋操能善用衆長以濟所短，公瑾持才，孔明忌才，所以皆不及操也，操能容關羽，孫權不能 操 誤 陳琳，縱禰衡，孔明公瑾必不能，孔明屏廖立不用，斥魏延出子午谷擺楊儀欲大兵，此皆盛德之累，後人震於諸葛公大名，罔敢議者，殊不知杜詩：「功蓋三分國，名成八陣圖，江流石不轉，遺恨失吞吳，已隱然寓貶於褒，孔明曰「法孝直若在，必能制主東行也」，如此輕描淡寫，欲圖卸去職責，識者知其不然矣，又曰：「劉繇王朗，羣疑滿腹，衆難塞胸，今歲不戰，來歲不征，使孫策坐大，遂併江東，」孔明能告後主于此日，何不能告先主於羽敗于禁，膚龐德之時，乘關羽之勝 與孫權連衡 共攻曹操？此余所大惑不解者也，先主將終，白帝托孤，有「君才勝曹丕十倍，稱子不才，可輔則輔，不可輔則取代」之語 人之將死，其言也善，意者，先主對孔明之信任，已發生動搖矣，孔明能用姜維，夏侯霸，而不能用羽，飛，延，儀，況龐統，廖立乎？迨將死，猶欲藉儀制延，自剉良將，故余謂蜀之不可為，不在征吳失敗之後，而在關羽留守荊州之日，然此亦不能盡責孔明，蓋先主與羽，同起患難，且為結義兄弟，亮知羽非孫權曹操之敵，而不能取代羽以守荊州，計惟有聽其敗而後圖之耳，卒之，羽敗，先主出峽窺吳，亮又不能制其東行，然則先主云「孤之得孔明，猶魚之得水也」，非孔明別有用心，則先主之語為欺人矣，王壬秋云：「諸葛書作梁父吟，二桃殺三士，時時諷詠，忌才之意，溢於言表，不為無見矣。

閩班舊賽樂，以善演紫玉釵名，旦曰陳杏芬，去霍小玉，生曰小孔仁，去李益，唱做之佳，一時無兩，舊賽樂嘗來廈演是劇，前海軍要港司令林向今蒞觀，歡爲雙絕，此十餘年前事也。今舊樂賽班已散，此曲人間不許聞矣，按紫玉釵編於清中葉閩士某，始著衫策騎，終小玉云亡。慷慨悱惻，兼而有之，舊賽樂於策騎前，增入入贅，應試諸関，亡後，增入厲鬼，妬癡二幕，雖亦本自蔣防霍小玉傳編成。然應試，入贅，似覺多餘，厲鬼，妬癡，亦嫌迷信，轉失眞意矣，榕垣對紫玉釵，乒唱途歌，人人能誦，舉其本事，猶泉人之於陳三，益春也，譜小玉傳爲傳奇者，有湯玉茗之紫釵記，殿以益玉團圓一節，畫蛇添足，非盧山眞面目矣，玉茗初以小玉事，譜紫簫記傳奇，稿成上半，別撰紫釵，未成之稿，秘不示人，晚年始續成之，逝後、爲其仲子開泰焚燬，今雖不傳，而其崖略，已載各家筆記中，其言小玉所居爲紅樓，有鮑四娘者，爲益玉作伐，益遂入贅，時元宵張燈，上在華清宮，令教坊踏歌，共奏益新曲，嘆爲才子，復令都下士女，得入宮觀玩，益玉同往，中途相失，拾得簫一枝藏之，簫爲太眞故物，未幾，益魁天下，命往朔方參軍事，時外藩欲大舉入寇，賴益老謀深算，通好如初，朝旨召益還京，益詣紅樓，小玉正與其母同乞巧云，全篇事實，子虛烏有，宜乎其不傳矣。

史載蔣防爲李紳所識拔，李紳固與李益同時者，年代既近，記載必眞，則蔣防之傳霍小玉，本非架空之作，玉茗妄予竄改，無乃迂誕，閩人嶤齋，嘗著小玉年表，將紫玉釵劇本，詳加註釋，並旁徵博引，考證本事，嶤齋於此劇，曾參三昧者，但以玉益定情之年，作爲大歷六年，則大謬，爰爲改正，並說明於下，天寶九年、李益一歲，「根據宋晁公武郡齋讀書志、陳振孫直齋書錄解題，李尚書詩集，舊唐書 天寶十三年益五歲、小玉一歲。據傳中玉自言，妾年始十八；君才二十有二，可知益比玉大四歲，則天寶十三年，小玉甫一歲，」大歷四年，益二十，玉十六，益與玉定情，據傳中稱　李益年二十以進士擢第，夏六月至長安，經數月由鮑十一娘爲媒，贅於小玉家，按夏六月復經數月，並不明書翌年，當然即在大歷四年秋冬之間，甓齋以爲大歷六年者誤也，大歷六年，玉十八，益與玉別，「據傳中稱・益贅於小玉家，如此二歲，日夜相從，嗣授鄭縣主簿，四月將之官，臨別，有妾年始十八，君才二十二之一語，並約八月，遣使奉迎，益負約，逾期不至，按益與玉定情於大歷四年，經兩歲之後，益與玉別；時當在大歷六年」，大歷八年，益二十四，玉二十，玉思益，成疾死，「據傳稱，玉思益成疾，資用屢空，曾令侍婢浣紗，將紫玉釵貨之，途遇老玉工，婢曰，小娘子失身於人，夫壻昨向東郡，更無消息，悒悒成疾，今別二年，復稱時已三月，生詣崇敬寺翫牡丹花，有豪士強引生至玉長痛號哭數聲而絕，按大歷六年，益與玉別，既別二年，則玉死當在大歷八年，」太和元年，益年七十八死，「據舊唐書稱，益卒於太和初，去天寶九年計七十八年，益死時爲七十八歲，」以上之改正，是否有當，還以質之甓齋先生。

閩南人稱男曰「他埔」女曰「查某」，又有士諺曰「加里勞」者，此於文義，爲絕無可解釋者，或云此乃閩族最初之發源語，如猺民語，畲民語之類，予以爲不然，滿人滅鄭氏後，閩人恨之切骨，故晤對時，輒以胡人何時可去爲問訊者，對方無可置答，則報以加里勞，蓋當時隱語，謂前途尚遙遠也，居鄰有臨膺者，聞產男則賀曰，「他埔」也，生女則搖首，曰「查某」也；他埔，「執戈」也，他讀如打，埔讀如戈，腔亦微協，查某，渣粕也，渣粕即糟粕、意謂生男可執干戈以復仇，生女如糟粕無用也，其奧妙如此，可不表而出之耶？

次兒天祥南征散記云：「白帝城，距四川夔州二十里，夔州今改奉節縣，城不甚大，余過三峽，在舟中遙望，城廓依然，古蹟猶存，惟永安宮則已燬於兵火，白帝城峽又名灩澦峽、僅容一舟，兩旁削壁千仞，入夜則維舟不放，防觸礁也，劉先主伐吳敗歸，乃由鄂蜀交界之巴東縣入峽，惜舟行未遵陸，不曾過魚腹浦，一觀八陣圖遺蹟也，蜀三峽夙稱險阻，六，七，八月潮漲，可航數百噸輪船，過此，則拽木舟而上下矣。」

廈門楊嘯東，輯閩士錄嘗刋報端，都數十人，擇其著聞者十人，略加删潤，存之此篇，非敢掠美，聊廣見聞，志景仰云爾，一，方兆福，字星航，一字謙六，居廈門美頭社，清季解元也，富於天才，每作文，輒先瀏覽，觸機卽發，文思泉湧，不可擒制，嘗赴師家賀年，師有喜色，曰：予今年運佳，解元曰：何也？師曰；予於元旦開門焚香，忽在門下獲一螢，此中解元之兆也。解元曰：此兆應在弟子，不在我師，問何謂，曰：師不云蟹在門下乎？門下獲解，非弟子而何？師默然，解元果於是年登第。二，蘇鷟石，名廷玉。同安澳頭鄉人，嘉慶間進士，外放蘇州府知府，有民婦因歸甯途經荒山，在叢篝溲溺，爲魅所祟，醒失其裙，見棺縫露出裙角，驚極遁歸，告夫，夫怒，斧其柩，是夜，夫失頭，姑疑婦有姦，控諸官，嚴刑迫供，讞定，待秋決，婦之父，察女寃，聞公至，攔輿求雪，公親提審，令婦導至柩所，欲舉火焚之，其子孫有貴顯者，率族衆阻止，公請開棺，謂棺內如無人頭，愿服罪，令健卒劈棺，頭及裙具在，魅亦躍起，卒勇兢兵之，縱以火，怪遂絕，案白，遐邇咸頌神君焉，公任四川總督，民不久出甫歸者，先至岳家，岳以壻倉卒至，無以餉，乃就魚塘取鼈，烹以供之，食畢，體燥熱，壻取水沐浴，久之不出，入視，則人杳，盆中惟血水而已，大驚，明日擕行李告其家，壻之父母，疑岳謀財害命，控之，二年不決，其岳母聞公善折獄，投狀訴之，公受狀，籌思徹夜，忽悟四川有化黿鼈，越日命輿至岳家，視壻浴處，掘地數尺，果獲一髓，攜歸，諭屍親曰：此名化骨髓，汝子不知，誤食而死，非謀害也，乃取獄囚判死罪者，烹髓令食，果奇癢，命之浴，初聞盆中有聲，良久，寂然，入視，囚已杳、移盆視之，血方凝，將再結髓，公欒糜其種，沉寃乃雪。三，駱台晉，字日昇，惠安埕邊鄉人也；天資穎異，兩眼能左右分視兩卷，過目成誦，人稱駱神眼，官至廣總督，四川巡按，七省主考，當任江西主考時，有秀才劉同生者投考，爲文詭誕而有才，公擯之不錄，并取其卷以歸，後劉發奮攻書，官福建主考，至埕邊鄉，欲報復。駱妻知之，排香案迎於途，案陳劉卷，劉至，下輿取視，見卷末批云：「格之成之，位極三公，不格不成，必爲鄉黨蟊賊，」劉感動，泣拜而去。四，王步蟾，字桂庭，清季孝廉，學問淵博，爲廈文士之冠，蓋孝廉每日必强識字典四字，無間寒暑，故一字一典熟誦之後，輒終身不忘矣，與孝廉同時有周梅史，呂默庵，才相伯仲，廈門玉屏書院同課，周呂名次輒相爲首亞，然呂謙謹，周則豪邁，每一文出，周張之壁間，俾衆傳抄，呂輒庋藏，或竟焚棄，孝廉戲製一聯曰：「周梅史貼文起聲性，呂默庵焚稿絕癡情」。蓋仿紅樓目爲謔語也，清季，廈門銃藥局肇災，燬民房無數，道憲某公委王呂出任調查，有數人邀王入屋，或告灶倒，或陳瓦墜，喧呶不休，王恚曰，大老之意，乃欲賑濟孤兒寡婦耳，爾等非窮困，何喋喋爲？婦戟指怒罵臭短命，齒筋極，而莫如何，既歸，不怡者數日，呂勸曰：「汝知惹熊惹虎，莫惹赤查某乎？」赤查某者，廈諺潑婦也，自是，王每遇婦人，輒不敢爭議。五，謝正，字笏山，同安人，秋謝塘蓉生之姪，叔姪皆精繪事，蓉生工畫竹，間寫山水，頗有古人風致，爲人和靄可親，無子，故笏山獨傳其學，惟性與乃叔不同，且有阿夫容癖，求畫者須知其性，方有所得，否則，雖百金，棄不顧，邑某紳，將娶婦，封以重幣，求畫一屏，笏山不置可否，惟將金與畫置榻上，逾月，某來索畫，見原物在，以爲已費矣，展閱之，仍一束之縑也，問之曰：「先生，此畫何時來取」，笏山曰，「卽與之」，俄而將縑付諸火，某愠曰：「君何爲此」，笏山曰：「君祇見縑，不見金仍在乎，可持去，予非爲人役者也，」某怒而去，或謂某曰，子不聞謝先生有弗三之號乎，凡求畫者，潤資當與其子爲禮，或知先生需用何物，平日買贈，如臨時求畫，媵以金，是以金錢炫先生，一弗畫也，既求之後，應託人婉問，不應面索，若面索，是辱之，二弗畫也，求畫者如爲傖父或門外漢，三弗畫也，故字笏山，而人則以弗三稱之，或云：先生本不近人情，左文襄督閩時，曾求畫家繪一新疆圖，多不愜意，惟先生所畫，大爲左侯欣賞，贈賚無算，而名亦由此著。六，沈古松瑤池，閩詔安人，與謝琯樵顯蘇，吳織雲天章，許禹涯鈞龍，稱詔安四大家，沈嘗旅廈鬻畫，寫老人有特長，偶見坊肆裱人物一幀，署己名而非己畫，而畫則勝於己，悉係龍南畫家吳芝田所爲，聞其寓廈，亟走訪曰，君畫遠勝於予，何自餒也？後毋復爾，吾當爲子揄揚，自是，有求先生畫者，先生輒盛稱芝田，而吳名遂著，其愛才如是，余嘗見先生畫花鳥屏條四幅，雖不甚佳，饒有古意。七，黃愼，字恭懋，別署癭瓢子，僑居揚州久，與鄭板橋同時，稱揚州八怪，故人多誤先生爲蘇人，實則乃閩之寧化人也，初學畫於上官周，周畫工細精深法仇十洲，先生自忖難勝，偶見懷素艸書眞蹟，揣摩逾月，遂悟其理，意作一畫，寥寥數筆，持以問師，上官周曰，此八大之儔，吾不絕，久之，遊揚州，取益多用益宏，名遂大著，先生詩亦俊逸，嘗自謂其書可分三等，最愜意題以詩，次書甲子，再次僅署瓢癭子，或惟癭瓢二字，曾一度過廈，八，吳愼，字景黃，同安石潯人，清道光畫家，生平慕黃愼之爲人，故名，善山水人物，尤工寫眞，當時達官貴人，非吳愼圖像不可，曾爲某大腹賈繪像，既成，某言不肖，當減潤，吳笑而留畫還其金，明日加鍊於頸，張畫館門口，使人守之，某聞，大怒，詣先生嚴詬之，先生笑曰，此非君像，何怒？某無以難，卒倩潤贖像而火之。九，沈文肅父葆楨，林文忠公之壻也，洪楊之亂，公與夫人智全廣信，名聞當世，馬江海軍學校，公所創也，沈未達時，設裱肆於福州南台，號一笑來，後膺顯秩，託人掌理，暇一臨視而已，相傳公有幕賓某被革，鬱鬱死，幕賓之子工畫，聞公在馬江，乃繪一馬，其尾爲殘足之蟳所鉗，持向一笑來裱之，而堅囑裱工豎壁多日，俟其來乃揭下，公偶至肆見之，囑夥，如其人來，可疾告予，久之不至，或詰其故，公曰：此圖乃侮予，意爲「馬尾出殘蟳」也，按閩音殘蟳讀作「沉船」。十，陳琛，字思獻，泉州晉江人，明正德進士，初家貧，嘗爲輿夫，一日與一士人會試歸，士子朗誦所爲文，滔滔不倦，琛曰：頃小的於路拾得一稿，請賜閱佳否？即由轎簾呈入，士子閱之大擊節曰：此解元文也，琛喜極而呼曰：我若能中解元，此轎不再抬矣，士子聞而異之，

曰：子非作此文者耶？遂與訂交，步行而歸，琛後竟登高第，同邑蔡虛齋見其文，嘆曰：吾得友此人足矣，琛遂從之遊，一日在京師同僚薛姓將南下，琛請虛齋爲詩送之，虛齋曰「人人作詩送老薛，我亦作詩送老薛」，琛曰：何無結束，虛齋曰：我意已完，不能續也，琛乃續云：「江南二月桃花放，盡是別人眼中血，」又一日與虛齋遊市中，見有迎新婦者，虛齋朗吟云：「一箇新娘四箇抬，東街抬過西街來」，琛曰：「何又作歇後語耶？」虛齋曰：留待子續，琛笑曰：「今夜洞房花燭燄，玉簪插落牡丹開，」虛齋怒曰「子眞口孽哉，」其徜徉不羈如此。

晉江蘇菱槎著東甯百詠，錄其數首幷跋，備稽古者之省覽焉，「短衣匹馬去駸駸，盾鼻書成動禁林，蹭蹬一官如傳舍，老來著作豈初心，」（藍鼎元，號鹿洲，福建漳浦人，少孤，家貧，刻苦讀書，康熙六十年，朱一貴之役，族兄廷珍，爲南澳鎮總兵，奉命出師，鼎元

遂參戎幕，多所籌畫，著東征集三卷，雍正三年，分修大清一統志成，授廣東普甯縣，有惠政，忤上吏，褫職，閩督鄂爾準，諗其才，延入幕，為申被誣始末，召見，命署廣州府，未幾卒。」「彈丸喋血抗雄州，百戰諸羅廢壘秋，萬里長城廿壞汝，傷心忍唱白扶鳩，」（乾隆五十一年冬，彰化林爽文起事，南北響應，圍諸羅累月，總兵柴大紀，素得民，誓死守，食盡，掘樹根賚豆粕以啖，詔命大紀，捍民出城，大紀奏言，諸羅為府城北障，諸羅失，則府城亦危，且半載以來，深濠固壘，守禦甚固，一朝棄去，克復為難，唯有竭力固守，以待援師，高宗覽奏，詔曰，大紀當粮盡勢竭之時，唯以國事為重，雖古名將何以加焉，其封為義勇伯，世襲罔替，及福氏渡台破林爽文，大紀出迎，自以參贊伯爵，不執鞭櫜之禮，福康安啣之，至是，劾其奏報不實，詔曰，大紀困守孤城，時逾半載，非得兵民死力，豈能不陷，若謂詭譎取巧，則當時何不遵旨出城，其言粮盡力竭，原所以速援師，若不危急其詞，豈不益緩救兵，大紀屢蒙褒獎，或稍涉自滿，於福康安禮節不謹，致為所憎，遂直揭其短，殊失大臣休容之度，又福康安抵諸羅後，凡有攻剿，皆不派大紀，蔡攀龍，而於擁兵不救之恆瑞，非唯不劾，且屢敘其戰功　曲為庇護，會侍郎德成自浙江歸，高宗以福康安劾大紀事詢之，德成奏大紀在任貪黷，令兵私向內地貿易，及事起倉卒，不早撲滅，以致猖獗，又逮問提督任承恩，供亦同，乃命福康安及閩浙總督，李侍堯查奏，五十三年春正月，詔曰，柴大紀前此困守孤城，不敢退兵，奏至時，朕披閱墜淚，即在廷諸臣，凡有人心者，莫不歎其義勇，用人者當錄其功，而宥其小過，豈能據福康安虛詞一劾，遽治以無名之罪，前諂李侍堯之旨，至今尚未覆奏，殆亦難於措詞乎，旋李侍堯奏至，略如福康安旨，福康安又奏至，請解京正法，七月，大紀逮至京，命軍機大臣，會同大學士九卿覆訊，大紀再三稱冤，及庭訊，始引咎，仍微訴其枉，詔曰，福康安等擬大紀斬決，朕念其守城微勞，原欲從寬末減，改爲監候．乃輾轉狡辯取死，豈可復從寬典，其即依所擬止法，於是大紀論斬，時論冤之，全台兵民，下逮婦孺，莫不爲流淚。）「樓船橫海擁專征，絕島洪濤拜表行，郡國中興新創業，巍巍銅柱勒金城，」（同治十三年牡丹社之役，日兵駐南鄙，朝命沈公葆楨爲欽差大臣，督辦軍務，五月至台南，籌防備討軍實，會和議成，詔命經理善後，於是奏請福建巡撫，移駐台灣，增置郡縣，改營制，築礮台，架電報，振商務，衞行旅，凡諸要政，次第施行，東西之路既通，而台灣乃日臻富庶矣。）

上海文匯報載有郝鵬舉正傳補遺一篇，作者署名辛斤．以語體文寫出，文筆頗生動，予對近代風雲人物，頗有搜集，爰將其事實譯出，備他日有所攷證云爾，惜正傳未讀，不無脫枝失葉之憾 初，郝在，某部任高級參謀；時有交際花名瑱者，已羅敷有夫，夫與郝同僚，奉命出發前方，郝即用英雄手段，勾搭成功，雙宿雙飛，瓊且公開侮辱本夫，稱爲小玩意，而譽郝爲偉丈夫，本夫聞而慍然，訴之長官，長官震怒，將郝撤職，交特務營看管，一面呈報上級，擬置之於法，以振軍紀，郝本足智多謀；乃以術說特務營附某，某爲所動，竟偕亡，無何，郝任李長江僞第一集團軍總司令部參謀長，另一英雄好漢；乃效古押衙將瓊盜出，送至泰縣，完成好事，此人名畢書文，郝之結義兄弟也，僞淮海省建制前，名蘇淮行政區，僞行政長官，爲東北籍老牌漢奸郝鵬，郝鵬舉爲第一任僞省長時，（亦最後一任）淮海人爲韵語曰：「去一郝鵬，來一郝鵬舉，何必多此一舉，」淮海產鹽，煤，皮革甚富，郝得此沃壤，顧盼自豪；因嘗留俄，故稱淮海省爲中國之烏克蘭，郝爲鞏固地盤計，命其美妻拜當時汪僞政府日顧問柴山爲義父，并於日軍攻中條山之役，恃其熟諳該處地形，貢獻策略，以博日人信任，故能於一年內擴充十餘箇步兵團，建立兵工廠，被服廠，嘗於酒酣耳熱之際，顧其左右曰：「苟天假我三年，吾大事成矣，」孰知好夢不常，不數月而敵寇宣告投降。

曩在南雄舊書肆，購得池上草傳八卷，全書仿水滸章回體，計五十八回，書中主角池上草，綽號青天瀑布，即清龍南縣知縣徐上所紀之浰頭賊池仲容，池初爲鄉里正，得罪上官，拘之入獄，爲結義兄弟救出，遂逃橫水，匿猺寨中經年，猺人有女善幻術，見仲容壯偉，納爲壻，傳其術，事刧奪，嘗於山間水涯，化形爲水草，截擊行旅，奪其貲財或武器，惟有約，孤身不殺，老弱，婦孺不奪，非客商圖利者，或貪官汚吏不與爲難，間亦嘗以所獲周濟貧乏，或爲人報仇，夜踰豪橫或官吏家，刃其首以去，故遠近椎埋屠狗多從之，稱替天大王，所結義弟兄亦三十六人，大抵皆以水滸，鷄爪山，瓦崗寨爲藍本，傳中有數回紀小武松月華山打虎，南魁樓鋤慶疏，全仿水滸傳殺嫂祭兄，鴛鴦樓跌斃西門慶，但文筆尚不落窠臼，全書有始有終，至池仲容挖目被擒，犂平巢穴後，復插入仲容有義弟胡榮生，逃出，隱於闍黎，又數年，新民盧珂（仲容之仇家）妻死，延僧超度，胡雜衆僧中，突出匕首擊殺珂遁去，官兵懸重賞緝兇不獲，蓋胡亦能遁形也，此書作者爲官文偉，番禺人，自署斷靄生，全書取材贛州府志，龍南縣志，龍川縣志，虔南，定南縣志，及陽明全集而成，予獲一部，似爲海內僅存孤本。

附清龍南縣知縣徐上，書玉石巖王文成公平浰碑記云：「龍南故與粵龍川界，當明武宗時，利頭賊池仲容爲暴，遙結橫水，桶岡諸猺賊相聲援，寇抄及旁近縣，積張甚，歲丁丑，督師王公守仁，會閩楚兵，以次討平畬猺，即其地立崇義縣，時仲容弟仲安，亦詭降在行中，公偵知仲容詭且爲備，諭降之，不聽，以防他盜解，適新民盧珂等，嘗與賊讎殺，詣公告變，公陽怒，杖擊之密諭以情，因散休士卒，遣仲安牽其衆歸，示無圖利意，賊果解，會顏憲書，說使來謝，至，則盛飾供帳，厚爲之饗，令官吏延勞，賊衆曰高會，不虞，或爲間者，誘入狹斜，一夕，乘酒失，擊仲容傷眦，狀聞，公立逮治酒人，而命醫爲傅藥，陰翳其目，仲容故善幻，能遁形水草，未可猝擒 時歲且盡，公揚言，謂「吾不可復留仲容」，詰朝會食，其以從者見，各受賞歸，戊寅正月三日大設饗，伏甲壁間，陳鼓吹亂之，仲容引所部入，飲之酒，賞給重貸 至人不能勝，甲者前掩執，數以盧珂等所上變事，殲之於庭，先是，公既潛檄諸近賊縣、勒兵待發，又使人召集龍川新民，伺便即夜趨令分哨進，以盧珂爲嚮導，率縣兵從各徑入，公自率師由龍南直搗浰頭，剋期會剿，方度歲，賊衆散弛，猝不知所出，悉其精銳迎敵，我兵敗之於龍子嶺，賊却而復前，諸哨併力，卒大破之，遂克三浰，拔砦數十，餘孽退保九連山，進攻阨險，用所得賊衣衣壯士七百人爲敗走狀，傍晚驀澗過賊所據崖下，賊疑其巢潰卒，招呼之，我兵亦漫應，馳斷賊后，大師乘前夾擊，仍分伏截邀，使不得逸，乃盡犂其巢，殺獲數千人，三浰遂平，於是相視險易，割龍南龍川諸縣地，湊立和平縣，控扼要害，設官吏開學校，以鎮撫之，公乃班師，道經龍南玉石巖，題詩憩止，自撰平浰碑，磨崖刻石，龍與南贛諸郡邑，咸立生祠事公，久益不衰」。

藍理，字義山，福建漳浦人。清康熙間，從施琅征台灣，戰於澎湖，時鄭氏艦船蔽江而來，清軍稍却，藍獨爭先，忽礮發中腹，藍倒地腸出，血淋漓如瀋，族子法急納腸於腹，弟瑗，珠，解帶連腹背交裹之，敵以爲死也，忽見起立，殺聲如雷，遂驚而潰，軍中有英人，縫以針，卒無恙，鄭氏既降，藍入都，抵古北口，忽遇駕至，馬驚立，不及避，乃舍騎步人園中，康熙至，問誰騎者，藍亟出俯伏，康熙曰：「卿非征澎湖時拖腸血戰之藍理耶？」藍叩頭稱死罪，康熙遂召前，問血戰狀，令解衣視之，爲撫摩傷處，嗟嘆良久，顧專闖浙江，每遇南巡迎謁，康熙見之，輒語諸王公以拖腸血戰狀，嘗引見皇太后曰：「此破肚將軍也」累官福州提督，坐罪當斬，後從寬免死，放歸田里，按古名將腸出尚能力戰者，東漢有賈復，北齊有彭樂，藍可與鼎足而三。

泥塑偶像，爲我國手工藝之一種，曩時，廣東南海石灣之潘玉書，爲泥像；馳譽閩粵南洋一帶，顧潘氏作風，終不脫南派氣習，惜無名師指導，使多見古人眞蹟，如陳老蓮，任頤輩之高古雄拙，只能見重於大江以南耳，廈門大走馬路向有一泥塑偶像店，名曰永順，當時頗有名，所選泥質純厚，堅韌異於他家，故運售外洋，營業頗發達，傳是店之主人連姓名暖，乃訓導連城璧之父，暖作品頗瀟洒，有華新羅之氣派，少時曾見之，今不復可覩矣，客有談連城璧軼事者，雖瑣屑頗有趣，談者云：連生時，有相者謂其父曰：令郎他日必有兩榜之望（科舉時代，舉人稱一榜，進士稱兩榜）然屢上秋連闈皆不第，父且早死，既而滿淸廢科舉，設學堂，連更大失所望，所善友某造訪，嘗見倒糞夫置錢魁星像斗中，異而詢之，答云：吾輩傾倒學中糞尿，必給值，塾中老師既要錢，又恥與吾輩接，隨便置下，恐有遺失，乃藉「魁星」爲間，有神爲證，不虞盜竊，亦免授受不雅也，他日，友告連曰：君知不能登兩榜之由乎，以魁星爲間接，敲取糞夫餘瀝，污辱文星，應奪去一榜，娶出婦爲妻，有沾淸白，再奪一榜，君知罪否，連素迂腐，聞之矍然，從此不敢受糞夫錢；旋滿淸倒，連終于訓導，蓋連之妻爲再醮婦云。

予三十年記者生涯，垂老頹唐，猶難自己，遭際如此，生氣索然矣，然而不耕無食，不耘無衣，搔首問天，憂其曷極，憶宋徽宗有詠木偶人詩云：「刻木牽絲作老翁，鷄皮鶴髮與眞同，須臾舞罷渾無事，恰似人生一世中，」間亦效顰步其韻作一首自嘲云：「筆墨耕耘已半翁，朝操伇作馬牛同，卅年勞怨無聲嗅，力盡筋疲尚夢中」，如此人生，可憐亦可嘆矣。

人皆有癖，癖之不同，亦各如其面，吳三桂，袁世凱想做皇帝，此癖之至大者，賈似道好鬥蟋蟀，裕朗西好嗅婦人小脚，此癖之最微細者，世界之大，人類之庶，其爲癖亦多矣，曷能一一數耶，昔豐美輪買辦鄭某，閩南人，生平無他嗜好，唯好做官，曹志達任廈門提督時，某夤緣捐得一參將，署湄洲協，湄洲距廈一衣帶水，某接事後，即託人代庖，而仍作輪船買辦如故，於是，藍其頂，花其翎，朝珠，補褂，朝晚炫耀船中，每食必吹打以爲常，船中西人船主大副，見其怪模怪樣，咸引爲奇，然亦未嘗不嘆其大有官架也，某年，陳寶琛創辦漳廈鐵路，赴南洋募股，鄭亦被邀爲隨員，未幾，黎元洪起義武昌，鄭聞人讀報，乃捧朝珠補褂大哭，識者多訕笑之，不顧也，淸末，廈人士有喜喪事，必延鄭騎頂馬作前導，互以爲榮，鄭固狀貌魁梧，領頂輝煌，身軀長大，遠望之，恰如戶部之「大爺」焉，繇今思昔，偶一憶及，尙忍俊不禁云。

拆字爲一種靈學，謂其必驗，固蠢材，謂其必不驗，亦笨伯，大抵驗者是偶然湊合，不驗者是天地常經，正如賭博，汝欲呼盧，彼未必定爲盧，欲得雉，彼偶然可能償汝以雉，道理僅此而已，往歲閒居無俚，嘗著拆字指南一書，並不參攷載籍，率以己意爲之，得六十七首，後及百首，然後問世，爰錄數首以見意，謝字訣云：「不負東方著意吹，將「身」吹上最高台，莫「言」「寸」瓣無人惜，也許迴風舞一回」，此將言身寸三字拆開，而不點出謝字爲妙，若作多謝東風著意吹，則拙矣，囚字訣云：「無意拈囚不用愁，城堅圍固任優遊，一朝拔却門閂去，內閣無人我出頭」，此解恰如魏忠賢拈囚字，而答以國中一人，同一化險爲夷，安慰問者，非創格也，樹字訣云：「雙「木」不成「林」，紅豆空有「心」，遙遙隔兩地，懷想舊知音，」此字就詩意，可分數解，要在隨機應變，不限一格也，但惟聰明者能之。

小說施公案中之施公，讀者多不知其何許人，按施名世綸，字文賢，福建晉江人，爲靖海侯施琅之次子，居官淸廉、不畏權要，有海忠介之高風，善折獄，人每方宋之包孝肅，而施公案之風行天下，婦孺皆曉，亦與海瑞打嚴嵩，包公斷太后，同一爲大羣階級所熟稔也，施初知江南泰州，有某官強納遠地民女爲妾，施廉得實，責官遣女，民皆悅服，援兵過境，沿途攘奪，公具芻粮以應，而令役各持一挺列待，犯者捕至，輒痛笞之，兵皆斂手去，康熙南巡，召對良久謂左右曰：「此天下第一清官也，」後守江寧，所至，童叟壺漿具迎，以父憂去官，攀轅乞留者空巷，不得請，乃人投一錢，頃刻集資鉅萬，建雙亭於府衙前，名「一文亭」，俞曲園有句云：「孝肅剛峯雖可擬，何如劉寵一錢稱，」蓋紀實也，相傳世綸貌陋，鼻凹齒豁，且侏儒，因有施不全之稱，故畢生乏閨房之樂，輒潛心於折獄，嘗謂：「折獄最忌先有成見在胸，必也環跪堂下者，皆爲我之子女，無論眼見其動手殺人，亦須其起惻隱憐憫之情，否則必僨事」又云：「一生治獄，得力於孔子「聽訟吾猶人也，必也使無訟乎」二語，可謂知言矣。

張元奇，字珍午，福建侯官人，清光緒丙戌翰林，授編修，擢監察御史，以劾載振，岑春煊，直聲振天下，遷奉天民政使，民國建立歷遷內務次長，奉天，福建兩省巡按使，其任福建也，福州裁縫師咸豔稱之，初，張父業裁縫，居鄉，操藝頗精，同鄉某以科甲得名，移住城市，召張父製衣，張父不諳禮法，踞上座，適客來謁，某慚叱之，張父不遜，還報惡聲，某怒，批其頰，既退，深自恨，力誡其子讀書，稍輟，輒責讓曰：「汝忘乃父之辱耶？」元奇謹受教，後卒以苦學成名；然多服官外省，既獲福建巡按之命，張父狂喜，張筵設樂，遍召同業，謂有寃抑，可告我，數日竟無疾而終，年八十餘歲，張爲官無表見，惟敬禮裁縫匠，每見必稱叔，亦孝子之用心歟？按十九路軍蔡廷鍇，曾業裁縫，戰時，蔡在香港投稿小報，述身世不自諱，醴泉無源芝草無根，人苦不自立矣，何裁縫之足賤哉？

施耐公、性詼諧無城府不羈士也，嘗與某令尹晏坐，時天暑某甫謁大吏歸，赤膊納涼，涼冠長靴猶未解也，耐公曰：君自審何狀？某曰：不知，耐公曰：棺材頭，棺材脚，而無賴身耳，某叱曰：小子何無狀？耐公惟笑謝，過瞰青別墅，主人好書，鐫石幾遍，或問耐公，書文佳否？曰「遍體鱗傷」耳，何佳？耐公體羸，傷於色，登高輒喘，所居鼓浪嶼趨馬路，每歸，過趨馬路，輒有蜀道難之嘆，曰今而知朝朝暮暮雲雨巫山之下；我乃不如神女也，耐公卒年六十七歲，所著詩文皆散佚，時論惜之。

南洋有十二偉人，世鮮知者，輒記存之，梁道明，蘇門答臘東部之舊港酋長、廣東南海縣人，明永樂時，入朝貢方物，張璉，廣東饒平縣人，為舊港番舶長，出身海盜，明嘉靖時，曾奪據葡人之澳門，萬歷時列肆舊港，漳泉人多附之，新村主，逸其姓名，亦廣東人，經商爪哇，極為富饒，永樂時入貢，婆羅王，佚其姓名，福建人，先世流寓婆羅洲北境，明萬歷間據其國而王焉，吳元盛，廣東人，清乾隆末，流寓婆羅洲之戴燕國，時國王苛暴，民怨而殺之，因奉元盛為王，羅芳伯，廣東梅縣人，乾隆中經商婆羅洲之昆甸，保衛僑胞為衆所愛戴，共推為王，卒後禪位於其部下，傳八世至光緒十年始為荷人所滅，張傑緒，潮州人，同光間經商於班瀾，逐其土王取而代之，卒後無嗣，財產為荷人所沒收，林道乾，福建晉江人，本海盜，明萬歷時，率兵船往攻菲律賓之馬尼拉，先勝後敗，轉據呂宋西境，又為西班牙人所迫，乃揚帆至勃泥（今婆羅洲）居焉，號其地曰道乾港，阮潢，明萬歷時為越南開國祖，清乾隆時阮光平，係潢族屬，號新阮、嘉慶時阮福映，係潢後裔號舊阮，鄭天賜，為港口國王，其他與東埔寨相連，其先人流寓其地，服御制度彷彿中國，好詩書，立學校，建孔廟，王與國人皆敬之，鄭昭，廣東澄海縣人，先世流寓暹羅，時暹爲緬所滅，乾隆時起冊復國，暹人戴爲王，壻鄭華繼之，卽今暹羅王室之祖，宮裏雁，順治間隨桂王入緬，據緬北木邦土司境，設波童銀廠，衆十萬，惜後爲滇吏所殺。

傀儡戲，卽線兒戲，其起原甚古，「梨軒曼衍」，按列子云：「周穆王時，巧人名偃師所造，倡者能歌舞，王與盛姬觀之，舞罷，則瞬目以招王之左右，王怒，欲殺偃師，偃立剖殺倡者，皆革木膠漆之所爲，此是傀儡之始」，段安節「樂府雜錄」云：「傀儡子起於漢高祖，高祖平城之圍，其城一面，卽冒頓妻閼氏，兵強於三面，陳平訪知閼氏妬忌，造木偶婦人，連機關舞陣間，閼氏望見，謂是生人，慮城下，冒頓必納，遂退軍，後翻爲戲，其引歌舞，曰郭郎，禿髮善嬉笑，凡戲場必在排兒之首」，「顏之推家訓」：「或問俗名傀儡子爲郭禿，有故實乎，答曰風俗通云，諸郭皆諱禿，當是先有姓郭而病禿者，滑稽調笑，故後人爲其像，因呼郭禿耳」。

清羅爾芳「花間雜錄」云：「傀儡戲盛於閩，粵，臺灣，全具三十六身，七十二頭，刀槍劍矛，旗亭車馬，輦輿舟楫，靡不備，喜喪事多演目蓮救母，子儀祝壽，六國封相，以垓下別姬，買臣休妻最擅勝，惜道白採方言，不爲異地名流所喜耳」，綜上紀載，傀儡戲實始於周代，初僅爲帝王遊戲而已，嗣後乃普遍及於民間，漢初，陳平竟以戲收功於軍事，視諸葛之木牛流馬無以異也，而其製作之精巧，視今尤勝，近人有謂乃唐時阿拉伯人傳入者，豈非數典忘祖耶？

庚子八國聯軍之役，日本藉口山仔頂教堂被焚，派陸戰隊佔據廈門虎頭山，實則日人自縱火焚教堂，狐埋狐掘也，時興泉永道爲滿人延年，駐廈門，交涉不勝，旋英軍登陸海後灘，作戰時警戒，開領事團會議於鼓浪嶼，命以日本未向中國宣戰，何得擅佔中國地，若認日教堂被焚，則救滅者實爲中國消防隊，不能責中國政府以有意挑釁也，日本遂以理曲退兵，然設心搗亂厦門，已自當時始，未幾卽派領事駐厦門，廣收籍民，第一任爲上野，是時凡入日籍者，祇費印花稅票日圓五角，一時趨者如鶩，遂啓後來爲虎作倀之漸，可痛已，先是日兵登陸虎頭山，有挑糞夫誤犯日哨兵，哨兵罵以漳屬土語，挑糞夫稔其音，曰是同鄉也，何爲欺侮自家人，詰其故，始知日人日給銀圓三枚，僱作哨兵也，讀陳家瑞倭患始末記，證以此事，可知日人處心積慮，蓋無日不在佔據中國想已。

木棉庵吊賈秋壑，詠者衆矣，予最喜林鸞雲一絕云：「喬木低頭也汗顏，疏籬蟋蟀豆花間，下車不遇南州尉，又向天涯半日閒，」第一句點出木棉庵，二句觸景傷懷，三句伏鄭虎臣，四句寫權奸末路，忍死須臾，猶在睡夢中，可憐亦可嘆矣。

同一事，同一地，報紙紀載有異同，社會傳聞亦不一，不獨此也，徵諸當事者，彼有隱情，不能必其所云云皆確鑿也，詰之犯人，或受威嚇，或有難言之忍，或不便言，或不願言，欲求一時一刻而得眞是非，難矣哉，如最近市上發生之大達鐘錶行刦案，就個人所聞，似又異於其他所述，爰錄存之，倘亦足資他日之攷證也歟？初：利羣有錶，託店東曾某代售，餘款屢靳未付，利羣怒，思有以報，而未發也，會其叔國強自漳來，挾有手槍一枝，旋又向某保隊附購得左輪一枝，子彈八發，遂動惡念，叔姪計議，必刦大達圖報復，得手後，卽遠走漳州，以爲神不知，鬼不覺也，是夜九時，國強持一錶向大達修理，謂明擬他往，須立候，曾初未允，旣利其貲，諾焉，已而，他居多收肆，大達店門亦扃，僅虛掩其戶，店婦及夥皆登樓，肆中惟國強及曾某在耳，須臾，利羣推戶入，隨健戶，出兩手槍，威嚇店東禁聲，卽驅之登樓，出繩命諸夥自相縛，最後店婦縛店東，國強縛店主婦，以絮塞口，覆以衾，禁勿動，否則，殺無赦，乃迫曾出櫃匙，初啓大鐵櫃，以匙斷而罷，繼啓較小者，得名貴錶四十餘隻，及金兩塊暨現鈔等，懼夜出，為邏者所獲，乃搜食櫥，得啤酒，罐頭，咖啡等物，遂共飲啖，坐以待旦，至五時許，天已大亮，始挾贓出，先是，肆中一童工甚黠，將縛，請曰：「我為汝養食及啓閉門戶，毋縛也，」二盜諾焉，既去，童工遙覘之，見盜入橫巷一宅中，跡為前偽市長李思賢住所，亟歸，啓諸人縛，報探往捕，二盜既歸，旋出，欲登漳碼輪，會海上有颶風，船舶停開，乃折返高臥，不虞邏者已至，遂人贓並獲焉，此三十六年八月二十九日事也，距事發纔數小時耳，二盜，一名李國強十七歲，前偽府市長李思賢之第八子，一名李利華，十四歲，李思賢之長孫。

普度有二義，普度者，乃普遍超度幽魂，使脫離鬼趣之義，又曰普渡者，乃渡衆生以共登覺岸之義，一為佛埋，一乃鬼道，判然不可相混者也，顧廈門之普度，多作普渡，屆期，分疆畫界而祭鬼，自夏歷七月初一日起至三十日止，無日不普，亦無人不度，一言括之，乃祭鬼其名，饗人其實，富家貴宅，大商小肆，至日必肆筵讌客，無論矣，卽貧民小販，亦莫不極力張羅以應，習俗如斯，牢不可破，視粵俗之普度，其奢侈更此勝於彼也，粵人以七月為祭鬼月，如初一開地獄門有祭，十五為七月半有祭，三十為閉地獄門有祭，皆與閩俗同，惟普度則稍異，粵人不名普度，而曰燒幽，自初一至卅日止，任擇一日而祭，祭時，富有者多以紙製箱篋，中貯冥紙冥衣等物，舉火焚之，故又名燒衣，蓋預備陰界先人一年之需要也，祭畢，盡舉所有以施捨乞兒，或以祭餘灑地上，並撒銅錢，聽乞兒搶拾，不讌客，不鋪張，且存有施與之意，與廈門之普度，雖同一近於迷信，似不無上下床之別矣，勝利以還，廈門普度之風，雖然未改，大街小巷，排日演劇，實際皆外強中虛，惟商販賈豎，乘機打劫，稍獲甦息而已，誦古人詩：「人生有酒須當醉，一滴何曾到九泉，」相信此種陋習，不久，終有消滅之一日，固不必禁而自禁矣。

九一記者節，隨諸同事後，遊南普陀寺，舊地重來，風物如昨，獨惜當年儕侶多已他徙，或竟物化，「偷得浮生半日閑，難逢佛印善知識」，不無悵惘矣，已而隨衆登臨寺後山，覩呂西村紀遊，及陳南谷書美艦隊蒞廈記兩石刻，更使余低徊俛仰，欲去猶回首者久之，蓋美艦蒞廈記，爲陳南谷先生所書，南谷名斗杓，清附生，書雖未工，然當陳氏書此記時，余方齠齡，當時曾爲牽紙磨墨，今倏忽之間四十年矣，石痕未沒，斯人已杳，追念前塵，寧無「樹猶如此我何堪」之感耶？呂世村，名世宜，廈門人，清道光孝廉，精隸書，與伊秉綬齊名，時有「伯仲之間見伊呂」之稱，惜廈人不善爲名，終不及伊氏之馳譽南北耳，余語同遊羅君貽謙云：「諸刻，惟呂氏兩行，前不見古人，後不見來者，不必詩古文詞，亦足千古矣」，按當日與呂氏同遊者，爲周芸臯道尹，葉東谷，孫雲鴻一先生，芸臯呂葉座師也，書畫皆佳，葉東谷名化成，亦道光孝廉，書山水法戴醇士，卽世稱東西（東谷西村）二先生者是也，柯伯行先生嘗爲余言，其叔碩士與東谷哲嗣小谷，有師友淵源之雅，東谷歿後，家漸式微，碩士先生藏有東谷山水斗方十六頁，及東谷畫像一幀，珍逾拱璧，惜戰後不知落入誰家矣，言時頗有惓惓難忘之感，柯先生可謂一往情深矣，夫書畫之事，亦難言矣，患得患失，固不可，然頻年相對，一朝睽離，物去情留，誰能遣此，固不能與阿堵物等量齊觀已，嘗觀東谷畫，鈐有印章云「是鄙事亦雅事」，此二語頗能道出文人結習，蓋棲心於書畫者，「怡情養志，息慮忘機」未嘗不是雅事，倘貪多無饜，甚至巧取豪奪，則不免墜入鄙道矣，昔任伯年每觀古書畫，輒經日不忘，客有問曰：「君下筆如有神助，非平日宏觀博得，曷克臻此，然未見君家厚藏名書古畫也？」伯年笑指其腹曰：「我的畫稿都在這裏，何必藏邪」、施耐公爲文章，洋洋灑灑，堂皇典麗，人固未見其案頭鄰架，置有任何一部書也，此其所以爲第一流畫家與作家也歟?然非魯純如我輩者，所能望其肩背也已。

晉江吳魯，字肅堂，少時慕三國吳魯肅之爲人，故名，晚年更號且園，人稱且園先生，清季狀元也，性至孝，初入塾，聞塾師講孟武伯問孝章，肅堂曰：子有疾，父母憂之，父母有疾，更誰憂耶，師深韙之，謂此兒後必成名，縣令某，嘗欲製聯懸署中，以屬諸生，無當意者，令得上聯云：「昂昂七尺軀，毋枉三尺法，毋欺六尺孤，便是丈六金身，成佛作祖，」肅堂對云：「矯矯十分才，不愛一文錢，不徇半分勢，祇存寸許丹臆，造士安民，」令大嘉嘆，即刊而懸之，令固好書畫者，一日晉謁，適有人持三教圖求售，畫作釋迦中坐，老聃旁立，仲尼前拜，令曰：畫固佳，而意則悖，吾欲舍之，肅堂曰：佳則留矣，何用舍焉，因援筆題云：釋迦端坐，老君旁侍，夫子聞之，笑倒在地，」令喜而購焉，其能成人之美又如此，不愧魯子敬矣。

清代廈門書家，呂西村世宜，葉東谷化成而後，成名者甚少，近則李繡伊禧，虞竹園愚，名駸駸日上，李先生書渾厚，虞君書遒麗，各有千秋，皆足寶貴也，往時觀柯碩士榮試，臨十七帖，歐陽少椿寫魏碑亦佳，惜歐柯今皆作古人矣，柯伯行先生亦以善書稱，昨告余，過江訪馬亦鏹老人，得飽觀米芾，董其昌，康南海，清道人，鄭海藏諸家墨蹟，歷數小時未已，心胸爲之一快云云，余嘗謂馬老賞鑑書畫，獨具隻眼，生平搜羅之富，與經目之夥，可稱廈門賞鑑家第一，惜未繇得登鴻祕之室，一飽眼福耳，抗戰前，郭君漢泉搜羅時人書畫亦富，聞皆馬老爲鑑定，馬老與畫家鄭霽林先生交最莫逆，勝利後，鄭以耄耋之年，猶時寄畫爲老壽，「桃花潭水深千尺，不及汪倫送我情，」二老風流，足見一斑。

建成

綢布商場

廈門

大同路

電話 門市部 九零七號

電話 批發處 一三二三

新春衣料

大幫湧到

花色新穎

價目便宜

樓下零沽

樓上批發

現買現賣

包你滿意

綢緞呢羢棉布——色色皆備

錦繡時裝衣料——樣樣俱全

廈門德大參行

大同路一四一號

電話八八〇　電報掛號八八〇〇

香港分行德輔道西四十五號

電話二三〇一九　電報掛號九七一六

TAK TAI GINTENG FIRM

No. 45 DES VOEUX RD. WEST HONG KONG

CABLE ADDRDSS: 9716 TEL. 23019

HEAD OFFICE TAI TUNG ROAD. AMOY.

上海香港　均設分莊

不售僞貨　價格公平

零沽批發　一律歡迎

貨如不合　可退回換

華僑服務招待第一

瑞記岷棧

廈門打鐵街十八號

瑞泰西裝店

開元路二九號

廈門始創華服服務

國興西服鋪

思明南路四一八號

感舊錄

目錄

王序

漆園後人蔚藍氏鄉先輩，施教海內外者數十稔，及門青衿奚啻三千。每登壇講學，娓娓而談；莊諧雜出；機鋒時隱時現；剖析入微，奧義因是因非。蓋欲溥化雨於炎洲，起後士於蠻貊，使行忠信之道，服聖人之教，而懷瑾握瑜焉。教亦多術，宣尼明訓，求使學子中規中矩，侔於繩墨，固難；令其與鵝湖之會，義利依違，聞齊韶之音，廢寢忘食，不期然而慕德嚮風，而手舞足蹈者，先生能之，則尤難矣。

先生課隙，喜披覽稗官野乘，綴輯異事軼聞。主鷺水諸報筆政時期，屢曾揭櫫心得，讀者說之。南行以還，續有纂作，曼衍卮言，鍼砭社會，藉療頑嚚之痼疾，圖挽陷溺之狂瀾，論者韙焉：以其遣辭委備，用事恍惚，深得風人之旨云爾。

先生故誼尤篤。鄉人向重實利而輕虛聲：當兵則逃，因言語未諳，而常遭鞭撻也：從官則傾，以支撐無人，而恒受凌轢也。然性喜冒險，穿梭乎驚風駭浪之中：志甘茹苦，墾殖於遐陬鴃舌之域；高賢輩出，畸士如雲，而尠獲聞者。先生就所親炙，擇其可以垂示後昆者，書之爲感舊錄三十餘篇，所以傳摯友而追前烈者也。夫網羅放失，修史家之勝業；刻劃雅範，運才士之匠心，豈不然乎？先生以明練鮮淨之筆，寄尚賢存實之懷，與舊雨死生而相望，洒竹柏異心而同貞，振中郎碑志亦文亦史之餘緒，發張華短章琅函金笈之遺音，抑亦將風行萬里，遇知百代與！

付梓之日，屬爲譔序，以交深奕世，誼兼師友，毅然應命。時方會藏珠盦於歐陸，周末佳日，驅車越基爾運河而北，稅駕海鄙，投宿農舍。窗前援筆疾書，潮聲低唫，樹影斑駁，猶如燙酒烹茗，與君子晤對一室焉。

後學王福民拜撰　一九六一年八月五日

自序

民國二十七年夏，倭氛已瀰漫鷺門，乃與三弟倉皇南渡，避寇於香江，稽遲半載，始遵海而南，抵達菲島。當時擬以三載為期，即可浩然歸去。不意竄羈海曲，瞬歷二十餘星霜，為問人生百年，尚復有幾許二十載歲月耶？

迨倭寇鎩羽受降之後，曾三度遄返故國，重履鄉關，遍詢昔日交遊，強半化為異物：「訪舊半為鬼，驚呼熱中腸」，此情庶幾似之。痛往日居止接近，朝夕過從之朋輩，不留遺跡，僅見空廬。當年問字談經之師門，雖謦欬猶在，教澤長存，已末由再侍坐燕居，親炙其訓誨。言念及此，尤覺歔欷而不可禁！

憶向秀有「思舊賦」，王漁洋有「感舊錄」，均為懷念已逝親友而作，夫悠然長逝者魂魄，與草木同朽者形骸，適來時也，適去順也，死死生生，何關哀樂？惟緬懷遺愛，心念舊恩，終未能已於懷，於是乃筆之於書，而天壤間之道義存焉。故感舊之念，可以洽人情，可以感舊好，且亦可移以言念家邦，而故國喬木之思油然生矣。

於是遂歷舉平生師友之足述者，計三十餘位，雖時間先後有差，篇幅修短不齊，尚能舉其犖犖大者表而出之，用懷高山景行，藉見平生交誼，其間尚有多人，既未遑寫之，且亦不忍述之：「既傷逝者，行自念也。」於心戚戚，冥冥中有知，其曲有之乎！

元代劉秋麓先生夜坐有句云：「故人皆死誰為佛，老我猶生即是仙」：逝者已矣，應是早生天界；生者如斯，又將何以自存？——去神仙境域尚遠。然則感舊錄之作，既可持以慰死者，而生者亦無憾焉。若夫道義，固自在人心，而誰以易之，尚復待茲編之出而始乎存於天壤之間耶？是爲序。

辛丑年端午節莊藍田於中正圖書館

賀師仙舫

憶八歲時，在螺邑錦里塾中肄業，賀師仙舫教我誦讀古文——歐陽修的秋聲賦。其時，三秋九月，天高氣爽，夜來獨坐小齋，傍燈下咿唔，到「星月皎潔，明河在天，四無人聲，聲在樹間」之句，翹首窗外，荒村月明，聽榕樹梢頭，金風正緊，此時才體會到天容人事拍湊之妙，對誦讀古文的興趣也就濃厚起來，賀師又出題目教我們學作文，記得題目是「說空氣」。我於限期內交不出卷來，被責打掌心五十下，並勒令站在塾門外示衆半日。迄今思之，猶惴惴不安而有餘悸。

其後在鼓浪洞天之下與賀師共事多年，賀師工駢文及律詩，惟不輕易授人。我曾袖雜體詩十數首就教。他當面訶責說：「文尚寫不來，遑論乎詩、詩、詩……！」我一時慚愧到無地自容，乃廢然返，往書坊購得廬陵集、八家四六文注、漁洋精華錄、輞川集、孟襄陽集歸，暇日課餘，細細研讀，漸有所得。迄今對於韻語能一知半解，皆當日賀師訶責之力也。

戰後歸去，而賀師已先一年歸道山矣。聞先叔父云，師垂老尚策杖上講堂授徒，誨人不倦，一生心血嘔盡矣，遂爾不起。身後遺產蕩然，恐萬卷藏書亦充蠹糧化爲鼠壤。後起者不能繼繩祖武，幸有繡鐵龕詩集及隨筆行世。

潘師敦仁

1 潘師敦仁

潘師壽蓀

憶十歲時就讀於螺邑時化學校。當日校長爲潘師敎仁。潘師籍貫惠安，少時曾究墨卷試帖之學，有意於場屋中較一日之短長；其後逃儒歸耶，乃任邑中敎會創辦的時化學校校長。

潘師平居不苟言笑，道貌岸然，故望之儼然，聽其言也厲，學子敬之畏之，在校中一聞其跫然足音，即作鳥獸散，有時遙聞其咳嗽聲，亦肅然躡足行，甚而不敢越雷池一步。以故潘師操校政十餘年，全校秩序井然，校風嚴肅，良以其持躬謹樸，辦事精明，故能爲學子儀表。

潘師對於經學有湛深研究，——於詩經尤韋編三絕焉。所以於訓話及談吐中，往往引詩經爲證，「衡說詩，解人頤」，潘師有之矣。他的書法乃能合柳、趙兩家爲一爐而冶之者，於書扇面尤能蒼勁中涵秀逸之致，邑中人士珍之若拱璧；然潘師固不以書法名，且亦雅不欲多留墨跡於人間。

其後螺邑敎會選潘師膺任司鐸，自是乃捨去校長職務轉而措理敎會的事功。但邑中人士欽仰之無異於任校長時也。

潘師雖嚴肅峻厲，但若遇到他高興時，却就「即之也溫」的。有一次，他老人家召集我們到禮堂上來，說要講故事給我們聽。當場大家駭然相顧，驚喜無量。於是他就開始講其「大拇指」的童話來了。大概花一小時的時間，好容易才把故事講完。我對於童話發生興趣，這回是第一次的。

大抵是在抗戰之前，潘師已近古稀之年，即歸道山。而他的古道到如今還是耿耿照人的。

3 潘師壽蓀

潘壽蓀師和敦仁師是同鄉。當年他正在時化學校執教。壽蓀師是遜清秀才，對於經學及古文在螺邑耆宿中自有其崇高的地位。

那時老人家約五十多歲，鬢髮斑白，沉默寡言，惟諄諄善誘之功感人最深。我少小時，對於尙書一經是他教的。他於坐擁皐比施教時，聲調紆餘爲姸，句斟字酌，講解明晰。當時我在私塾裏對尙書白文已誦過了，如今經潘師詳加解析，雖未能一旦豁然貫通，可是已明其旨。不過念到「禹貢」一篇，一定要背誦，到那「厥土維……厥賦維……」的地方，茫茫禹甸，莽莽九州，怎能記得清呢？於是往往受潘師的責備。

其後他又兼教詩經（算是溫習塾中舊課的），對於「賦也、興也、賦而比也、賦而興也……」的尾聲，因爲不明六義，於背誦時又往往裝錯，再招來一陣責備。在當日念經書，我認爲到這地方是最困難的了。

潘壽蓀老師寄寓學校裏，他的房間及茶水——甚至於換水烟袋與倒夜壺，都由弟子去服其勞的。我們這一班是學校中最高班，計十餘人，就得輪流去工作，——大概每星期輪到一次。

每天侵晨，我們在戶外等著，殊有程門立雪之風，看看潘老師起床了，我們就先備洗臉水、嗽口水捧進去；然後泡一壺熱茶恭置於書案上。他盥洗完畢，即出戶外簷下散步。我們就開始掃地、掛帳、披床上被褥、換水烟袋的水、倒夜壺——還得洗乾淨。這種灑掃應對的工作，看是麻煩，卻含有深長的教育意義，便知養成服役操作的習慣，及遵行尊師重道的古訓，乃於此中見之。

我們對於這些工作之所以樂此不疲者，乃是能乘機伺便偷看我們繳交的文卷，看看原作有多少行多少句可用的，計算全篇打了多少圈，老師下了什麼眉批及總批，打的分數是高或低；如果留的句子多，且連圈而下，批詞作佳語，分數在八十五分以上，那就可以高興三天，喜而不寐的。

我先後旁潘壽蓀老師的講座約兩年半；其後移家鷺島，從此永別師門，而潘老師不久亦辭人世，——連何年何日逝世也記不清了！

梁師燕居

在鼓浪洞天東山之上尋源書院肄業的最後兩年，教我們國文的老師是梁燕居先生。梁師世居白鷺洲，遜清拔貢，所以對於經學，沉浸穠郁，含英咀華，是一位經師。在那兩年中，他教我們左傳及詩經。

梁老師於授課時，諄諄善誘，不厭不倦。對於批改文卷，一字一句，明白曉暢，絕不苟且。給我印象最深感力最大的，就是他的那一手歐體的小楷，簡直可以當字帖臨習。每次他發出批改過的課藝，我一定要先仔細看他的小楷，然後才注意到批改的字面、句法及段落。戰後返國，還檢到梁老師改過的文卷，雖已是零編斷簡，珍之則不啻吉光片羽。

他有時高興了，就出幾個詩題教我們試試看。他說：「聲病之學非所長，但諸生既誦讀詩經，也得試筆，看看你們是否能明乎興、觀、群、怨之旨。」於是他把詩的體裁說明端的，我們就依樣畫葫蘆地做起詩來了。當日習作的是律詩。他又指明：「做詩應先從律詩動手。律詩能學習運用典故與辭藻，及對仗的工夫，以及情與景的融化配合；律詩能寫得順手，則進而做絕句，由博反約，而近體詩之道得矣。」寥寥數語，深入淺出，神而明之，傳神即在阿堵中了。

那時候梁老師已是六十開外的年紀，飽經世故，老態龍鍾。重以後進未能承接家學，甚而喝雉呼盧，違背庭訓，賭徒且有登門索逋者。梁老師的晚景受此磨折，既辭去尋源書院教席，維憂用老，大概於民國十二年間即溘然長逝。惟當年傍其門牆的學友，每焉緬懷往事，對梁老師的經學尚深致其景仰之誠云。

5 陳師寶善

陳師寶善

陳師寶善，原籍東山縣，遜清秀才，後移居雲霄縣，所以他有時也說是雲霄人。

民國三年，我負笈就學於鼓浪嶼東山上尋源書院，陳老師即應聘蒞校教我們這一班的國文。記得第一課教清代周槐樹的「漢高帝論」，登台講解，旁若無人；繼之即高聲朗誦，低徊往復，繞梁三匝。當日學侶凝神受教，毫無倦容。落後每逢陳老師的課，大家都栩栩然有生氣，並且「銅山西崩，洛鐘東應」起來了：於是滿堂洋溢了「絃誦之聲」。

陳老師爲怕學生久而生厭，有時也選些詩歌及筆記小說作補充教材。記得他講白居易的「琵琶行」，並商人婦的姿態及抑揚頓挫、抗墜疾徐的絃音，都會以行動及聲調形容傳達出來：這時眞的把講台當做戲台了。有一次，岸然道貌的盧校長突然前來查班，陳老師正在開講聊齋「黃英」一篇，一時不好意思，就停下來；大家再請他繼續講下去，連盧校長也聽到完場才滿意而退。

陳老師對於鼓勵學子，誘掖後進，極盡苦口婆心。他批改文卷，確下了牽蘿補屋工夫；凡有可用的句子，必儘量保留，加以密圈，——一圈圈到底，於是學子個個心悅誠服，喜歡親炙他。我常常到他房間去替他烹茶，同時也得「執經問難」之樂。有時老人家高興了，還帶我們登山臨水，耳之所聞，目之所觸，遇有詩文的材料，就隨時隨地指點：陽春烟景，大塊文章，經過他一提示，就能豁人眉宇，盪人心胸。

我傍陳老師的講筵先後計兩年，祇覺書味醰上，樂且無藝。以後學校遷移到漳州去，陳老師隨校內遷，他仍是本着以往誨人不倦的精神施教。

有一段時期，陳老師曾應聘到安南某學校任教席，乘桴浮海，吾道其南，不親聆教誨近十年，關於他在海外的消息就隔斷了。

民國十七年春，我曾驅車往漳州轉到平和琯溪鎮視察分校，順道趨謁陳老師於芝山仰止亭畔。他已從安南返國，還仍舊貫地再任尋源書院的文史講席。多年闊別，如今重逢，一時悲喜交集。陳老師平生不修邊幅，有時毛髮種種，于思如戟，詎知從海外歸來後，已西其裝而革其履，精神較從前煥發得多了。當日我曾善頌地說：「老師精神矍鑠，老當益壯，必享遐齡！」他又善禱地笑着說：「但能如願以償，並且與子同之。」晤言半日，我才驅車往平和琯溪去。

迨日寇攻陷鷺門，我即倉皇南來菲島，關於陳老師的起居更茫然了。到民三十四年戰事完結，重返鼓浪洞天之下，遍詢往日學侶以陳老師的消息，知尚健在，仍在芝山原校；並知他常常垂問到我的近況。乃呈上一紙書問候，並附南國幽居雜詩數首就正。陳老師立即賜下兩律，恭錄於后：

寒齋把卷自吟哦，忽覩鸞箋拜手歌。奉倩才華堪璧海，盈川文思若懸河。書兼賦手休嫌短，詩雜仙心豈在多。此外揮毫垂雨露，蜚聲藝苑有餘波。新詩休厭百回吟，字字如珠喜不禁。未許潘江專擅美，依然鮑庾兩遺音。摛詞掞藻推能手，戛玉敲金費苦心。此去催聲銅缽忩；椰風蕉雨夕陽沉。

右兩律，低徊往復，如珠走盤，想見陳老師揮毫落紙時爽利淋漓之態；但詞多溢美，又令我慚愧至於無地自容。然老師獎掖後進鼓勵學子的苦心，仍不減當年，可謂「老而無悔」，然受之者却萬分難過。計二十年來師門的墨寶，手邊只留這一段；吉光片羽，彌足珍貴，——即貽儻來之誚，亦在所不辭；惟報師門深恩厚愛之愚誠，誰能埋沒乎？

大抵是民三十六年，陳老師即辭人世，身後如何，已無從探悉；惟知他伯道無兒，中郎有女，頗能繼承先人書香，其他則茫然了。海天浩渺，心念舊恩，即書此篇，聊申「心喪」於萬一。

張師琴緣

張師琴緣，原籍惠安，爲邑中名士「痕襟七子」之一，風流瀟灑，倜儻不群，雖一衿未青，家道中落，而英姿颯爽，傲骨嶙峋，固視富貴若浮雲，並非在名利場中打滾鑽營者。張師工近體詩，於駢儷文尤爲得心應手，有如陸士衡「患才多」者。

他老雖誨人不倦，却也必擇人而施，倘若不可以一朝居或話不投機的，可以終日三緘其口，不發一言：故當日儒林中人多目之爲狂狷之士，然先生吾行吾素，並不計較。

民國十年，張師應鼓浪嶼明道女學之聘任文史科門，課餘輒互相過從，我之親炙張師亦從此始。有一次，在閒談中，他突然當面對我說：「子何不學夫詩？居，吾語汝！此間教會中人知文事者寥若晨星，子倘有志於斯，予能助一臂之力，勉旃！勉旃！」我驟聆之餘，慚感交并，幾至涕零。落後我告以不得其門而入，又苦無良師益友。張師矍然離座攘予臂說：「不難！不難！道在邇而求諸遠乎？」此刻聞張師言，幾欲泥首下拜。同時他還強索我的詩歌習作，我才赧然地抄幾首就教，而畏葸局促之態幾乎不能自全。

於是他提壺滿飲一口，撫床沿細誦，又就案提筆立即刪削，並耳提面命地教我以詩的用字、運句、選韻、及謀篇布局的方法；刪改之後，又加以品評，可用的句，或句中適合的字却加圈加點。記得我抄給他看的那幾首的題目是「秋望」、「觀海」、「秋螢」、「對月」。這幾首七律，再雜幾首絕句。

「醜婦難免見翁姑」，我既袖呈習作之後，經張師刪評，看他的神氣，似乎有「孺子可教」之意，我才暗中噓了一口氣，低聲請示以應從何入手。他夷然地說：「明天我帶你到書坊中去選擇詩集及文集，此刻不可貪多，購三、五部潛心吟誦玩味便得。」終於從書坊中買來「帶經堂詩集」、「駢體正宗」、「袁文箋正」、「王摩詰詩集」。他又當面交帶：『先看王漁洋詩及「駢體正宗」；從王新城詩得其神韻，從四六文中得其材料，只此即是詩賦入門之道。其他則參閱瀏覽可也。』我謹受教。

張師嗜杯中物，幾有「不可一日無此君」之勢。殽核不必精美，即花生米亦可充下酒物。又不必引杯，順手提壺就口徐徐啜之。飲酒時不必傍案，趺坐床上作參禪姿態。飲到半酣後，議論風生，旁若無人，聲震屋瓦。有時亦作灌夫罵座，大抵應是因平生科名未達，以故酒後未免發牢騷耳。

我知道張師嗜此，往往於課餘攜家釀來，切滷豬舌一器供陳，然後燙酒煮茗，斗室之內，便是程門。此際張師動輒詢問我以近日進修如何，習作何似，復提到王漁洋詩中的名篇佳句，四六文中的傑作爲何篇，篇中最精彩處爲何段。對於近體詩的作法又應如何起句，第二、三兩聯的上句應如何配搭，結韻宜放或宜收，並舉前人名篇爲例證，滔滔汩汩，不能自休。我只好侍立傾聽，不能贊一詞。

張師對於近體詩的說法，歸納起來，便是：絕詩要有神韻。起句不可太重，重則以後就難爲繼；第三句要拉得住轉得圓，而第四句隨時可脫穎而出，順水行舟，毫不費力了。至於律詩第一聯亦不可太着力，應善留有餘地步；第二、三聯的上句應比下句輕些：因爲上句是引，下句是推，如果一聯中的上下句勢均力敵，則吟哦時便覺上句重而下句輕，抵敵不過了。收韻能結束得住，則全首謹嚴；或放之使昂頭天外，則餘韻悠然。

至於四六文的做法。張師謂：駢儷文最容易寫，只要材料典故多，材料能運用恰切，典故能點鐵成金，則信手拈來，指揮如意，神而化之，無入而不自得了。

張師之論，可說是他甘苦有得之言，然談何容易？惟見智見仁，隨性情之所近。我先後受教兩年，所得者諸如上述而已。到了現在，我受了他的影響殊大，於王新城詩尤爲神往，「神韻」之說，終未能去懷；但「短歌微吟不能長」；偶寫絕句，聲調似乎略可入耳，但去「神韻」的境界可就不可道里計了。

民國十二年夏，張師於暑假期間返里。夏夜痛飲，酣睡庭除間風露之下，一病不起，溘然長逝。方期假以歲月，長侍師門，必能多有進益，詎知僅兩載便從此永訣，迄今思之，悽愴之情，尚不能自己！

日者偶入圖書之府，抽出「漁洋精華錄」重誦一遍，緬懷舊迹，雖事已隔三十餘年，而張師的教澤遺愛，尚歷歷在目，即書此以誌追思之忱。

9 馬師僑儒

馬師僑儒

當我十三歲那年，我的家從內地的螺邑移到通商口岸的鷺江來，對於我讀書的問題，家君非常關心，到底是在廈門方面好，抑或送到隔江鼓浪嶼就外傅妥當。恰巧馬僑儒老師過江而來，與家君坐談，就談到我讀書的問題。那時候馬老師正執教於洞天之下的養元學校，他就一口答應要帶我到鼓浪嶼肄業去。我終於遵嚴命負笈渡江就學於養元學校。

那時候的小學是八年制的：初小四年，高小四年，我就插第八班，——即高小最後一年。馬老師對於我入學的手續及宿舍的床位關照得十分周全，勝過自己子姪。於是我即過了整個學校生活，——離開家庭寄宿學校算是第一次。

第一週的生活最苦：我於上代數課時即埋頭抽屜中飲泣，在宿舍中於更深人靜後又以眼淚洗面；但在馬老師面前又強裝笑顏。其實在當日我以爲已置身於牢獄中過俘虜生活的哩！他老人家每天總要詢問我一次，叫我到他房間中安慰一番：因爲他知道我正陷於思家及做新生的愁網中而蘊藏着無限的隱痛。我已私自下了決心，就是於週末回家，渡江時擊楫中流，指江水爲誓，絕不再返校的。

到了星期六了，我祇覺這一早天朗氣清，天空海闊，如徒刑囚犯獲特赦似地準備唱「歸去來辭」也。下午馬老師到宿舍裏來，說是要帶我回家。我距躍三百地欣然行，但却不敢提笈隨身，怕的是他會強我重來的。

他帶我回家了。入門，一見到雙親，我涕泗交流，幾欲放聲大哭，惟在馬老師面前只好勉強撐住。他和家君寒喧之後，匆匆告辭，臨行時又叮嚀我說他於星期日下午仍要過江來帶我返校，我只有暗中叫苦。到星期日下午，他眞的來了，我又不得不揮淚別家門，兩位老人家又是一番告誡：此時我眞動了「風蕭蕭兮易水寒」的悽愴心懷。

此後我就死心塌地的支撐下去，念完了一個學期。

到了第二學期開始，功課可來得繁重了：爲的是福建全省教會辦的小學要舉行高小畢業會考，得把高小四年中修身、國文、歷史、地理、數學五個科目全部課文準備應試：這麼一來，一部二十四史教我從何說起？馬老師最關心於這一着，以爲此事關學校的聲譽及地位極重大，不可不全力以赴。他即替我購備全套的課本，督促我努力準備。天哪！一共五科目，每科八册，——總共四十册，教我如何準備起哩？末了，還得勉爲其難，從此在最後一學期連星期六及星期天也得閉門伏案咿唔不休了。

但當年我却不明白什麼叫做會考，科舉已廢了又考些什麼？難道還有什麼秀才舉人可以博得？乘藍呢大轎由四人抬着導以綵旗鼓吹到處抬搖拜客的「萬人看」的盛事已沒有了，何來會考？當時我就不明白爲甚還要迫着我「窗前勤苦讀」？但馬老師每星期必得查我的功課，支配各科準備的分量，眞是忙不過來。

此際我却計上心來，找出一個讀書捷徑來，就是：準備藍與紅的鉛筆各一，於攻讀功課時，每篇最重要的部份劃紅筆，次要的劃藍筆，每段加了眉批；國文課本的佳句加上圈點，再提綱挈領寫一段讀後感。他若史、地則列表、看地圖、定方位：於是高小四年應試的功課始得端倪。

天寒歲暮，——大抵是陰曆十二月初，考期到了。我們一班二十幾人就代表養元學校應試去。兩天在考場中辛辛苦苦地埋頭苦幹，終於完場歸來，學校也就放假了，考卷全部繳到榕城教會總部交由教育組人員評定。大家靜待明年春初放榜。

會考之後，馬老師到我家來，跟家君閑談，不覺欣然有喜色地告訴家君說是我很有把握奪魁，——能在全省教會小學會考占龍頭是不容易的呀。家君遜謝了一番，轉而問我是否有這種福分。我侍坐愕然，不知所答：因爲我於出場之後，正神往於度歲風光及嬉春樂事，對於各科答案到底是否中肯，仍是莫名其妙。

11馬師僑儒

誰知到了新年元宵之後，閩省教會公報已把這次會考的成績公佈，我居然以總平均八十四分點六居首。但何以會考能夠得到第一名，我始終是莫名其妙的啊！

不過，這消息傳出之後，麻煩便來了，就是有不少的教會中人士央人前來說親，弄到兩位老人家百喙莫解，大費周章；詎亦知我於十歲時已訂了婚了咯！

這已是五十年前的事了，——也是我參加會考的第一次；但非仗馬僑儒老師的苦心督促，仔細安排，是難以僥倖而致的。

自從我離開養元學校後，即負笈於鼓浪嶼東山上尋源書院。尋源與養元為兄弟校，校舍則望衡對宇，我於課餘還時常到養元學校問候馬老師，無異於執經問難時也。

隔年，馬老師即轉就廈門青年會三育學校之聘。此時他已著手籌備雙十商業學校，終於在霞溪仔賃乙座巨廈創辦起來了。

我卒業尋源書院之後，輾轉橐筆廈門鼓浪嶼間，先後三年，迨民國十二年，即應馬老師之聘厠身雙十商業學校，於擔任課務外，兼幫理校務：蓋當日菲僑林珠光先生在其故鄉前埔社創辦雲梯中學，委託馬老師總其成。他於每週必往來於禾山及廈市之間，所以我就不能不獨當一面，勉為其難了。

馬老師於星期六遄返廈市，往往備小菜招邀我對酌；才備詢校務以及校中人事問題。到半酣時，他輒搔首問天，書空咄咄，似有難言之隱。到我細詢底蘊，才微露出家庭問題使他為難。他的家庭情況，我知之頗詳，終亦惟有勸慰他以樹人聖功為重，公爾忘私，且把家事置諸度外吧。

我在雙十商業學校任職計一載餘。那時閩省政局動盪不定，北洋軍閥李厚基盤踞督座已久，西南大元帥府成立，攻閩之大計進行殊為積極。福建討賊軍總指揮部亦秘密成立。當時討賊軍已有一部入閩，李厚基即逃到廈門來，福建討賊軍總指揮部計劃佔據金廈二島響應，且暗中馳檄內地民軍集中力量起義。當時我就把校務交與同事代理，悄然到鼓浪嶼總指揮部幫同學策劃，如：向南大本營報告軍情，發給各支務證章印信，分發武器，以至於爲新黨員監誓。旬餘日之間，軍事黨務極爲緊張。當日在圍牆之外且有敵探逡巡伺便，惟鼓浪嶼爲公共居留地，敵人不敢公然入內搜查。當日指望能把金廈兩島得手，則對於討賊軍入閩當有莫大的助力，伸張了雄壯的聲勢。詎料一夜之間，北軍臧致平驅走李厚基，佔了廈門，更換番號爲「閩軍」，臧氏自封爲「閩軍總司令」；於是福建討賊軍總指揮部的計劃遂一掃而空。其後雖曾一度攻佔金門，終因無外援又告崩潰。

事既至此，我又悄然地回到學校裏來。馬老師亦從禾山雲梯中學返廈市。相逢之下，恍如隔世。迨細細說來，才知道他亦正在禾山方面策劃討賊軍的秘密工作。彼此知情，不禁相對啞然失笑。其後才知道臧致平在廈島的軍事行動乃與西南大元帥府有默契的，當時乃奉派張作霖、浙江盧永祥，與西南政府締結三角同盟以傾覆直系，——臧致平固屬奉張的部下。臧氏的立場既弄清了，大家才安心下來。

經過這一段風波之後，我已無心於雙十校務課務，乃轉入思明報社工作去。但馬老師還是時常招我到他家裏小酌，絮絮談校務與家常。

雙十商業學校以後改爲普通中學，另設商科，購地於箭場仔，校址寬敞，校務日有進展，雲梯中學亦巍然聳立於洪濟山之麓。計馬老師對於教育的工作，於此際可謂黃金時代。其後因雙十中學的校務日繁，已難以兼顧，才捨去雲梯而專力發展雙十中學。數年之後，該校之規模遂爲廈門私立學校之冠。

那時我已在鼓浪嶼女子師範學校執教了。課餘猶屢次渡江侍候師門，深情款款，其深情厚誼且在師友之間。

已記不淸年日，——大抵是民國十八年間吧，馬老師即歸道山，葬於校園之右隅；數年後遷葬於校園之東的高崗上。豐碑屹立，遺愛長存。每年馬老師逝世紀念日，校友及同學即於墓前致其召伯甘棠之思。

我南來海上已二十年了，追憶四十餘年前的往事，已如夢如煙，大都記不淸了；但對於師門栽培提拔的恩澤，是沒齒不忘的！

黃師淸玉

黃淸玉老師逝世已十多年了，現在追維他的深仁厚澤，時爲興高山景行之思。

黃師卒業於福州鶴齡書院，民國五年振鐸於鼓浪嶼閩南尋源書院。他教英文及地理兩科。在課內或課外，他的風度是一樣的。他老諄諄善誘，即之也溫，所以得到學子的欽佩。但黃老師數年中的教學效率，並不在功課方面，而是在體育的事功收到豐富的效果。現在尋源書院的校友，在當日曾馳逐疆場——在田徑及球類能與他校爭一日之短長的，迄今相逢，一面嘆髀肉復生，——間或且爲伏櫪之老驥了；但一提到黃師當年提倡體育的努力，與旰食宵衣的精神，尙嚮往之。

我於十三歲那年出門就外傳，負笈於鼓浪嶼東山上閩南尋源書院。隔年，黃師即應聘入院中設教了。當時我身材瘦小，且遇事退縮畏葸，如淋過雨的空山猿，校中同學錫給我的綽號是「瓶塞」，——以其小得可以也。此時黃師乃注意到體育事功，欲在整百名的同學中挑選人馬加以訓練。當日我思維再三，自問平居對異性不敢平視，對魁梧的學友不敢

15黃師 清玉

正視，怎樣能練得成材來？但終於毅然加入，也跟人家跑跑跳跳了。

在訓練期間，黃師每天侵晨必躬親到宿舍把運動員一個個從床上叫起來，然後帶到場中練習或從事越野賽跑，無間寒暑。運動員的生活，監督愛護備至，有時且煎鷄蛋燉牛肉湯使大家共嘗：「解衣推食」的恩澤，是沒齒不忘的！經過黃師兩年的訓練，足球隊初露鋒鋩，即勝閩南冠軍隊；排球一出馬，即獲冠軍；而閩南運動會中，本校亦獨佔鰲頭，甚而隊員中且有多人被派赴遠東運動會充我國選手代表，——乃余懷安學友且在遠東運動會角逐場中獲跳高金牌：這就是黃師在書院中提倡體育的成績表現。

到這地步，我已從「瓶塞」進而膺得「牛魔王」的綽號了：因爲我天天攀槓子以鍛練臂力，左手握來，右拳打去，倒也有幾分蠻勁牛力的：「牛魔王」之綽號即基於此。

民國八年，我已卒業離校，黃師仍執教於東山之上，不久，他就應菲島僑校之聘，乘桴南渡；以後就漸漸地轉向商業上發展。黃師先世經營鐘錶商，到菲島仍繼續箕裘。他也曾經營金融事業，既非其素志，則挫折在所難免，惟對於實業未嘗一日去懷，二十年如一日。

自抗日軍興，沿海一帶時受敵軍騷擾，居民不遑寧處，民國二十七年春，敵機時常空襲廈門，敵艦又在海口遙轟夾擊。到五月中旬，敵兵終於蠻橫地登陸，白鷺洲遂陷敵手。在家園株守二十年的我，終於不能不逃亡到香江去了。當時黃師在菲，聽到廈門淪陷消息，既掛慮到陷虜的宗親戚屬，又深爲當日他一手栽培的諸學子憂。我到香江後，即馳函陳情，請他在菲設法替流亡的學子覓得一枝棲。黃師得到我的請求之後，不聲不響，也不回信，已在暗中進行。終於在那年八月間，親身到香江，當面交帶我以進行來菲的手續。不久，他再回菲，就向王泉老商量，便以普智學校的教員手續來菲，從此我又可以朝夕親領他的教誨了。

經過了三年多的時間，而寇氛又蔓延到南國來。在烽火連天的歲月，不知要如何度過。黃師想到他幾十年在菲所經營的商業且將廢於一旦，憂心如焚。既同是蟄居於危城中，茍全性命於亂世，閒時過訪，我只有勸他寬心耐性以處之，光明的日子應不在遠。我又時常把從無線電收音機秘密得來的消息及游擊隊發行的地下小報戰訊私下報告他，且遞給他看，他就比較安心，在淪陷期間的日子就好過了。

不過，經過四年的虛驚歲月，就累了黃老師患了一場不治的痼疾——胃癌。戰後雖經過幾次割治，終不能根絕：滿想能優遊歲月，以樂餘年，不意從此人天永訣，不能再聆聽他的教誨！

十載悠悠，墓木已拱，言念師門德澤，立雪程門，執經問難，其道末由。海天悵望，悽愴何似！猶辛諸世兄能克紹箕裘，光大世業，亦足以慰黃師在天之靈了。

畢主理腓力

憶於十三歲時負笈就外傳於鼓浪嶼東山上尋源書院。書院是美國歸正教會創辦，即以紀念打馬字牧師在廈門傳教的功績的。在創辦之始，主持校政的，華人有校長，外人有主理，而畢腓力即任主理的職位。

畢腓力主理，身裁短小精悍，而神氣弈弈，校務無論鉅細必躬親，而且必幹到澈底；所以社會人士就替他起一個綽號叫「古董畢」：為的是他矮小，正像一座古老的花瓶，自其外而觀之，眞是恰切不易的。

他在校中，除處理校政外，還擔任代數的功課。在星期日，他又親自巡視宿舍，對於室中用具的位置，必端必正，不許混亂，然後批了分數。對於學校中的鐘點，一秒都不能隨便。記得我在新生的時代，曾輪流擔任打鐘的職務，有一個星期六，午炮已響，差了三秒鐘才敲鐘，畢主理忙從住宅趕過來，向我戟指，我只好棄鐘槌從邊門溜走。

又有一次，正是夏天，我們科頭赤膊在校園榕陰下乘涼；大家撩起褲管，談天說地。正談到興高采烈的時候，畢主理悄悄地提着長竿，從後花園追過來，一聲「打生番啊！」劈頭敲下，我們回頭驟視，來勢確兇，只好分頭沒命地作鳥獸散。

從以上兩事，就可以看出他方正不苟，守法不阿的精神來。

畢腓力主理又是正名的長者，對於學生的姓名，一看之後，永遠記牢，你就不必想再改換了。

有一次，他對我起了一個大誤會，平白地來了一個大麻煩。

事因校中有一位老師的父親的名字與我相同，上課點名時未免諸多不便。於是校長就對我耳提面命着應改名了。經過國文老師的斟酌，就改名「岐西」。

隔天，畢主理於朝會時，忽地發現到總點名簿上赫然有「岐西」的名字，馬上叫我站起來，當場訓飭道：

「你爲甚麼岐西，岐西—怎能岐西—你——你——以後你要知道！」

他還把鬍子一撚再撚，鼻口嗤嗤有聲，搖搖頭兒，瞪着我幾眼。最後再喟然一聲：

「這眞是好羞恥的事啊！」

在禮堂上全體同學中，我突地受了這一場奚落，當場出醜，汗顏無地，晴天霹靂，徒喚奈何。

散會之後，他在走廊上碰到我，又把我扭住，再教訓一頓：

「你犯了什麼罪？你是囚犯嗎？在美國逃犯才改名，你，怎麼岐西！岐西！」

經過盧校長向他百番解析之後，他才放鬆幾分；但他總以為外國人父子可以同名，何以中國必避諱至於斯？百索莫得其解。

以後他於點名時點到我，仍得停頓一分鐘，瞪我一眼。

「抽煙」在校中懸為厲禁，犯者記過一次，罰款乙元；但畢主理有吸雪茄之癮，却不在人前抽的。他在講道或訓話時，往往以「救自己」三字為口頭禪，誥誡學生不許吸烟，亦以「救自己」為明訓。

有一次，我有事到他住宅去，不扣門逕自闖入。他正躺在匡床上抽雪茄，滿室氤氳，繞座烟霞。迨一瞥到我，矍然而起，就座，把燃着的雪茄急塞在褲底上，好掩學子的耳目。不久，他猛然跳起來，拂去烟頭，撫摩屁股，褲底已燒破了一小洞：這時他的難過的心情亦可知了。但他不慌不忙地對我說明：他只在房裏抽烟，與禁止學生吸烟的規律不相抵觸。我只有笑頷之，不過，「畢主理抽雪茄」的消息就由我廣播全校。從此以後，他對於禁烟的規條也就逐漸鬆懈下來。學侶中就在地窖密室中私下闢一「吸烟室」。

畢主理有意把尋源書院（在當時等於大學預科）擴展為文理學院，曾向美國的朋友及慈善機關籌有的款，已得幾十萬美元；並計劃收買東山上附近廣百餘畝的園地為校址。詎知他於民國五年夏季，避暑福州鼓嶺，竟溘然長逝，享年六十有二（？）；才運柩葬於鼓浪嶼外人墳場。豐碑矗立，敎澤長存，及門弟子於紀念日輒徘徊墓道低徊而不忍去。

畢主理逝世後，尋源書院校友及全校師生除開追思會外，並刊印「畢公榮哀錄」行世。一代學人，畢生盡瘁教育，終因壯志未伸，賷志以沒，閩南教會中人士，及門三千弟子，莫不惋惜哀慟。

綜計畢公一生事蹟，諄諄善誘人，而嚴肅不可犯，有先聖：「望之儼然，即之也溫，聽其言也厲」的風度；而且也沒有洋人「趾高氣揚」的驕橫氣習。四十餘年前的往事，猶橫亙心頭，可見君子之澤，固百世而不斬的呢！

和師姑安鄰

前曾爲閩南尋源書院主理美籍畢腓力老師寫一篇近於「傳略」體裁的「感舊錄」；現在又回憶到少小時在螺邑宣教的英籍和安鄰師姑，則「感舊錄」又安可不寫出？

和安鄰師姑是英國倫敦會派來駐螺邑的女宣教士，先後逾三十年。她不但是具清教徒的犧牲克己精神，且具有循循善誘的良師儀表，慈祥和煦的保姆風度。

她孑然一身，梯山航海、間關萬里到華南濱海的一個偏僻阻塞的山城來，振鐸設教，非有殉道的精神決不及此。三十多年的悠悠歲月，滯留異域，把人的一生去了幾乎半截，志在四方的男子漢，已不容易了，又況是女兒身呢？但和安鄰師姑並不顧憚及此，而肯以畢生精力盡瘁於宗教教育事功，其值得惦念的即在此。

她住在箭場埔畔的一間小樓上，與教堂毗鄰，樓前古榕兩株，盤根錯節，濃陰匝地，枝幹杈枒參天，落葉叩門、墮實敲窗，置身其中，不啻女修道院。她潛修其中，道心也就油然而生，怡然而定了。

那時我正就讀於邑中教會辦的時化小學，每逢星期日下午，她就招一班小朋友到她的樓上廳裏開主日學班。在這班裏的節目，有唱歌、背金句、分畫片、公共遊戲等。她還自己編了歌辭，叶以英國民歌的譜調教大家合唱。彷彿記得有一段歌詞是：

「勤緊讀書！勤緊讀書！這時的機會是沒個再有。進步道德。道德學問兩項平平着有，才會給國振興。」

於是分組分段循環地唱來，五音十二律，頗覺和諧。所以她編成的歌章，乃是治宗教與教育爲一爐的。

我念英文是由她啓蒙的。五十年前在偏僻山城中誰還肯念「ＡＢＣ……ＸＹＺ」這一套？和師姑却不憚煩地招了我們這一班小朋友，——計五個人，每星期授課三小時，就「唉皮咿呀」地念起來了。我們曾學過閩南話、羅馬字拼音，所以對於二十六字母讀來毫不費力；不過對於「Ｆ」這一字有「礙難啓口」之病：因爲閩南方言是沒有這一音的。

和師姑沒有英國人傲慢的習氣，與白種人自負的態度，謙虛和藹，平易近人，橫逆之來，泰然處之，禮貌待人，柔和應之，在螺邑宣教，三十年如一日。先君子曾教她讀四子書，而聰穎明慧，所以她對於漢文書報讀得朗朗可上口。有一次，她曾問先君子以漢字構造，何以「嫉妒」兩字必用「女」字旁。先君子思維之後，乃告以大抵婦女的嫉妒心比較濃厚些吧。她聽後不禁頷首稱「善」，並夷然地說：「漢字構造的用意也覺深長了哩！」以外國人習漢文而能發此問，亦可見其心細於髮了。

所以我常常靜言思之：來華的英國傳教士大都學有專長，而研究學問的精神殊濃厚而縝密；彼新大陸派來的宣教士則瞠乎後矣。

和安鄰師姑在螺邑宣教先後三十餘年，到七十高齡才返英倫退休去，以後關於她的消息就茫然了。如果她尚在人間，則年已超過九十，大概已得永遠歸宿，魂遊於明宮了。此際教從何處問之？

戰後返國，重返故邑，和師姑曾住過的小樓仍在，經已易主，由我的親戚鄧牧師遷入。登樓四望，昔日的舊跡尚依稀可念，而她的德澤却長留於山城里巷間；歌聲經詞，亦尚縈繞於心頭耳際哩。

林文慶博士

民國四十六年度履端之第二日，報端傳出一道聯合社新加坡二日電訊：

「林文慶博士於週二日因病逝世，享年八十有七。彼爲此間著名僑領，曾協助創立廈門大學，并爲首任校長。彼爲在星洲榮獲英后獎學金之第一人，彼得香港大學名譽法學博士。彼有三子、一女、十四孫、與六個曾孫。」

一代學人逝世的消息，電訊社的報導只如此寥寥數行而已。

我與林文慶博士雖無深切的交情，但却有數面之雅；亦不敢瞎吹「我的朋友胡適之」。其女兒及姪女可曾教過她們，所以對於林文慶老先生的平生也曾知道一、二。我之所以寫此篇，並不敢爲一代學人立傳，惟對於「其人其事」，從另一角度去觀察描寫，倒也別有風味的。

當林老先生任廈門大學校長時，也正是閩南最高學府多事之秋，——曾身經兩次學潮，他都能泰然處之，終於豁然冰釋。我想林老的桃李遍天下，應類能道之的。經此兩次學潮之後，教授中的歐元懷，余澤蘭等則退往滬上另創大夏大學；而林語堂、魯迅等則毅然引退。廈大雖一時受了挫折，他老人家也受一方面人士的指摘；但他還是支撐危局，努力應變。故當日曾有「一木支大廈，雙木支廈大」之美談。

林文慶老先生畢生所致力的學問，不但對於醫學有湛深精到的研究——尤其是熱帶病理學，更是三折肱的，而於英文古典文學亦韋編三絕的。他曾翻譯屈子的離騷爲英文，在商務書館出版，蜚聲中外文壇上。

林氏構園宅於鼓浪嶼筆架山上，樓居高敞而深邃，林木葱鬱，花竹成行，誠爲隱者之所居。平生尤嗜歷代文物，收藏甚富，然却秘不示人。我曾於花時良夜，與邵覺廬兄數度登筆架山叩扉過訪，林老欣然出迎，於是晤言書齋中，每焉絮談至午夜才歸來。有時談到高興時，他就眉飛色舞，掀髯大笑；然後入室，袖出孤本及名畫，張幅展卷，批評置議，聲震四壁。其中如仇十洲的「漢宮春曉圖」，初刻的「聊齋志異」（爲黃公度所贈的），摩挲玩賞，嘖嘖不置。

至於廳事前陳列日俄戰爭時的戰具，及英日兩國貴族所贈與的紀念品，琳瑯滿架，簡直可以佈置成一間小型的博物館。他不僅是收藏家，對於一字一畫，一鐘一鼎，都能詳道其底蘊來，可見此老學問的淵源了。

林老先生平生極爲推崇孔子，以爲當創立孔教，而尊大成至聖文宣王爲教主。他曾於閒談中憮然地說：「我國的宗教都是從外國傳入的。你看，一個具有五千年歷史的國度，爲甚沒有一位教主，創立一個教門，而與外國分庭抗禮呢？我國雖有道教，亦算國產，可是已式微了，除了一部彪柄國際出版界的道藏經秘笈而外，那些道士只是設醮、賣符籙，驅邪鬼以欺人，而道教的玄妙眞諦反晦而無聞，殊屬可惜。我今而提倡孔教，庶幾乎能與世界的宗教國爭一席地。」他的苦口婆心，亦有見地；其奈孔氏重人倫，少談天道及死後的問題何？

爲了他有這種尊孔崇儒的心腸，所以他每逢任何大會集而必發言者，一定當衆闡明孔子的哲學。

有一天，我與覺盧兄又往訪林老。途中約好，以今天見林老宜大捧孔子，看他有什麼反應。入門，坐定，我就提起孔子來了。他掀髯說：「你也尊孔的嗎?」覺盧兄接着說：「念過四書五經的人，怎能不尊崇孔子呢?」我就接着說：「大哉!孔子之道，洋洋乎………」。

林老馬上提起精神來，高呼「密西斯，泡好茶來!」覺盧兄說：「我國幾千年來只有一位孔子，四萬萬同胞也只知有這位大聖人。」我說：「大聖人就可以爲教主的。」林老又高呼：「密西斯，淡巴菰拿出來，久年的勃蘭地陳酒斟來；再準備些小菜來。」

這其間，好茶、陳酒、好煙、精緻的小菜排在桌上，林老才鄭重其詞地說：「我想要在閩南組織孔教會分會，和香港的孔教大會聯絡，兩位以爲何如?」我倆滿口贊成。

最後，他連裝在眞空管裏的淡巴菰也捧出來。其實我們是阿其所好，對於孔教的創立却是滿不在乎的。關於這一點，我和覺盧兄事後思量，未免有套騙陳酒、名煙、好茶的嫌疑，但在林老却是正中下懷的了。寫到這裏，我就悠然記及嗤亞聖騙得李泰伯好酒的故事。

林老先生因身任大學校長，所以對於畢生研究的醫術反廢置不用。他曾說過：「如果我要出來掛牌行醫，則廈鼓間的醫生可以回家抱孩子去的。」

覺盧兄曾患瘧疾，長年不能斷根。林老即告以打「六〇六」兩針，包管永遠不發。以治梅毒方法轉治瘧疾，可謂別開生面。他又說：「頭痛即是貧血之徵，吃生豬血便痊癒。」對於肉食，他反對煮熟，以爲煮熟了只是好吃，不求滋養。所以他主張生食，——把肉築碎咬汁呷下，功效立見。在我想，林老如果肯行醫也者，必有秘方良藥行世，一定是「國手」。

憶七年前，我曾作新加坡之遊，那時他已是八十高齡了。在宴會中，他老人家還是如鶴立鷄群似地高擎巨杯對我說：「某某先生，勃蘭地，乾一杯吧！」我於海外能再看到這位壽星，也就欣然地共舉壺觴而乾杯了。我看他於舉杯時老興不淺，不禁記起曹孟德「烈士暮年，壯心不已」的句子來。

想不到那次一面，天不憖遺一老，竟於今春溘然歸道山去，念及當年在故國過談的往事，不禁感嘅係之！

關於林文慶老先生一生的事蹟，他日必能由其海內外及門弟子廣爲宣傳，國史館亦能爲之立傳。此篇之作，不過東拉西扯，拉雜寫來，聊誌前塵往事，而對於一代學人深致其景仰追懷之微意云爾。

黃復初先生

客居海外二十載了，閒來靜思，緬懷故國的父老，凋零殆盡，其中有一位令我念念不忘的道義之交，就是黃復初老先生。

黃老先生在少年時代手足胼胝，辛苦奮鬥，終於建立了一份基業。民初，也曾任過省議員、縣議員；在政壇中努力了幾年之後，覺得宦海風情，波詭雲譎，還是退回來着手於實業及教育之爲得。於是乃致全力於廈門淘化罐頭公司，廈門自來水公司及電燈公司的經營。

他老先生身任廈門女子師範學校董事長，我先後在該校任職近十年，所以時常與他往還，女師興辦了幾十年，終因經費竭蹶，非停辦不可。當日主持人周壽卿老伯曾與我商量，擬交由校中教職員接辦，以免中斷。而且當日社會中有某機關人員向我詢及，謂女師如果停辦，則該校校舍原係公物，公物公用，應撥充為各機關辦事處及公共圖書館之用云云。我一時頗有進退維谷之感：倘由教職員接辦，年需缺萬金，教從何處籌措？縱而放棄不管，則女師的命運從此完結，況尚有校產的轉移問題發生。結果只有就教於董事長黃復初老先生了。

我終於向黃老先生商量了。他急忙乘肩輿往訪他的宗親黃奕住先生，我則在他家中等消息。半小時之後，他通電話來，說黃奕住先生慨然承擔女師每年萬金的經常費；至於校中設備費另議。於是廈門女子師範學校才能繼續辦下去。以後該校就改名為「慈勤女子中學」，黃奕住先生為校主。黃老先生仍任董事長約一年。

從「女師」改組為「慈勤女中」，我曾受過不少的閒氣，招來不少的誤會；黃老先生一肩挑盡，負責策劃校政，替我排除了一切的痲煩：道義炳然，古道照人。教我如何不心折黃老先生！

每年暑假期間，黃老先生必請我到他家中去教他的兒孫，課畢，則暢談古今中外事。先生退居林下，靜守家園，閒中歲月，好尋味劉伯溫的燒餅歌。他曾袖木刻的燒餅歌相示，册上眉批夾註，鉛槧斑然，舉幾百年前的預言，細加詮釋考證；間有尋索不來的，必欲窮究其極，我却不能贊一詞，惟有笑領而已。良以老人家丁垂暮之年，往往會遊心凝神於過去未來的世事的。憑他周旋人海的經驗，月旦人物，批評世事，精審中肯，令人心服理服。所以我就稱他為「世故老人」。

他工七絃琴，並兒孫也擅此。有一年中秋夜，他邀我到他家去，於嚼月餅之餘，乃令其女兒抱四張七絃琴出，陳於回廊中，盥手焚香，合奏「高山流水」之曲，衹實雕欄曲徑間泠泠然韻出霜鐘，頤養天年，寄諸七絃，手撫目送，宜其克享遐年已！

黃老先生年逾古稀，終因腎病復發，溘然歸道山。但其對於提倡實業及贊襄教育的功績爲不可沒。祇今重尋舊夢，猶髣髴見黃老先生掀髯縱談世局時也。

盧戇章先生

偶從「萬有文庫」第一集中抽出黎錦熙著的「國語運動」一書。翻閱之後，曾提到盧戇章先生對於切音運動的功績，——且是從事切音運動的第一人，令我記起三十多年前的老鄰居——盧戇章先生——來了。

盧戇章先生少年時代的情形不詳，僅知道他是同安縣人，十八歲應試不售；二十一歲往新加坡習英文；二十五歲返廈門，幫英國教士馬約翰翻譯英華字典。其後即依羅馬字（廈門叫「白話字」）的拼切方法專心研究切音字歷十餘年，選定五十五個符號，製成一套羅馬字式的字母，定名爲「中國第一快切音新字」：那是在光緒十八年（一八九二年）。以後，他又注意到「國語統一」運動，並著有「一目了然初階」（「中國切音新字廈腔」），頗風行一時。戊戌年（一八九八年）都察院代奏清廷，並經軍機大臣於是年七月二十八日面奉上諭，著總理各國事務衙門調取盧戇章所著之書，詳加考驗具奏。

料不到戊戌政變突起，繼以辛丑和約，日、俄開戰，切音字運動就國家多故停頓下來。到光緒三十一年，盧氏舊事重提，特從廈門到京，又將一部新書呈繳外務部。所呈繳的爲「中國切音字母」，而字母改用簡單點畫，頗似日本片假名，與光緒十八年所定的羅馬字式的大不同了。詎知終受學務部批駁下來認爲難用爲定本通行：那是光緒三十二年（一九〇六年）的事。於是盧氏的新字運動便告一段落。

但盧氏雄心未死，繼續努力，仍出版了「北京切音教科書」；民國四年，又出版了一本「中國新字」。封面撰了一副對聯：

「卅年用盡心機，特為同胞開慧眼；一旦創成字母，願教吾國進文明。」

他致力於切音運動，先後有四十年之久，可說是我國提倡國語最早而最專的人了。

民國十年，粵軍入閩，盧氏曾應邀入漳州宣傳新字（即注音字母）運動。在廈門鼓浪嶼的學校中，他也時常登台演講，竭力推行。我在校中曾聽過他演講三次。當日對於字學的聲母韻母的反切，獲益良多。他曾被本省選派為教育部讀音統一會會員；在會場中費了不少唇舌爭持己見。當年吳稚老對他的致力於切音運動的功績非常賞識。但以他是閩南人，對於國語的發音容有隔閡，終被打入冷宮了。不過他發明的符號，在今日的注音字母倒採用了十幾個。

盧氏看看畢生拚盡心血已付諸東流，而且也已上年紀了，即退隱於鼓浪嶼內厝澳，蟄居小樓，以盡餘年。吳稚老兩次到廈門，均渡江躬登小樓訪問他，並擬由教育部按月撥款為養老之資。但盧氏堅決拒絕，——良以平居耿介自守，潔身自持，絲毫不肯坐糜太倉一粟的。

他的小樓離開我的寓所不遠，朝夕出入輒相逢路左，攀談半響，相揖而別。我曾登過他的小樓，几案上舊籍堆積，強半是廣韻、五車韻府，十五音字彙………這一類的字書；而康熙字典、中華大字典、以至羅馬字字典，及各種英漢字典亦庋陳滿架。我曾與談起小學來。他原原本本地舉出各字的音、形、義，滔滔不絕。他對於英、漢字典可說是下過「韋編三絕」的苦工夫，——正也可以說他本人就是一部「英漢大辭典」。

不過，他一生對於字書可謂研究到入木三分，而對於綴字成句、結句成段、連段成篇的工夫似乎無暇計及了。他每天必得閱報，常常囑他的孫持字條來借報紙，在字條上是如是寫的：

「請將本日報訊交付小孫帶來，我看完立刻送還不誤，是切。」

這也難怪：因爲他注意於「字」的音，就不遑顧及文的修辭了。

他又曾憮然地對我說：「我們閩南人吃虧，投胎投錯了地點，偏偏生長在南方濱海之區。你看，我發明的字母，用來切音，推進教育，以達到文明的地步，四十年如一日。誰知教育部袞袞諸公，因爲我是廈門人，不配談國語運動，而橫被抹煞勒死了！唉！四十年之功，廢於一旦！你看，閩南人就是閩南人，只有吳稚暉先生知我者，得一知已也可以無憾了！唉！……」

他言下頗有遺老的悲憤之懷，老淚竟縱橫落。我只好安慰他說：「你老在國中國語運動史上已留名了，——並且注音字母符號中也曾選用你的，如此也就夠了，又何必多計較？」他再拍案頓足喟然嘆曰：「畢竟我們是閩南人呀！」

寫到這裏，我不禁悠然地想起：「閩南人生財有道，做官無術，錢由我出，事歸人辦，——難道老是居於被統治的階級嗎？」

盧戇章先生老來家境清淡，而節操益堅，蓋深有得於「君子固窮」之古訓。他的太太且必養鷄豚爲生活之資，白頭偕老，沒齒無怨言。年逾古稀，精神尚矍鑠。大抵於民國十八年卒於家。子一，放蕩，弗克紹箕裘，以外孫繼祀。室無長物，怕只有滿架字書及韻書已耳。

盧戇章先生爲一代國語運動之首倡者。我所知的關於他的功績僅此，而懷舊之感亦只此；然則今日國語運動之所以能風行全國，他的躬體力行的事蹟究不可埋沒的哩！

趙伯寅先生

回憶數十年來已故同事之工詩者：沈亨九先生精工絕句，鄒鐵香先生工古體，而趙伯寅先生工近體。沈、鄒兩位感舊錄中已提及了，茲則懷念及這位同事趙先生，——雖說他與我僅有半年相與的緣分。

記得三十七年前，我與趙先生共事於鷺門霞溪雙十商業學校。他是旗人，那時歲數已是四十開外的了。他形容瘦削，吟肩雙聳，戴瓜皮小帽，曳長裾，看來似乎是落拓江湖的文士；同事中且疑其有某種嗜好者。平時蟄伏宿舍中，罕與人來往，那又近乎孤寂狷介的窮客。暇日則掩扉高臥，時焉傳出咿唔之聲，間或拍案高歌，拊床朗誦，夜來則伏案臨楮走筆，寫完又揉成紙團擲向屋隅，然後仰天長嘯，起立繞室以旋。

一日，同事周君悄悄地告訴我，謂：趙先生似乎有神經病，將如何登台說書？我聽了之後，矍然有所思，乃告周君以「著書多是窮愁客，賣卜原非嬾散人；然則趙先生應有不得已於懷的事故在，安能不前往一探究竟。」乃於課罷逕往宿舍扣門拜訪他去

趙先生室中無長物，僅案頭有宋詩鈔、宋詩別裁兩部，及詩稿一冊。他看見我入室，忙把詩稿什襲藏於櫝中，然後肅客就床沿坐下。一段寒喧之後，我即把詞鋒漸漸地移到他的身世來了。起先他總吞吞吐吐、閃閃爍爍地不好盡言。進而說到詩文上去，他的話就滔滔不絕如數家珍似地奔迸出來了：從六朝一直說到清代，有如上中古文學史課。我又慢慢地扭轉話柄涉及孟東野、賈閬仙、李長吉這幾家苦命詩人的軼事，他突地住口不談，提起筆來颼颼地在紙上寫一句：

「恩仇未報劍還磨」

所謂「不得已於懷」者，只此七字便可意會得到了。我可不便當面問他以究有何恩何仇。他寫完了，擲筆長嘆，站起來負手繞屋以旋。

此後兩個月間，我於課罷即與趙先生閑談，——因爲過從頻數，彼此間也就混熟了。他喜歡小酌，我輒沽酒市脯叩門促膝談心，漸漸地勾出他的心緒來了。原來他的家住在榕城，中過擧人，也曾任大吏幕僚，輒鬱抑不得志以去。再詢及「恩仇」，他矢口不言，而眉宇間驟呈憤怒之色。其後我就不好深究，以免使他心頭悽動起來。末了，連他爲何到鷺門設教的因由也索性不提了。

在半年同事的期間，我與趙先生往來，只是樽酒論文，斗室深談，別有幽趣，雖是短時期的親炙，獲益可就不少，他對於唐宋兩代各家的絕詩，非常爛熟。我曾請教他以絕句的作法。他搖搖頭兒說：「絕詩有律無法，水到渠成，各隨天分。」這種說法，等於佛家的偈語。我再窮究其極。他又說：「律者，工力也；天分者，性之所近也。」我又進問一步。他才說：「輕淡而起，順流而駛，着力而轉，一瀉千里。不可說穿，言止於此。」就不多說了。佛云不可說，孔曰如之何，像我這一塊頑石，將何時點頭？

學校功課結束後，一天，趙先生到辦公室來，憮然地對我說：「下學期不來了，今後又不知應往何處去！」我挽住他，問：「孤雲野鶴，究將往何處去？」他低下頭尋思半晌，袖一紙條給我說：「留此廿八字做紀念，數月來所談的即此。」翌日，他襆被附輪北上，臨行亦不告辭一聲。

那紙條寫的是一首絕詩：

「院門深鎖寂無譁，雨凍桃開一樹花。

數縷炊煙鑽瓦出，芭蕉牆外有人家。」

像這樣辭語熟鍊，境界幽倩的絕句，放在宋人絕詩中也難辨楮葉的了。

彷彿記得宋代尚書郎李祁有漢陽春日絕句一首云：

「兩山收雨暗平沙，遮斷溪梅隔水花。

留得煙林作圖畫，依稀松磴有人家。」

李尚書郎的詩，輕清流利，趙伯寅先生一絕的意境能於曲折幽沉中寫出自然界的動態來，可說是絕唱，孰謂今人不及古人？

自從與趙先生一別之後，即消息渺茫，——想已早辭人世了！潦倒窮愁，抑鬱不得志，何得永年？假使而必欲報恩仇去，那更是險象環生，絕無生理的。

三十七年的往事，迄今尚歷歷在目，言念友朋，悽愴奚似！然則趙伯寅先生固湖海飄零之客，恩仇分明之士；從其一鱗一爪的絕句觀之，抑亦「黃河遠上」的旗亭絕唱；而自其廿八字的風格觀之，乃枕藉浸潤宋代大家而始有此功力的。

31方照麟先生

方照麟先生

民國九年，我已離開尋源書院，三弟尚負笈就外傅於書院中。我的家已移居於鼓浪嶼了。課餘之暇，三弟即持校中老師所出的窗稿題目互相揣摩，——題目多屬駢體文的題裁，如「以蟲鳴秋賦」，「碧江柳岸釣月圖序」……這一類。我告三弟以如此題目，非熟讀四六文及有豐富的材料，將如何寫得出。三弟不禁有難色。我又問他以那一位老師擔任國文科目？他說是本學期新聘來的方照麟老師，是詔安的名士。

於是我一時技癢，即權充三弟的槍手了。我就把「小品賦」、「賦學正鵠」、「事類統編」……這些參考書獺祭在書案上，竭兩夜工夫，把「以蟲鳴秋賦」及「碧江柳岸釣月圖序」兩篇胡湊完畢，由三弟謄正，繳呈上去。隔兩天，三弟私下對我報告說：「方老師已覷出破綻，一定是出於「槍手」的，我已據實招來，方師並當面交帶要請你去談談。」「醜婦難免見翁姑」，終於在一個星期六下午偕同三弟去拜訪方照麟先生了。

方先生仙風道骨，岸然清癯，看來已是過大衍之年了。一見面之後，便娓娓清談起來。他對於漢賦及六朝文談來如數家珍。他當面啓示我要以漢賦爲根柢，而以六朝文揚顯駢儷文之風采，再擇清代駢文家性之所近專心攻讀，即能得其門徑。他又指定清代駢文要讀洪亮吉及吳錫麒兩家。吳氏清華明秀，洪氏醇厚高古；有志於駢文者，能從此兩家專心鑽研，斯可矣，斯可矣。他對於後輩一見如故，即提綱挈領傳授心法：眞可謂有教無類的了。

方先生對於詩則擅古風，對於漢、魏樂府尤三致意焉。他曾於茶餘酒後對我說過：「詩經爲詩學之源，不可不讀，再則濟之漢、魏樂府，波瀾始壯闊。漢、魏樂府對於一事一物，刻劃入微，而且生動變化，不可方物，有時似斷似續，有時若即若離，即刺取眼前事物，信手拈來，也往往奇致橫生。夫古詩，固溫柔敦厚矣：若樂府，眞是我國藝苑之瑰寶。」我聽方老先生一夕話，只有拳拳服膺而弗失之矣。

方老先生在尋源書院任教一年，旋因詔安縣修志局敦促他歸去重修縣志。其後即不知他的消息。如今事隔三十餘年，方先生應是「天上人間」去也！惟對於他當年啓導指示的勝業，毫無寸進，滋自愧耳！

鄭鐵香先生

鄢鐵香先生，原籍永泰，前清舉人，也曾赴春闈，寓鼓浪嶼幾二十年，爲廈門女子師範學校同事。余以前輩事之，屢有所請益，誨人不倦。暇日，往來甚密，彼此固爲忘年交也。

先生於詩工古體，於文擅六朝，古文則以唐宋爲宗。憶我在廈門編江聲報副刊時，先生輒有詩歌辭賦見貽以增光篇幅。間或塡套數、散曲，則駸駸乎登元明作家之堂且入其室矣。當年曾寫「迎春賦」一篇，傳誦遐邇，蓋能運用時事入四六文中，不露斧鑿痕，其難能可貴即在此。

先生魁梧奇偉，雙目有紫稜，聲如洪鐘，望之儼然，以爲燕趙慷慨悲歌之士；即之則溫文爾雅，談笑終日無倦容。抗戰軍興，年事已高，乃遄返故里，息影林下。暮年有消渴疾，困頓床第間，迨戰後返國，向朋輩遍詢先生近況，如石沉大海。想已老成凋謝，而今墓木亦已拱矣，不禁憮然！

33沈亨九先生

沈亨九先生

沈亨九先生，原籍詔安，前清茂才，並精醫理。與余在鼓浪嶼毓德女中同事多年，不但酒友，且亦茶侶也。

先生於詩工絕句，風韻絕佳，經學亦湛深，對於八股文雖廢置數十年，而尚能優爲之。課餘閉戶讀離騷，鏗鏘如出金石，絕似珠江水調；蓋先生素工潮州戲文也。

東山小樓之上，即朋輩課餘燙酒烹茗之場。先生茶不必求精，而酒要高粱始盡量，——交遊相與，先後四年如一日。其後先生老矣，不能不捨去教席，余亦悄然辭去校中職務。渠即溘返故里，復懸壺濟世矣。

余南渡後之第二年，先生終以窮愁下世。當年曾淒然北望，率書乙絕，寄傷逝之懷：

「危樓一角屢登攀，不放茶鐺酒器閑。

淒絕沈郎憂老去，山陽聞笛淚潸潸！」

當閩省教育廳檢定中學教員之日，余曾竭一度春假期間代爲整理雜文及詩詞，彙集兩巨册呈廳檢定，得「成績優良」評語。此兩册著作，先生愼重什襲藏之，身後未知尚存家中否？先生絕句，固可傳之作也。

其後，感舊之情，尚弗能自己，又再寫「海上哭沈亨九先生」兩律如左：

詔水縈迴送落暉，宮前新茁藥苗肥。湖烟湖水情何極，江草江花事已非。鸚舌調成方老去，腰圍瘦却始西歸。淒然北望關山道，掛劍空林與願違。

廿載青氈守固窮，儒冠誤我古今同。杜鵑欲化猶啼血，鷙鳥將亡尚奮空。無限舊情歌薤露，幾多遺響托悲風。清秋南國霜寒夜，可許相逢一夢中！

右兩律，對於先生的故里、文章、事業、身世，可謂包括無遺，而傷逝之懷，愴然淒然，冥冥中有知，當亦默契到海外尚有生存的故人在，且爲追念他而寫感舊錄的！

蘇笑三先生

海曲棲遲，天涯飄蕩，已二十年時光了。回憶當年，每懷過去，便憶及家中庋藏的書畫。

先兄在世之日，雖不敢自炫風雅，惟對於書畫頗好搜求。曾有一次，帶回兩大箱的古字畫，交給我選擇，中堂直幅、花鳥、人物、山水，絹的、紙的，應有盡有。還記得其中有宋畫院的瑰寶，其間以元、明兩代的作品最多；而清代如鄭板橋的竹，奚蒙泉的山水，亦夾雜其間。當時我只挑選幾幅行書直幅及明人破墨山水懸諸書齋，以供清玩臥遊；其餘的就讓先兄去收貯：因爲那兩大箱的字畫是人家借款的抵押品，有押有贖，得隴也就不好望蜀了。

對於古代文物，非有眞知識見，何敢妄下品評？不過，到了性之所近，心有所嗜，則魚目之與珍珠，珷玞之與美玉，也就無暇去辨眞贗。惟對於近代藝術品，倘係親筆臨紙，並寓有紀念之深意，那就彌足珍貴了。

說到這裏，我就憶起鷺門老畫家蘇笑三先生來。

蘇笑三老先生累代居鷺門，卜宅霞溪。門雖近市，而畫室則深邃幽雅，平屋數椽，堪稱爲「市隱」之居。先生居其中，几案清淨，俗塵不到，皤然一老，低徊於爐香墨影之間，老來歲月，幷不寂寞。

先生兩位文孫浣水及漢水就讀於余。課餘之暇，輒提及其祖父老來的書畫生涯，並有意邀請我去陪老前輩談一談。終於在一個土曜日的下午，就逕到他家升堂入室去了。

那時蘇老先生已是六十開外的年紀了，具備清癯的風姿，蕭疏的白鬢，一望便知是有道之士，——抑亦可以見到我國畫家的風度，讀書人的本色。室中宣爐陳於架上，畫筆插於筒中，壁上也只掛幾幅墨筆山水，於是我的談資及求畫的心情就有了把握了。

我們的談話不多，大都是涉及「文人畫」的範圍；自問對於畫學畫理淺薄得可憐，也就不敢強不知以爲知地放言高論了。末了，我就冒昧地向蘇老先生恭求賜畫扇面，以留紀念。品茗興闌，告辭而退。

過了幾天，浣水學弟雀躍入校，袖一扇面過余，說是他的祖父囑他帶交給我的；並轉致老人家之命，說是如果陳舊了，可以把牠裱褙起來。浣水又私下告訴我：「我的祖父沉思默想了半天，於昨天才怡然地下筆，畫畢，對扇面低徊數回，應該是得意之作的吧。」唔！如此說來，我才明白蘇老先生吩咐必把此扇面裱褙的隱衷了。

扇面畫的是破墨山水的秋山，遠近濃淡，看來雖分明，而似乎有一層晴嵐爽氣回旋於其中，細視之，又沒有痕跡。畫中無人物，無亭榭，就只是三疊的秋山。「山靜如太古」，對此扇面，髣髴晤對着淡泊明志，寧靜致遠的古人——蘇笑三老畫師。

我於接受了老人家的贈品——扇面——之後，曾把牠陳於案頭幾天，仔細玩賞。他自題「秋山圖」三字，署「笑三」，鈐小印，豈僅畫入空靈瀟灑之境界，題字亦於蒼古中帶秀潤之氣。炎暑把拂，覺時焉有西山爽氣颯然繞座的。

詎知玩賞未及匝月，竟被有同嗜者不告訴一聲順手牽羊地攜之以去，而蘇老先生於隔年亦歸道山，縱而欲煩老先生再揮毫落紙繪出山色水光，煙姿雲態，亦不可得矣！

在海外，暇日偶與友朋談及當日鷺門書畫耆舊，凋謝已盡。其中我獨念及蘇笑三老畫師。對於秋山圖扇面，竟未能裱褙珍藏，殊辜負他老人家當年贈畫的遺意了！

林孟溫先生

林孟溫先生，龍溪人，不但擅岐黃，且精金石之學，書法在柳趙兩家之間，——秀潤中帶有勁峭骨氣：蓋字正如其人焉。先生熟讀十三經，於國學有湛深的研究，在朋輩中，莫不視之爲畏友，——且亦推之爲祭酒。

自民國二十一年以後，因赤燄侵及閩邊，漳城不靖，先生才移家於鼓浪洞天鷄母峯之麓，我始克與先生相過從。那時他任英華中學高中文史教席；而吳里千先生則移硯於懷德幼稚師範學校，並闢其寓所爲朋輩課餘品茗清談之室，顏曰「客齋」。每當海天暮靄沉沉之際，大家即挾册入「客齋」，橫陳斗室，縱談今古，茶煙繚繞，煙氣氤氳，群居之樂，舉不知人間何世。

孟溫先生之入「客齋」也，曳長裾，握山柑幹製的旱煙袋，翩然就座，樽酒論文時，則議論風生，有名士的氣派，學者的精神，談到國家事，始則憤懣激昂，繼則感慨係之：便知他平生的胸懷及際遇爲何如了。

曾數過孟溫先生寓樓，入書齋中，但見縹緗四壁，几淨窗明，筆硯精緻，膽瓶花好，門前古木挺立，儼然隱者之居。客至，香茗斯陳，罐必「孟臣」，甌則「若深」，洗杯之韻琅琅，壺水之聲潺潺，清談四座，塵夢頓消。在彈丸孤島上而有此樓居，誠可得「心遠地自偏」的靜趣了。以先生之胸懷，在此間過老來歲月，確是相宜。

但先生所經過的却是嚴霜烈日的歲月，世之具俠骨義腸者，其際遇有時是人之所難堪的：孟溫先生或即其人歟？先生之次郎及長郎先後死於不應死之地與不應死之時，人到中年而遭此挫折，怎能不憤懣激昂？我曾叩以介弟語堂先生的消息，他突然地呼一聲：「哦！語堂！」接下去就沉默無言：這也許使他感慨係之的因由之一吧。但他於中年以後，却能從金石書畫中去追尋清靜適意的淡泊境界，而不露出仍仍然營營然的憤世疾俗神色，非下讀書養氣的工夫不及此。

民二十七年夏，日寇暴力侵襲鷺門。我即倉皇南渡，關於孟溫先生的消息便茫然了。其後，聽說他避亂於昆明重慶間，又與他的介弟憾廬先生合編「宇宙風」雜誌。

日寇投降之翌年，我蟄伏兵燹廢墟的岷市，爰於夏初返國。身經大難，幸慶生還，竊自驚喜。入故廬，見數架書倘巋然在，又不禁大樂。齋中部署粗定，檢點殘編，於架上抽出「遊山日記」，著者爲清代嘉慶年間舒百香，——即「白香詞譜」的編者。書面蓋有「葆園藏書畫之印」篆書印記，「葆園」爲林孟溫先生之別號，則此書爲他的故物。但以「遊山日記」何以會落在我的書齋中。殊費思猜，乃急問長女容兒，她也不知此書之所由來，驚魂甫定，展卷吟味，如對故人，回溯十年前與他朝夕促膝談心的舊情，一時欷歔而不可禁。

「遊山日記」一書，正如周作人序中所云：「文章清麗，思想通達。」這與孟溫先生的襟懷性情，極爲相近！所以他在書中，於閱讀之後，輒加眉批，並爲校正。細閱他的眉批，有風趣、有眼光、也有牢騷語：只看到這十條的眉批，就可看出他平生學力抱負的一斑了。

回國計住下三個多月，再束裝南來，即把「遊山日記」什襲藏於行篋中。日來再翻閱此書，又悠然地記起二十多年前的友誼。先生介弟林幽先生同在菲島，乃馳書詢及他的逝世年月日，林幽先生回信說：

『孟溫逝於申——一九四二年一月十三日上午十時五十分』。

『訪舊半爲鬼，驚呼熱中腸。』不意閩南一位學人良醫，於兵荒馬亂中溘然長逝於黃浦江頭，則我感舊之情，豈僅聞山陽之笛而憮然悽愴耶？那麼我對於這册蓋有『葆園藏書畫之印』的「遊山日記」當益珍之如拱璧了。

何劍華學長

39何劍華學長

何劍華學長逝世已三十三年了，到如今我才能寫此文以追念他，於冥冥中眞負此友了！

記得我於十一歲時，從錦里鄉移家來螺陽城北，住於池亭里，肄業於邑中時化小學，即與劍華學長共几硯。他的家與學校爲鄰，課餘之暇，即呼朋嘯侶，越街穿巷，追鷄逐狗，打棗偷桃，汗漫遊街，極釣遊之樂。

或逢春秋佳日，每有暇隙，又相率馳逐於射圃，臨眺於鳳池；城隍廟中，競賽毽子，明倫堂裏，分曹踢球。至遊興陡起時，便爬登女牆，攀藤牽蘿，或陟彼科峯，摘莓耘荳：遊踪所及，逸興遄飛，擧不知天地之大，日月之明了。

我同他就這樣過了兩年多的釣遊風光。到十三歲秋初，吾家又移到鷺門，以後和他見面的機會就少了。因爲彼此都分頭去受中等教育，他到泉郡培元中學進修，我則負笈於鼓浪嶼尋源書院。

離開學校生活之後，劍華學長即主洛陽鯤化學校教席，我也濡滯於廈鼓間爲稻粱謀。這其間，彼此間魚雁往復就頻繁起來。

不知怎的，是否受了「秋水軒尺牘」的影響，抑或中了「鴛鴦蝴蝶派」的毒，彼此間往來書信喜歡用駢四儷六的體裁，每週必有乙封，後來才知道大家正在看「袁文箋正」，「八家四六文注」，「駢體正宗」這一類的書，才於朋輩往來函件中也作繭而自縛起來。還記得他的來信有「玳瑁高峯之下，洛陽淺水之濱，劍影狂揮，書聲颯起………」之句。我也曾有「………白浪翻天，訪延平之故壘，驚濤撲岸，弔帝子之英魂………」則當年的狂態也覺可掬了。

以後他就與海內外的文士以文字往還，如趙紫宸、陸丹林、王陸一等，於是文思益進。我則株守鼓浪洞天之下，抱殘守闕，且將終古爲曲士了。

民國十二年，我在鷺門一家報社任新聞編輯，劍華學長則仍在鯤化學校主持校務，並擔任報社駐惠安縣特約通訊員。當日閩南一帶北洋軍閥的勢力橫行，魚肉民衆，弄到民不聊生；而邑中土豪劣紳，復與軍隊勾結，武斷鄉曲，鄉邑鷄犬不寧。劍華學長每次寄來的通訊，大張撻伐，燃溫嶠之犀，使魑魅無遁形。他身在虎口，竟吃豹子膽敢去捋虎鬚，嫉惡如仇的精神固可佳，爲自己安全計却欠妥；不過通訊中所云，皆是實錄。我只好把稿件加以剪裁，然後付刊，他却屢次來信責備，並怪我膽怯，其實君子不立於危牆之下，也曾去信告以要婉轉些，本着「硬話軟說」的態度好，不可鋒鋩太露，以招怨尤云云。但他的通訊仍舊源源汩汩而來，筆歌墨舞，依然大肆撻伐；我還是加以剪裁後發稿。

落後邑中的土豪劣紳於心不甘，乃唆使北洋軍閥駐軍張文魁營長下毒手了。

我在那家報社工作年餘，後因與經理意見不合，就望望然去之。劍華學長仍任特約通訊員。

到民十四年，他有事由洛陽進城，就在縣衙門大街上被張文魁派部下狙擊，終於傷重逝世。乃葬於螺邑西門外科山翠微之間。其墓碑如是寫着：

「何烈士劍華先生之墓」

噩耗傳來，我正服務於廈門女子師範學校，當日只能遙遙致傷感之忱，而興人琴俱亡之悲。他歸宿處在科山，乃少小時彼此釣遊地，其地有古寺、有喬松、有叢生的草莓，說不定有楓林，那麼低誦「魂來楓林青，魂去關塞黑」之句，我又將如何悽愴呢！

劍華學長對於國學的根柢湛深，詩詞則詞藻紛披，發爲文章亦犀利迫人，——惟其如是，遂不免於難。平居談話，詼諧百出，議論風生，夫談言微中，固可以解紛，孰意竟惹城狐社鼠之忌，然「烈士」之名，亦可以千古，則死無憾矣！

吳大玠先生

與子相逢豈偶然，不須石上證因緣。東湖戍服曾三宿，南國征衣又一年。椰樹談經天似水，蕉林說劍月如烟。聯床風雨瀟瀟夜，且向燈前聳瘦肩。

——海上呈圭峯先生時民國廿八年歲暮

日者，從報端驚知圭峯吳大玠先生因相如病肺，昌谷嘔心，纏綿二十載，迄今溘然長逝。緬想舊情，令人悽愴欷歔而不可禁了！

我與吳大玠先生訂交，係在民二十五年夏。那一年福建省政府教育廳舉辦第一屆中等學校教職員暑假講習於垣東湖兵舍；名曰「講習會」，實則舉行爲期六週的軍事訓練，——爲杜日本政府的無理藉口，不得不峯回路轉而出此：當時中央政府之用心亦苦矣哉！

當年我與大玠先生在兵營中相遇；初尚陌生，其後均是史地組學員，編爲同一中隊，而彼此床位近在咫尺，聯床對榻，志向相投，聲氣相通，出入相友，守望相助，就相與得細膩熨貼了。

吳先生雖爲貴介公子，詩香少爺，却絕無紈袴氣。他提起槍桿，紮起綁腿，軍帽蓋頂，皮帶束腰，在行列行進間，未嘗不昂胸挺幹，步伐整齊也。到射擊時，開無不中靶，發無不中節，不管是伏射，臥射，得心應手，左右逢源，教官們莫不驚奇，稱他爲「神槍手」。

在上講堂時，他先則凝神靜坐，繼而時或攝堅鬚，搓毛腿，又或雙腿左右搖擺，這麼一拔一搖，把「烟士披里純」給搖出來了。於暇隙大家即圍坐樹下，暢談今古，議論風生，有東方曼倩之風。所以在軍營中六星期，生活雖緊張，彼此却不感到勞頓疲乏。

到除隊式完結後，彼此就匆匆地理裝歸去。

民國二十七年冬，我倉皇南渡，由香江轉來馬尼拉。吳先生已先我兩年南來了。那時我正如繞屋啼鴉，棲皇無主；又況人地生疏，教從何處去覓住宿之所。旋由三弟向他商量，他馬上答應，於是我們就「宣佈同居」了。課務紛紜時，各奔前程，到課餘之暇，縱横斗室之中，又賡昔日東湖群居之樂。

我們課罷謳歌，閑居品茗，雖身居異國，舉不知有離鄉背井之苦。春秋佳日，備佳餚以答年光，聊以減輕客居蕭瑟之念。有時則繞室吟哦，間亦擁鼻聳肩哼斷句以自聊。有一天，吳先生從書架上抽出冷金箋一方，怡然地說：「老哥，請寫一律何如？」我遜謝不遑，恐有班門弄斧之誚。他却必強而後可，我正苦欲罷不能，終於杜撰出一律來（詩見篇首）。其中「東湖戍服曾三宿，南國征衣又一年」這一聯却是彼此訂交的實錄。

吳先生的詩才俊逸清暢，有宋人風，絕句尤擅勝場。他相貌清癯，却自稱具有「仙風道骨」。性情和易，心地光明磊落，同居年餘，情同手足。其後雖離居，而近在咫尺，尚朝夕相過從的。

在菲島淪陷期間，我與吳先生也曾偶爾往來，但在恐怕氣氛中，大家總覺得心旌搖搖，就也無當年的興緻了。到光復後，學校復課，彼此又再理舊業，縱欲街遇也難能了。

不久，我就聽到他病倒了，但從報端還能讀到他的絕句；閑居歲月，病裏風光，尚能有閒情逸緻地發爲清吟，可見他的心情是多麼幽雅高逸的。

之後，他因爲體力一天不如一天，只好悄然歸去。以久病之身，在那麼窮苦殘酷的鐵幕中過活，尚有何生趣，但他尚理家中的藏書，藝圃蒔花，以度過殘餘的歲月。末了筋疲神竭，油盡燈枯，從此撒手西歸，化爲異物了。

「訪舊半爲鬼，驚呼熱中腸」，二十年來海內外故交，存者尚復有幾？而今吳大玠先生已歸道山，則可與言談的朋輩又弱一個了！

林安國先生

林安國先生，別號蛹徒，漳浦縣人。少時肄業於鼓浪嶼尋源書院，我應稱之爲「學長」。我與先生雖不曾同窗共几硯，惟學旣同其源流，而誼也就無分乎先後。其後置身社會，周旋人海，接觸相與的機會就比較頻繁了。

先生身材魁梧，兩頰于思，望之儼然。秉性高標而近於僻傲，有時倒也議論風生，有東方曼倩之風；間或月旦人物，有時過於苛刻而招來物議：以故跡其生平，周旋人海，孤標自賞，落落寡合，對於事功，就未免有多少困難扞格橫亙在當前了。但，他却也有其橫逸的才技，倘使置身幕府爲策士，必能運用發揮其所能的。

林先生曾任廈門毓德女中學第一任校長，先後約六年，在這時期中，可說是他服務教育界的黃金時代。早年他也曾任漳浦縣逢源小學校長，却未能盡其才學，到任毓中校長時，大才方有所發展。他對於辦學，有其特長，就是盡量發揮其向外性，先把學校內部的組織務使健全穩固，然後向社會宣傳活動，一方面可以培植領袖人才，一方面引起社會人士對學校的認識；所以當日毓德女中在閩南一帶，頗著聲譽，女弟子在各方面殊有創作的能力與服務的精神。當日閩南女子教育能在社會上發生作用收到效果，林氏之功爲不可沒。

在這個期間，大家於工餘課暇，時常相過從，當日我們曾組織「歸石詩社」，如賀師仙舫、鄢老鐵香、沈老亨九、吳君里千、張君蘭谿、邵君覺廬、趙君醒東、並林安國氏，都加入為社員。每星期六晚上，大家就不期而會，共此燈光，吟詠永夕。時或敲詩，間又唱折枝，唱予和女，極盡詩酒之雅誼。每逢春秋佳日，大家又提壺挈榼，登山臨水，從事勝遊，屐痕所至，輒有聯唱。林安國先生所作詩鐘或絕句，有時雖不中繩墨，却有其獨到之處；對社員之作，推敲時能入木三分，有時則狂言驚座。我每說他好弄玄弔詭，標奇立異，近乎霸才，他亦頷首稱「是」，並不怪吾言太過苛刻。他對於立身處世，傲岸不羈，而於詩文的批評亦然，明乎此，然後能與他相與，並行而不悖。

林氏卸却毓德女中校長職務後，即返故園興辦公路，開發實業，亦頗能兢兢業業，為桑梓造福。究之，教育界中人而欲周旋社會上，每有格格不相入之隱痛；又況物力不濟，就難望有長足進展；再濟之以落落寡合的傲岸個性回旋往復胸臆間，其鬱鬱不如意正意中事，終亦無甚成就。

民國二十七年夏，鷺島淪於倭寇之手，閩南一帶烽烟遍地，風鶴數驚，我避亂來香江，聞林氏亦間關遵陸南行，寓於九龍。當日諸故交已風流雲散，何遑動問死生？從此音塵隔絕了。

迨烽烟平息後，才從故舊傳來消息，謂林氏於戰時寓居九龍，生涯落拓，方擬移居星洲，終以年事既高，又飽經憂患，一病纏綿，遂爾不起云。

楓林關塞，羈魂往來，言念友朋，吾懷曷已。即書此篇，聊當剪紙招魂已耳！

邵慶元學長

45 邵慶元學長

邵慶元學長字覺盧，同安人。在學侶中與我的關係可說是最悠久的。彼此之間，計同窗兩年，同事八年（包括學校與報社）；其他如鄰居過從之密，可說是情逾手足。每逢春秋佳日，月夕花晨，促膝談心，分曹射覆，敲詩拈韻，拍几放歌，極群居交游之樂。

他樓居一椽，闢書齋，藏書萬卷。齋中陳几硯、列酒器、供茶具，杯中不空，茶湯不竭，命儔嘯侶，時開詩酒之會。我們都是鼓浪洞天之下的寓公，君家郇厨以炒麵擅場，山妻則以煎蠔餅拿手，彼此過從，必得相約以這兩味菜色爲下酒物：這麼一來，可以清談半日，消一天的塵夢。先生對於茶道好安溪鐵觀音，酒則頭抽清溪老酒，——兩者可以終身行之而無憾。惟因有「不可一日無此君」之嗜，胃口也就逐漸不佳了。所以我常常笑他已淪入「酒食地獄」，而翻成「茶鱉」；但他於胃病起時每學「西子捧心」姿態，却毫無戒絕之意。我曾舉王漁洋「酒人方落拓，名士半離憂」之句贈他，他拜而受之。

覺盧於學無所不窺，對於文學、歷史、詞曲多有新見解；惟自恨不工詩，但對於譯外國詩歌則極爲精切準確，神韻悠然，可讀可誦，倚聲按譜，無不入拍應節，竊以爲當代譯西洋名歌者，當以他爲巨擘。即如譯"Auld Lang Syne"一詩，今人有不少譯作，無能出其右者，茲將全首錄之如左：

往日（Auld Lang Syne）

一、甯有故人可以相忘，曾不中心卷藏？
甯有故人可以相忘，曾不睠懷疇曩？
和：往日時光，大好時光，我將酌彼兕觥！
往日時光，大好時光，我將酌彼兕觥！

二、我嘗與子乘輿翱翔，采菊白雲之鄉。

載馳載驅徵逐跟蹌，怎不依依旣往？

三、我嘗與子蕩槳橫塘，清流浩浩蕩蕩。
永朝永夕容與徜徉，怎不依依旣往？

四、願言與子攜手相將，陶陶共舉壺觴。
追懷往日引杯須長，重入當年好夢！

他譯此詩時，曾與我商量數夜，詞句旣定，拊案低唱，然後付與東山之宮牆之中的女生練習，我倆在場傾聽之後，再下斟酌工夫然後決定的。於此可見他對於譯筆之不苟了。其他尚有「隴頭雲」(Alohe oe)，「只消酢我以眼乎而」(Drènk To me only With thine eyes)，「我怎能離開你」(How can I leave thie)，「盈盈凌波去」(Juanita)、以及Stephen C. Foster製的「老黑棗」(Old Black Joe)、「我坎特基老家」(My old Kentucky Home)………等民歌，譯出來的歌詞，都是不朽之作。蓋以覺廬對音樂有湛深的素養，詩詞又讀得多，故能六轡在手，操縱裕如的。

他曾對我說過：「譯外國古典主義的作品，必得用舊詩詞的句調才配，即如「往日」的原作者爲古典主義詩人，必得用毛詩或宋詞的句法，才覺銖兩悉稱哩！」這就是他譯詩的祕訣。我曾對他說：「你的文章，只譯西洋名歌那部份便可垂不朽了。」他聽後頻頷其首。

民二十三年，我與先生雖不再共事，但文、酒之會尚未消歇。到倭寇進佔白鷺洲之日，我即悄然離家到香港來，他不久亦南渡星洲，設教於華僑中學；惟對於譯詩及作曲的精神仍不減當年。戰後歸去，大抵是民國三十六年吧，他已從星洲返鼓浪嶼養疴。相見之下，雖在床第間，仍是談詩詞無倦容，且旁及海外酒事。我不禁私許此「酒人」的豪興尚未全消焉。但這次是與他最後的一面了！

迨我重返菲島後之翌年夏，得鄉訊，驚知覺盧因胃病不治已歸道山，從此故交中又弱一個，悵惘者久之。他的哲嗣及令媛在菲島，曾爲開追思會，會中我義不容辭地敘其生前行述，並期望後嗣能輯其譯詩遺稿付梓。壬辰春月，先生令媛蕙卿袖先生譯詩乙册示余，計五十餘闋。翻閱之後，舊情款款，友誼拳拳，即書乙跋如左：

覺盧先生精音律，研究詩歌數十年如一日；於譯西洋名歌尤擅勝場，憶當年登東山小樓燙酒烹茗，朝夕相對，引吭擊節，唱予和女，幾不知人間何世。今先生歸道山且三年，日者從其令媛蕙卿女棣處得讀其遺作，予懷愴然！緬想當年，不勝山陽聞笛之悲。先生已矣，來者難期；倘此集而能行世，庶乎無廣陵散之嘆矣！

——壬辰年初春之月蔚藍跋

但他在世之日，所譯詩歌，應不止此，搜集編纂，尚須費一番工夫，歷不少時日的。其他尚有譯者，據我所知的，有藹理斯「性心理學」的一部份，約在五萬字以上，可以裒然成册。尚有著作如「鴉片入華史料」，亦在四萬字之譜，及「中英鴉片戰爭史料」一篇，搜集的材料都是極翔實豐富的，未知稿尚存其家中否耳。

覺盧雖已逾大衍之年，恰是著述的時候，徒以病魔相侵，遽爾溘然長逝，惜哉！倘天假之年，其著述豈僅限於此耶？猶憶他養疴鼓浪嶼之日，曾舉其在星洲所寫絕句十餘首示予，讀之，風韻悠然，聲調鏗鏘，便知一別十年，同作海外逋逃客，而其詩之進步竟至於斯，倘移此工力轉而對譯詩方面努力，其成就寗有涯涘耶？胡天不永其年？惜哉！

47 吳里千先生

吳里千先生

吳家駒先生，字里千，閩雲霄人，家住白塔鄉。吳姓爲雲霄三巨族之一。鄉中有良田廣宅，具中人以上資，於是先生亦列於邑中搢紳之林焉。但先生並不作優遊林下想，長年外出設敎於廈鼓間，在鼓浪洞天之下，設絳帳逾二十年，而毓德學校，而懷德幼稚師範學校，且又曾一度與我在江聲報社爲同事。

吳先生好客，無論寄寓何地，隨遇而安，輒顏其寓所曰「客齋」，自號爲「客齋主人」。對於酒，淺嘗輒止，獨於茶則嗜之若命，有「不可一日無此君」之概。課罷工餘，有客過從，即泡工夫茶相饗。惟座上客只許三五，茶則孟臣罐不空。大抵客齋中的座上客，歷歷可數，即沈亨九、邵覺廬、林孟溫、蔡晉林諸人與我；飲酒時引杯須長，而品茗時彼此間的談佐就絮絮了，大家相與，無間朝夕，有時到深夜才盡興而歸。所以我輩中人，不但是酒友，且結爲茶侶，在「客齋」中，可以縱談天下事，可以共讀古書，但亦可以品評時賢，彼此不知老之將至云爾。人到中年，得群居之樂，深得「以文會友，以友輔仁」的微旨。

「客齋」在日光岩之麓，平屋數椽，極其幽靜閑雅。門前有隙地，蒔以春韮秋蔬，齋之右有古井一，源長水澄，我們品之爲鷺門第四茶水，（廈鼓間泉水，若次第之：一、爲鄭延平之「山腹井」；二、爲「石泉」；三、爲南普陀之「虎乳泉」；四、則爲客齋右畔之古井水）自有此泉鄰於「客齋」，而齋中的茶事就不俗了。吳先生冲茶極有工夫，對於爐、壺、杯、罐既講求，以至於放茶葉的分量，用活火、活水、活杯、活罐、合一爐而治之，才能品（欣賞也）出茶的色、香、味來。尤其是吳先生洗小杯時那一陣「郎當——郎當」的輕脆聲息，恍聞蜀道之鈴：茶道到此，嘆觀止矣！

時或午夜，茶事闌而酒興起，吳先生乃剪春韮、摘園蔬，佐以海味，或煎或炒，有湯有殽，互酌清溪老酒或紹興花雕，此際大家的談佐又漸漸地清狂起來。

自有「客齋」，吾道不孤，幾欲終老是鄉。這種歲月，享受過約逾十年，非主人好客之風不及此。當年廈鼓間人士知內情者都說「客齋」不減東漢之鴻都，且爲「月旦評」的總滙。

迨日寇侵入鷺島，客齋中的座上客乃悄然分散了。

我於民二十七年南渡「巴禮」之邦，里千先生亦浩然歸故鄉去，仍執敎於平和縣中學。翌年，他曾來信，有意乘桴浮海而南，終不果行。暇日，我與音林兄追憶往事，動輒提到「客齋」及主人吳里千先生，想到日光岩下平屋中的群居生活，撫今追昔，念舊之情，不能自已。曾寫兩律北望寄慨。錄之如左：

小築幽齋石峻巍，
日長鴉雀傍簷飛。
共烹活水偎爐坐，
獨汲清泉貯月歸。
一榻松風詩影瘦，
三春苔雨菜根肥。
茶烟乍歇高談罷，
起覓鐘聲在翠微。

好從孟氏結芳鄰，
課罷謳歌對影親。
隔帳裙釵時問字，

49 吳里千先生

登門賓客是知津。
糖餈共嚼清秋味，
蜜柚曾分故里春。
鷺水雲山情脈脈，
三年去國憶斯人。

第二律中所云「清秋味」及「蜜柚」云者，就是他每於秋初從故鄉來鼓浪嶼時，行篋中一定得帶雲霄名產「中秋餅」及下河村特產貢柚分贈故交，殊有「肥馬輕裘與朋友共」的風度。如果他能夠來海外再共燈光，重行聯床對榻，賡續未了的茶道，則居夷的生活定不寂寞。

戰後我雖曾返國三次，但與吳里千先生始終緣慳一面，僅仗書札往還傾別後的積愫罷了。右錄的兩律，我曾抄錄寄給他，聊表我雖身在海外顛沛數年，尚忘不了人間一位酒人——茶侶——故交。

到了閩南的河山變色了，赤浪紅潮，氾濫江南，我就不禁替他的生命危：因爲以他在故鄉的地位及產業，在共黨看來一定列於紳豪之林，大地主之列的。他的年事雖逾耳順，但「殺人如草不聞聲」的共黨，刀下斷難留情的啊！

果然！半年之後，才在報上看到報導，說是閩南漳州一帶民衆死在共黨手中的名單中赫然有「吳里千」之名在。當日看到這一段消息，不言者竟日。嗚呼！「存者且偷生，死者長已矣」！尙復何言？

里千先生，對小學曾下一番功夫，平生敎學，一點一畫不苟，一音一韻必清。又工八分書，曾爲我書扇面，愧我不能什襲藏之留念，冥冥中深負此死友矣！孔氏覆醢，傷慟逝者；淒然北望白塔下的故人，墓木已拱，更何心緒講茶道哩！

葉永和學長

在鼓浪洞天東山之上的學侶先後無慮千人，於藏修息遊的生活中，我却忘不了葉永和這位學長。

葉學長永和，廈門禾山人，其尊翁是菲島僑商。他少小時是否曾南渡，不得而知；及長，乃負笈於鼓浪嶼尋源書院；以後還曾北上就學於北平協和大學，專攻數學，未遑卒業即歸來，歷任廈鼓間中學數學教師。最後乃在鼓浪嶼德國領事館舊址創辦新華中學，任校長。數年中慘淡經營，成績斐然。終於因校中滲透了赤色職業學生，陰謀暴動，惹起當地軍警的注意，前來校中搜查，於是他不得不宣佈停辦了。樹人之功，廢於一旦，論者惜之。其後他即退居故里，滿擬過田家生活以了其一生；詎料於民國二十七年五月初旬，當日寇從禾山強行登陸之際，推進到各村落來，葉學長適在家屋後張望敵人動態，竟中流彈，終不治而死。

以上所陳述的事蹟，似可當葉學長的小傳看；至於學誼方面，更有值得回憶者。

我與葉學長同窗三年，他比我高兩班，雖未曾共几硯，但在宿舍中，走廊畔、操場上彼此朝夕相與，也就混得熟起來了。葉學長瘦削身材，於田徑則擅跳高，有時也曾馳騁球場之上。對於數學，有特別天才，在中學時代，已能把大學的高深數學迎刃而解了；所以在師友間多譽他為「算博士」。

他天性好動，如打獵、釣魚、養魚、豢狗、飼鴿，舉凡娛樂事項，應有盡有。其釣竿與獵槍且是直接從美國買來的；但玩膩了之後，就隨便送給人家，毫不吝惜。歲數已近中年，還是這樣天眞地從事野外生活。有時他動極思靜，就關在家中玩其電氣機械的玩意兒。所以他的書齋中與臥室裏就是小小的實驗室與娛樂場。

葉學長平居寡言笑，但不發言則已，一發言則具幽默感，語妙天下；有時也發狂言驚四座，有捫虱之風。且又好作弄學侶。有一次，他從化學實驗室中悄悄地偷出「輕二硫」的殘液，然後分貯於破試管中，再偷偷摸摸地放於每間課室的角落裏。「輕二硫」的味道，臭過於屁，一時全校各班同學掩鼻互相詰責，謂爲有誰缺德，破壞公衆秩序。頓時全校大譁，又苦無從按圖索驥。他呢，則枯坐窗前，鼻孔朝外挹獨西山爽氣。接着才由化學老師從酸鹹之外辨出是「黑酸」——輕二硫——的味道來。經過一番搜查，才把破試管除掉。事後雖知道是他的惡作劇，但無佐證，也只好以不了了之。葉學長在校中的行逕，往往是弄到令人啼笑皆非的。

他雖好遊戲人間，——有時且謔而虐；但若學友中有何窮窘，則慨然相助，絕不計較。他的家道豐饒，却絕無紈袴氣，也不至於揮金如土，其難能可貴者即在此。

跡葉學長之平生，可謂不知憂患爲何物，——即有困難時節，亦悠然順天，無動於中，倘能假以天年，使從自然科學努力鑽研，必能有所成就。乃方逾不惑之年，於兵荒馬亂之頃，竟摧折於寇兵之手，惜哉！余草此文畢，又髣髴與葉學長在東山之上宮牆之內談笑言歡時也。

莊細法學長

53 莊細法學長

螺陽縣轄北區錦里鄉，是我生於斯、長於斯，就學於斯的地方。錦里鄉族大丁繁，且是魚、鹽、米之區，所以鄉人生活富裕，民性強悍，即官兵亦沒奈之何。因爲全鄉背山面海，平疇在望，港汊交錯，一旦對外有事，只要把橋樑吊起，負隅抵抗，進可以攻，退可以守，固若金湯。又況鄉中海船數十號，川行台灣、寧波、烟台、大連（關東）各地，槍枝子彈，轉運方便，在五十年前，鄉人即擁有毛瑟槍數目逾千，只要鳴金呼嘯，全體動員，八千子弟兵嚴陣以待，其勢誠不可侮。

先君駐錦里鄉任司鐸先後計十六年，在教堂之旁修築學宮一所，招集鄉中子弟入塾，即鄰鄉亦多負笈前來就學者。當年塾中生數近百，朝夕絃誦之聲不輟：故對此強鄉巨族的鄉村教育不無小補。

在塾中就學的，學齡懸殊，有二十幾歲的，也有只五、六歲的，集大小長幼於一爐而治之，殊得「讀書樂」之意味。我於五歲那一年即入塾「破筆」了，啓蒙課本爲「三字經」。在半載之中，我讀破「三字經」在三十本以上。

於鄉塾中，我認識了莊細法學長，那時他已十二歲了。在相與之中，他常常欺負我。爲了他行動矯健剽捷，時常裝扮鬼臉以嚇人，所以同學們一面懼怕他，却一面歡喜他。

他有「臭頭」之號，前額毛髮稀疎，且帶疤痕，惟後鬃却種種盈握，可以編成辮子，所以他的辮子瘦長，至於前額則作半山濯濯形，於是同學都叫他爲「臭頭細法」。不過，如果年紀小的敢於這樣叫他，就難免要吃了他的幾下拳頭了。

說他行動矯健剽捷，却也有事實爲證。他住在村南，每晨入學時，必踏過幾段石橋才到學宮的。但他提了一根竹竿，二丈多寬的港汊，却一撐而誕登彼岸了；如果練習撐竿跳，必有驚人的成績。到了夏天，他就把衣服脫光，纏在頭上，浮水渡過，捷於鷗鳧，然後躲在叢蘆中穿好了衣裳才來上課。暇日，往往沿溪岸與學侶賽跑，望阡陌間飛奔，有如快馬，間或爬上離立溪畔的苦楝樹上，從這棵越過那棵，攀這枝跳過那枝，捷過猿猱。於是塾中又加以「猴仔細法」的綽號。

在鄉塾中相與約五年，後來爲求深造，他的父親就把他送到莆田縣教會辦的哲理中學肄業去。到暑期或年假，他才回家來度假。這時同學之誼迥異從前，但他那一股蠻幹仍是不變，攀樹、浮水、跳踉的動態仍不減當年。

辛亥年武昌起義，革命風聲震動全國，南方各地的青年就有學生軍的祕密組織，待時而動，他也參加學生軍的組織。到了本省省垣宣佈獨立，次一步的革命行動便是北伐了。福州學生軍總部正式成立，並馳檄各地招青年入伍，他就召集同學報名，即日北上到省垣入伍去。他的父親聽到這個消息，星夜沿官道北上，從興化趕到福州去。到了軍營，不許見面，末了，父子只好分立在欄柵內外灑淚相對。他的父親就掏出幾十塊大洋塞進去給他做零用錢，結果欷歔而別。他的父親回到家後，向先君細述經過情形，聲淚俱下。先君只好安慰他，——因爲細法學長還有一個小弟哩。

當學生軍整裝待發時，而南北議和代表已在上海開會，終於協議停戰，學生軍只好解散了。但當時一般熱血青年，旣高誦「易水之歌」於先，又怎好鎩羽歸來於後？就向當局請願，欲北上入軍官學校肄業。省當局以他們壯志可嘉，立允其請，乃從幾千人中挑選一部份保送，細法學長亦就被選上了。這一彪人馬即送到保定軍官學校訓練去了。

他在軍官學校四年，習步兵科。其時在保定軍校中閩南同學尙有張幹老在。在細法學長北行後，吾家即離開錦里鄉移居邑中；再兩年又搬家到厦門來。從此對於他的消息就隔絕了。

大概是民國五年間，細法學長到廈門來，相見之下，不暇「問年」，急叩以到廈門的因由。他說是自從畢業保定軍校之後，返家一行，即向有關方面找報國機會，旣無後台，到處碰壁，有「英雄無用武之地」之感。最近才被派到烏里山砲台來任敎官云云。言下不勝憤慨。我即告以旣習行伍，敎官即負有訓練軍事人材之職，又何必難過？他只有仰天長嘯。我一時不知他鬱鬱不得志之由，只勸他勉爲其難吧了！

半載之後，他又悄悄地離開廈門到泉州去。

那時候閩南一帶民軍蠭起，擁有三桿鳥槍、五桿牛腿、一桿毛瑟，再伴以大刀數把，即懸什麼「司令」的名義聊以自娛了。至於土豪地痞，可爲團長，打家刼舍之徒，則爲旅長，即檢牛糞的阿貓阿狗，也可以任連、營長；他以軍校畢業之身，竟插足無門，實逼處此，竟厠身於永春一帶的土軍去充任營長了。

其後他就在永德一帶活動，——他是否加入涂飛龍、涂飛鳳這一彪人馬，我可記不清了。永德一帶的土軍據地稱雄，背山稱霸，互相殘殺火併，弄到民不聊生，民國七、八年之間，應是閩南一帶局勢最紛亂之日，當時永德一帶有悍匪王恩的，猛鷙慓悍，實力最強，與涂家軍有不共戴天之仇。細法學長曾奉命帶隊前往勦撫，詎知半途中伏，便爾橫屍田塍間了。事後王恩檢查屍首，從細法身邊檢得私人圖章一枚，不禁惋惜不置，並懲辦部下以濫殺之罪。

我與細法學長共几硯及五年，以他的才技、壯志、資格，倘能好好地用他，固不難爲國干城，効命疆場，建不世功。終乃困頓潦倒，飢不擇食，迫入歧途，讀「秦士錄」一文，跡細法學長之終局，不禁感慨係之矣！

55 莊細法學長

莊吉甫學長

在中學時代，學侶中相與最密切的就是莊吉甫學長了。這並不是同宗的關係，就是他富有正義感，而且各科學業成績優異，——尤其是體育方面更是出色當行，在同學中可說是「前無古人」的。

他世居鼓浪嶼，以水上為生涯，所以諳水性，曾從集美游泳到廈門，歷海程二十餘里，至於橫渡廈門鼓浪嶼海峽，則等閑視之：為此就奠定了他堅韌的體格的基礎。所以他具有大好頭顱，魁梧體魄，強韌的肌肉，不屈不撓的精神，——也是他正義感之所由生。

吉甫學長在求學時代，遇弱小學侶受欺負時，輒挺身而出，代打不平；但自己若受委屈了，却不與計較。大抵身為運動員的，往往驕横蠻幹，盛氣凌人，惟他外貌雖雄俊，而秉性恂恂然有如處女：其令人惦念的就在這一點。

他的學業成績每科都好，——於數學一科尤能推算入微。對於國文科則好議論文，所以筆下縱橫捭闔，有昂頭天外之概。曾獲學校學業榮譽獎：因為他畢業時學業成績總平均達九十六分以上。

君於課餘，即馳逐於操場之上，無論是球類、田徑，都玩的得心應手；至於游泳，更是水嬉中的「浪裡白條」。所以當日同學中即以「允文允武」四字贈之。

尤其是田徑賽，無論是長距離或短距離以至於跳遠跳高、拋擲諸項目，樣樣精到。所以他在福建第二次全省運動會於徑賽獲個人冠軍，如果能得第一流教練加以科學方法的訓練，則「十大項」必有優越的成績。

57 莊吉甫學長

憶在中學肄業時代，吉甫學長與我連同三弟往往在鼓浪嶼外圈馬路上作長距離賽跑起跑練習，無間寒暑；即在假期間每天也必相將出門練習，蠻幹硬挺，朝夕與共，先後計兩年；像我已逾中年了，體力尚能支撐得來，微吉甫學長之鼓勵不及此。但我只能在短跑及跳遠兩項目對付得過，其他則望塵莫及了。

離校之後，我曾與他同事一年，其後他在鼓浪嶼英華中學擔任數學功課兼理體育課，我則在女子師範學校擔任文史功課，雖未能共朝夕，然兩校均在鼓浪洞天之下，春秋佳日，月夕風晨，猶屢焉相過從的。

迨民國二十七年，廈門陷虜，倉皇南渡，從此與吉甫學長天南地北，並音問亦隔絕了。在抗戰期間，他仍株守家門，過了堅苦卓絕的生活，但尚能苟存性命於亂世。戰後歸去，吉甫學長欣然過訪，見面之後，恍如隔世，熱淚盈盈，「乍見翻疑夢，相悲各問年。」不啻爲此時詠了。此時他已兩鬢星星，便知在陷虜後身心受了磨折爲如何了。

戰後我曾返國三次，每次彼此見面，細話衷情，無限感慨。有時我即命山妻備便菜溫薄酒彼此小酌，酒酣，輒追憶當年東山（吾校即在東山頂）舊夢，說到絜絜時節，即欷歔而不可禁。在我想，他應是有「老驥伏櫪」之懷，誰知他却有身世坎坷之感哩。但他始終抱先聖「固窮」之道，抑亦是得了宗教教育潛移默化之功的。

大抵是七年前吧，廈鼓已被關閉在鐵幕中了，故園消息傳來，說是吉甫學長因不堪受學校中共幹的壓迫，竟閉戶懸樑了却一生了！

據報告云：他在學校中長年擔任體育課，共幹乃煽動學生起而向他清算歷年來體育經費，且得在操場上舉行「公審」。在這種兇燄暴力壓迫侮辱之下，他終於以尺組自縊於家中，爲「別世之人」了！

吉甫學長不死於倭寇縱橫之日，而死於共幹淩轢之下；八年抗戰的艱難歲月，他幸而不死，詎亦知僅經三載的鐵幕生涯，便把他磨折以死：人生至此，天道寧論！故人與學侶在鐵幕中過了「求生不能求死不得」的尚不乏其人；死者已矣，生者何如？那麼我之寫「感舊錄」，其感慨又何能已於懷耶？

王泉笙先生

記得民國二十七年夏，余避寇氛由鷺島間關來香江，當日有「竄粱鴻於海曲」的徬徨之感。於是乃馳緘托黃師清玉向王泉老介紹菲島僑校教席位置。事經數月，始由泉老以普智學校聘書招邀來菲，泉老於聘書發出後始對校中同事宣佈。余來菲後，學校已開課。老人家就帶我入課室。當年普智已辦初中第一二年兩班。當上第一課之先，泉老留余於課室外，當面叮嚀一聲：「你懂得「管」學生嗎？管教管教，不能「管」就不能「教」下去了。」我當時傾聽之下，不知所對。自問：二十年來從事教育，所獲得的明訓此是迅雷的第一聲。落後，我即恭請泉老幫同入課室管教去。他居然危坐課室中上了一課；散課後頷首而退。

在分配課程時，泉老一定要我教數學。他翹起大拇指說：「咱們尋源書院的學友數學好，我曾經在泉州教過代數的呀！」我聽了之後，不寒而慄：因爲我在中學時代代數的成績最壞，──平均只得四十七分。雖曾算到解析幾何，那簡直是烟雲過眼，不留痕迹。我只好強辭婉謝；最後才換來「植物」一科。這一科，在生物學課曾念過一年，但已模糊影響，記不清了，惟尚可準備得來，畢竟有「醜婦見翁姑」的隱痛。

我就辛辛苦苦地上了一學期的植物課；一到了最後「植物與人生」那一章，教得特別起勁。事後思量，不禁暗笑；但却也已盡所能，總比數學容易得多了。

初入蠻荒，置身客地，生活上有種種的不慣。普智學校原有教員宿舍，一時難借得盈尺地，只好在外頭另賃棲身之所了。泉老看到這種情形，就對我說：「現在是雨季，你往來不可坐馬車，多花費，不如備雨傘，一面可避雨，一面可當拐杖用，並可防惡狗。」我只好心領。又想到他出門時往往是力行「安步當車」的古法，也就聽話，購得布傘乙把，出入提攜，學學英倫三島紳士們的風度了。

當日本地一家中學要請我去兼課；因爲下午還可撥出兩時的工夫來。我就向泉老商量。他斷然地說：「你剛來此地，水土及風俗習慣是否適合，要自己調劑。比如飲食，冲涼諸事，是否上了生活的軌道，都得斟酌。所以工作不可太多，到一學期之後，生活已能適應環境了，就可安心寫意地兼課了。」

如上述，可見他對於同事中眞會體貼入微，關照備至的。

普智學校雖添辦初中部，終以地點偪促，發展困難，泉老乃有進而創辦一間完全中學的計劃。他就與社會熱心教育人士磋商，籌設中正中學。

當年中正中學籌備的經過，便是先在普智學校樓下入門處陳兩小桌爲報名處，一面四出找校址，一面籌措創辦費，大家分頭進行；其中以尋覓校址最感頭痛，高不成，低不就，而開學之期瞬屆。黃澄秋先生亦籌備人之一，以校址未決，將如何招生？他跟我商量再四，僉謂此時若不正式宣佈，而僅籌備，則俟河之清，人壽幾何，已不能再拖延了。於是我們兩人乃擬就招生廣告，不經過泉老同意，逕交與各報刊登出來。翌日，泉老看見報端廣告，急招黃澄秋先生與我面談，叫苦連天，但又不好否認。我們告以：事旣至此，尚有何說，還是幹到底促其實現。這麼一來，校址才急速決定。事後泉老才噓出一口氣：「你倆眞的要買我的老命呀！」

此事黃澄秋先生每於見面時尙樂道及之，大家相視而笑，莫逆於心。我只好說：「不激不成，激而成之。」（「激」字原應作「革」，此字即「冒險」之義也）黃先生亦以爲然。

到了中正中學遷入新校址之後，泉老亦即移家前來坐鎭，與我的寓所望衡對宇，並謦咳之聲亦可聞。暇日，我輒過他的書齋，品茗清談，時或共商校務。彼此旣熟了，就不拘牽，暢論古今中外的形形色色，言近理而趣橫生。他曾對我說：「令先尊倒很熟，古道可風。二位昆仲到此地來才認識的。我們之間有鄉誼、學誼、教誼、世誼，——我的女兒媳婦都是你的學生哩，而今又是同事，且又加了『鄰誼』。」我驟聞之下，不禁愧悚：蓋非汪洋萬頃陂的氣量不能體會及此。

泉老與我，有時也曾因意見不合而爭論起來，幾乎不歡而散，絕裾而去。惟事後又雨過天青，了無痕迹；並且安慰我說：「老弟說得對！」這使我更加難過，非「言外得中和之氣」者又安能臻此？

憶泉老雖在病中，尙課諸孫兒誦讀。有一天，我與他閑談，他力疾而起，往小庭洗滌兩方古硯。我陡然有懷，就想要向他求一件紀念品，就問他何必自己勞動。他說要教孫兒習毛筆字。我就順便說：「我可以另購一方普通硯來換得一方古硯以留紀念否？」泉老慨然持「阮氏家藏硯」贈給我。我一時無以報，只好裝以細木盒，置之案頭，朝夕對之，如仰先賢，如晤故人了。

對於此硯，擬刻硯銘，苦無良鐫工。迨他逝世旬日後，曾擬一銘，辭云：

「維研經室之故物兮，乃太原王氏之所貽，摩挲古色秋光而珍護之兮，我將如何載耕而載耘之。聽日暮山陽之涼笛兮，我將揚筆撫硯而長噫。嗚呼！是阮氏家藏之硯耶？是峴山墮淚之碑！」

以上所云，乃係私誼。迄今「泉笙文教紀念館」落成了，高山景行，邦人瞻仰，文化教育，廣被南溟，君子之澤，百世不斬，韓陵一片石已堪共語，而況十里端溪方尺泥耶？憶泉老在病榻中，曾對我微喟地說過這句話：「老弟啊！人在人情在，人亡人情亡！」我驟聽之，幾欲淚下。泉老已矣！言猶在耳，而今而後，吾將體會到他的話是否靈驗：因為他在世之日對僑界已留下了不少的人情！

於王泉老逝世兩年又七月之後，余始寫此篇實諸紀念特刊，寸心耿耿，有懷萬端：是蔽芾甘棠之思耶？是山陽鄰笛之愴耶？不得而知。然回顧過去，盱衡來茲，似應不無話說。又況諸位學棣主持編印特刊者，屢次叩門坐索，不獲已乃乘國慶紀念得一日閑之暇，倉卒書此篇付之，詞之工拙非所計，惟念舊傷逝之情，曷能自已？

61 鄭漢榮先生

鄭漢榮先生

鄭漢榮先生逝世已逾四週年了，迄今追維往昔，其高風遺愛尚縈諸衷曲，令人景仰不置的。

先哲有言「三代以上，惟恐好名；三代以下——惟恐不好名」。誠然！今人行一小善，惟恐人不知；施一小惠，則喧動鄰里，所謂「人前念佛」，固滔滔皆是；惟獨鄭先生則否，他一生做過不少慈善公益事業，但絕口不提，所謂「施人慎勿念」者，先生有之：斯蓋亦「今之古人」哉！

我於民國二十七年冬來菲，始與先生會面，其後往來頻仍，視同自家人。迨中正中學創辦之日，先生慨然捐助自然科學全部設備，而學校經常費亦竭力支持，毫無吝色。其後倭氛南侵，先生之企業財產蕩然無存，且身羈囹圄，性命朝不保暮；但先生處之泰然，良以宅心長厚，生死置之度外，一切隨天賦與，終竟獲釋，亦可謂邀天之福矣。

先生待人以誠，和藹可親，平生不見其疾言厲色，而樂善好施之懷不倦。有一次他曾問我過：「辦一間中學到底該多少設備費及經常費？如果我自己來創辦一家學校你看如何？」我聆聽之下，一時不知所對。最後只有告以要先有了校址，至於內部的部署則按步就班，不難漸入佳境：於此可見其抱負了。

戰後，先生即致力於重興故業，不數年即恢復舊觀，而對於教育事功之贊襄，仍本初衷戮力以赴，對中正中學及嘉南中學兩校的物質上的支撐繼續不輟。爲了校務，他曾經親自到我的寓所來勸解。「王前士前」，恭謙禮讓之風，試問今之僑領有幾人能做得到！

記得戰前，先生曾在市外築一別墅，落成之日，他曾對我說：「你不必行繁文客套，只要有一幅題詞送過來，好掛在廳事前留個紀念，那就得了。」當時我就仿柏梁體寫一首古詩，托李根香先生揮大椽筆寫就中堂乙幅奉送，他就掛在大廳上。其後園林易主，經過兵燹之後，此幅恐已化爲雲烟了。那首詩我也不曾存稿，現在已無從記起。對讀書人只索文字上的紀念品，可謂恰如分際，——抑亦可見他的淡泊明志的胸懷。

其後鄭先生年事漸高，且又曾經過一度烽火的虛驚與縲絏的磨折，心力交瘁，終於溘然長逝。當停柩禮拜堂之頃，我曾瞻仰其遺容，無異生前；迨出殯之日，我又趨視其窀穸，藉表哀思：一代善人，從此與世永隔；但其高風雅度，却長留人間。

鄭漢榮先生逝世已逾四週年了，到如今纔寫成此文，緬懷舊情，過能自己。筆而書之，一則欲表揚幽光潛德，再則欲起儒立頑，知道人生畢竟爲善最樂，而善門固不妨常開也！

吳宗明老先生

吳宗明老先生逝世已逾兩閱月了，老成凋謝，痛失元良，對於黨國及僑界言，殊令人興山頹梁壞之感。南國之濱，岷江之上，黨國元老所存者已無幾，自王泉老歸道山後，迄今已四年，而今吳宗明老先生又溘然長逝；然則忠貞黨國的先輩尚有多少僅存的碩果呢？

據陳清漢先生云：吳老先生於十七歲時即南渡菲島，從事商業，經營擘劃，數十年如一日，迄今隆信印務公司屹立市廛間，儼然操印刷業之巨擘。其後他雖持籌握算，仍手不釋卷，鑽研詩書，對國學日有進益。迨討袁軍興，先生在海外黨報上秉筆大張撻伐，袁氏海外爪牙必欲得吳先生而始甘心，甚而對薄公堂，終獲勝訴。據此，可知先生於當年固一員革命戰士，故他能在黨國建立功勳，於逝世之日且獲中央明令褒獎，良有以也。

吳老先生對於文學的素養，雖靠自修的功夫，想亦於少小時在家塾打定了根基的。我曾看到他題陳清漢先生春郊試馬圖兩絕句，即錄之於左：

聳耳騰蹄騁綠茵，斜風細雨不揚塵。桃花楊柳春和裏，策馬郊原自在身。

生平絕技少人知，養馬還曾號馬癡。妙肖傳神圖畫上，賺來詞客競題詩。

感舊錄64

右兩首絕句，讀來婉轉恰切，一轉一放，如珠走盤，朗朗上口，風韻悠然。於此可見他學力了。

所以吳老先生不但是一員革命戰士，也是一位潛修的讀書人。

當岷市光復之後，都城一片荒涼，雖兵燹之餘，吾僑對於重興故業，仍不遺餘力。是時尚慶生存諸同志認爲欲在海外喚醒國魂，振大漢天聲，非仗宣傳不爲功，爰於物質極度困難中出而組織中正日報，邀吳老先生共同籌措進行事宜。他乃賈其餘勇，秉其過去辦報的精神與毅力，中正日報終於出版了。當日我也厠身編輯部操筆政，得到吳老先生的策勵贊襄，先後三載，不遑寧處。其後因社會秩序逐漸恢復，各奔前程，重理舊業去，而中正日報也就停頓了。

對於報社的善後問題，還是由他老人家出來措置處理。他能有條不紊地理得清清楚楚，可見其精明細膩的治事功夫。

吳老先生老來患心臟病，息影市郊外，別墅一隅，灌園蒔花，以樂餘年；然尚行有餘力，以閱讀報章，觀察世變，可謂「烈士暮年，壯心不已」者。他於閱報時，知道我在「筆談」裏談到新舊約經典難找到文理譯本，於是他就檢出兩種漢譯本的新舊約全書由他的千金麗君女棣帶來送給我，其一册爲新舊約全書（文理譯本）。我於拜收之後，驚喜欲狂，——其驚喜的程度不下於得到元明古籍。於是馬上重新裝訂，陳諸案頭，珍若拱璧。

王泉老贈我阮氏硯一方，吳宗明老贈我經典兩卷，暇日，展卷執筆，覩物懷人，感舊之情，愴然曷已！

當吳老先生停柩於聖公會禮拜堂之夜，即招三弟入會堂一憑其棺，瞻視遺容，沉默無言者久之。俗語云：一棺附身，萬事皆了；他雖已永息塵勞，從此長埋黃土，但長逝者魂魄，而永存者功業，——七十六年草草人生，蓋已不草草地虛度了！

關於吳老先生畢生事蹟，既有中央明令褒獎於先，自有傳記編留黨史於後，固不必待我繁贅；此文只能把彼此間私誼拈出，——所能道吳老先生的言行者也只限於此而已。

柯伯行老先生

柯伯行老先生逝世已經年了，到現在我才寫此文，不勝老成凋謝之感！而我之獲親炙柯老先生，則始於鷺門燈謎勝會。

憶十三歲時，先君子應鷺門泰關堂會之聘任司鐸之職，全家即從螺邑移居白鷺洲來。其時鷺門文風鼎盛，雅集頻繁，春秋佳日，設宴延賓，分曹射覆，逸興遄飛。適有陳氏塾師，擬謎語數十條，揭諸街壁求教。先君子雅好此道，偶試爲之，億則屢中；而遠近人士踵塾師之門對坐推敲者，亦大有其人。於是本「以文會友」的古誼，不期而遇，邂逅相逢，興趣既同，倍覺親切，僉謂鷺門春鐙雅集有提倡之必要。乃由陳厚庵老先生出而聯絡組織，而萃新春鐙社遂爾成立。

當日入社者有何榮試、李繡伊、盧蔚其、林桂舟、陳萬臻、柯伯行、李實秋、袁中甫、余少文諸先輩，先君子亦參與焉；而後起之秀則有謝雲聲、陳佩貞二氏。柯榮試先輩乃柯伯行老先生之叔，爲鷺門一代經師，李實秋則以「六才」擅勝場。

萃新社既成立，勝會就多了。一年中如元宵、清明、端午、七夕、中秋、冬至皆有集會，會所可以假座僧舍、道觀、學校、廟宇，東道主由社友輪當，務使張燈射虎的場合沒有間斷。當日我若不礙正課，就跟着先君子前往湊熱鬧，正如矮子觀場，隨聲叫好。有時

感舊錄 66

在棚前徘徊張望燈謎之外，或聽到猜中的鼓聲——「通、通、通」，乃私叩先君子以靈機妙竅所在，亦有所得。歸來後輒翻檢經書及詩集，反而獲溫故知新之益，總比博弈猶賢的

有一次，正是柯老先生輪值燈棚東道主。他製備猜文兩百條，假座西庵宮，折柬遍邀社友前往會獵（社友以猜謎爲「射虎」，故稱）。到開場時，柯老先生往往徘徊棚前，遍向社友招呼接應；遇有比較曲折的外文，他必在旁略加提示以啓其竅，到猜中後，一聲「報鼓」，滿堂歡呼。這時柯老先生又加以解析，一時賓主交歡。其後我就體會到燈謎東道主的心情：既怕人家猜中，又苦人家猜不中；正如飲人以酒，怕客人鬧酒，又惟恐座上客之不醉。

鷺門燈謎雅集，在這時期最盛。其後社友或溘然長逝，或移居他方，勝遊遂爾消歇；其尚留鷺門的猶常扶笻曳裾相過從，對此會友道義，老來彌篤。

其後柯老先生應聘來菲司商會文牘，而我亦於民國二十七年冬間關南來，又獲相逢於岷江之上。戰前曾在東方俱樂部開一次春鐙會，他對燈謎雅興尚不減當年。我曾提及當日在鷺門的射虎往事，彼此均有不勝今昔之感。迨光復後，又曾在洪活源先生別墅再舉行一度春鐙會，柯老先生備數十條猜文張貼棚前，我亦製二十條獻醜。他不禁憮然地說：「春鐙一道，恐將消歇，吾輩應激揚之，毋使作廣陵散也！」我乃告以在學校游藝會節目曾舉行數次，學子殊感興趣，他撫掌說：「吾道其南，傳有衣缽，亦可慰令先尊在天之靈矣！」我於遜謝之餘，又憮然久之！

柯老先生爲遜清茂才，經學詩詞，沉浸湛深；又能「游於藝」而耽春鐙，爲鷺門謎壇之一「虎」。且和易近人，誨人不倦，故岷江南薰詩社諸友推之爲盟主，海外詩壇，時振大漢之天聲；柯老先生之功爲不可沒。終以年事既高，又身經兵燹，而故國山河破碎，垂

老海上棲遲，大數旣盡，就無可挽回了！

我之所能寫父執——柯老先生者，言盡於此。復念及當日萃新社諸前輩，知其碩果僅存者尚有李繡伊老先生在焉。

林和清先生

林和清先生福建平和縣人，林語堂學長的四哥哥當在編「宇宙風」時別號「憾廬」，於是時人知有「憾廬」，反把他的眞姓名沖淡了。

大抵是民國二十年左右，他任鼓浪嶼民鐘日報副刊編輯，我於那時才跟他認識。不過此中却有一段文字因緣在。

憾廬先生對於詩歌及音樂曾下過苦功夫，——尤其是對閩南民歌更爲響往。他在民鐘報社工作時，時聞排印部手民哼民歌以抒情舒困，先生即倚聲譜入，清越宛轉，悠然入耳。有一次在途間相逢，他即班荊道故，絮談閩南的天籟——民歌，並低唱兩闋。當日我曾把小時外婆教給我的民歌詞句抄幾首給他，他引爲大樂，就約我到報社閑談去，從此彼此間往來就頻仍了。

他在民鐘報副刊上闢專欄談詞，清言娓娓，老嫗都解。我曾把李白菩薩蠻詞中「長亭連短亭」一句有的版本把「連」字爲「更」字的請教他，他即把版本、詞譜、詞義原原本本地指引出來，然後下斷語。這種治學的精神，在朋輩中何可多得？

我與憾廬先生的文字因緣即由此而締結的。

他與季弟有姻婭之親，有一年元旦，我與季弟入漳州登芝山赴尋源書院校友大會，就寄宿在憾廬先生家中。經三宿才歸來。

他雖是平和籍，但在漳城置有第宅數進；門雖近市，而果園殿於宅後，木蘭、薔薇、紫藤諸花樹棚架，錯落有致。龍眼、木瓜、荔枝、柑橘諸果樹，紛披離立；其中以數株貢柑，尤視爲僅存的碩果。

時丁農曆十一月底，天氣嚴寒，屋頂凝結霜華，厚及半寸。曉日初升，霜華融化，滙爲簷溜，滴瀝而下。又況屋近芝山，在仰止亭之下，寒威比海風爲尖銳，侵入骨髓，令人瑟縮如藏繭中的尺蠖。憾廬先生黎明即起，泡「工夫茶」相饗，佐以漳城餅家名品「烏蔴糕」，入口極爲清脆。他又從後園摘來貢柑數枚，大如拳，皮色作鶴頂紅，蒂間猶帶霜華，擘開細數，每枚六瓣，漱口後才嘗牠，香似橙，甜如蜜，入口時瓊液洋溢，沁牙齒無絲毫酸味。憾廬先生說：「貢柑漳城已不可多得，藝圃老農多斫爲薪，移潮汕種代之。我的園中留下數棵，近牆邊，避朔風，故果實獨存。」我喟然地說：「此尤物原是官家禁臠，與妃子笑同爲貢品。專制時代帝王享受的珍品，祇今平民也可以陳諸几案上了。共和之可貴即在此！」大家相視而笑。

在三天的短短時間，我與季弟白天赴會去，晚間即在林家偎爐撥灰侈談詩詞與音樂的關係，有時在爐畔哼起山歌水調來，彼此皆感到有「剪燭西窗」之誼，「以文會友」之樂，以後，就很少跟他見面了。

民國廿七年夏，我倉皇南渡，遯跡香江，半載後才輾轉到菲島來。當時「宇宙風」移往桂林出版，憾廬先生也間關往桂林去，並且主編該刊。以後關於他的消息，就無從知悉，只能在「宇宙風」上看到他的文字，對於民歌尚屢屢談及之。

經過抗戰，人事播遷，一切都變了。對於憾廬先生的死生，已無從致問，惟知他已化爲異物。先生的介弟林幽先生在菲島，乃致函詢問。他回示，說是「先兄和淸於民三十二（一九四三）年二月三日晨病卒於桂林，有二子，現在台北報界及黨政界任務，一女現居香港，無善足告」云云。

桂林山水甲天下，白骨青山，相得益彰「楚客微吟上峽謠」，於月白風清之夜，魂去魂來，可能幽吟山歌水調，或望鄉之詞，海外故人，當剪紙招之，夢中逢之，相與話平生未了的因緣也！

王新秀先生

南來菲島先後計廿四載，所與交遊的大都是文教界中人；至於商界中鉅子，而能古道照人，推心置腹，以誠相與的，就是王新秀先生了。

王新秀先生任馬尼拉中正中學常務校董，於王泉老逝世後，臨時組織校務委員會，他毅然出來任主任委員，身當艱鉅，主持大局，先後計三載。對於校中敎職員福利及一切應興應革事功，不辭勞瘁，擘劃周詳，各方面交受其利，且足留爲後人法。至於對其他僑校的贊襄，亦莫不悉力以赴。

先生於運籌握算之餘，不忘吟詠，曾參加南薰詩社，每與社友唱和，必殫精竭力以赴，咿唔呫嗶，聳肩推敲，肯下苦吟工夫，而性情格調，却自磅礴洋溢於字裏行間。如其「小樓夜坐」一律：

夜色凄涼氣欲秋，思潮起伏竟難收。浮雲眼底都成幻，逐客聲中尚滯留。塵世幾時銷劍戟，人生無計泯恩仇。仲宣作賦懷鄉土，我亦憂時一上樓。

又「歲暮」五律一首云：

老去分除惜，登樓感歲闌。客居誠不易，國步正艱難。除夕明朝至，三冬此夜殘。何時方撥亂，長飮一杯乾！

右兩律，不但字句工穩，聲調鏗鏘，而憂時憤世，去國懷鄉之念，也凜然感人：「烈士暮年，壯心不已」，先生有之矣。

猶記得四年前，新秀先生曾約我到大東茶室品茗去，當茶香繞座，高談轉清時分，先生即出示絕句數首，當筵共同吟哦，還憮然地說：「幼旣失學，老亦何爲？趁有餘之歲月，略讀古今詩篇以自娛，至於寫成篇章，則吾豈敢？」其謙虛的胸懷，令人心折；若讀上舉兩律，已蔚然有所成就了。

當先生任中正中學校務委員會主任委員期間，時常到校中視察，對同事慰勉有加，可謂能力行東道主待西賓之古誼。世之擁鉅資者，趾高氣揚，目無餘子，只知「士前」詎能「下士」？惟先生能之。世之豪門大戶，只圖一已之逸樂，自奉甚甘，詎知分與衆共？惟先生能之。故先生之風，足以起懦立頑，而其剛毅正直之氣，亦感人至深。

秉此正氣，再耽詩詞以樂餘年，應克享上壽，誰知才踰杖鄉之年，數個月沉疴，遂爾不起，天不永其年，爲之奈何？

如今拜誦先生之遺作，「客居誠不易，國步正艱難」，終未能「撥亂長飮一杯」，想王師北定中原日，其子若孫當能於家祭時告乃翁；則余此篇亦可剪下當招魂之旛的。

篋中有先生贈我鋼筆乙枝，案上有王泉老贈我阮家硯一方，當伏案走筆時，言念二老，有懷愴然；而先生之古風故誼，固永留胸臆而不能自己也！

五一、六、廿三。

李根香先生

歲在壬寅，四月七日，李根香先生病逝於菲京華僑崇仁醫院，越四日，安葬於華僑義山之原。其時我正入台，既不能於殮時憑棺一瞻他的遺容，窆時，又弗克躬臨其窀穸。冥冥中深負此友矣。嗚呼！相如病肺，經年而難痊，昌谷嘔心，終身而不悔，迹平生之交誼，抒感舊之悲懷，人海茫茫，不知涕泗之何從也！緬想舊情，髣髴如號，太上忘情，前既有古人，餘則待夫來者，情之所鍾，斯有此篇。

× × ×

民國廿七年冬，我應菲島普智學校之聘，此中經過不少周折，才於是年十一月三日抵岷尼拉。隔天就挾册上課去。

本來「新客」入境，就翻成童養媳，依人簷下，仰鼻息，勢所難免。又況當日乃以「難民」的身份而厠身於所謂搢紳先生之林，自己抱有「齊大非耦」的隱痛，而他人也存有「羞與噲伍」的歧視，終日畏葸忸怩，幾乎無以自存。一進校門，枯坐休憩室，看那迴廊曲房，閉關加鑰，上下樓相逢的，輒以白眼相加，誰復前來打招呼？即食宿之地，也得寄托他人門下。孤舘異鄉人對此，只好低頭飲恨，仰屋興嗟罷了。

但，十步之內，必有芳草，十室之邑，必有忠信；我雖竄逐海曲，未始無聲氣相投者。經過一來復的人事磨折，環境壓迫後，爰有同事李根香先生怡然地招邀我到他的寢室中去。課餘伏案對床，縱談今古，客居生活，遂爾不孤。

× × ×

根香先生的寢室，便是書齋，——且可以在室中揮毫治印。室中圖書數架，大都是碑砧、印譜及歷代詩集。窗櫺間籠鳥盆魚，生趣盎然。當中我就看出他對於文學藝術的素養工夫。不過初次訂交，大家客氣些，言談間只涉及詩詞方面，至於藝術，我則不能贊一詞。

終於有一天他伏案錄出一截句相示，其中有「柳絲」兩字。當日我於吟哦之後，告以能換爲「柳緜」較佳。聲調也較響，他沉吟一下，我再告以「絲」字陰平，「緜」字陽平，「柳」字上聲，上聲而綴以陽平字，讀來就覺鏗鏘；又況陸放翁有「沈園柳老不吹緜」之句。他拈毫改成之後，敲案低吟一過，連忙頷首。從此之後，大家有暇，即促膝談詩了。

所以我與根香先生訂交的因緣，即起於「柳絲」與「柳緜」之間。

× × ×

先生寫詩、治印、臨池，肯下苦功夫。於寫詩時，一句一字絕不苟同，推敲斟酌，至於廢寢忘餐。我曾戲言說；「君家有長爪郎旣錦囊尋句，嘔盡心肝，豈亦欲步趨之耶？」他笑着說：「我輩中人雖不希冀立名山事業，但欲吟妥一個字，遑惜聳幾下肩，擁幾下鼻，撚斷幾莖髭耶？然則爲苦命詩人不恤也！」尋味他甘苦有得之言，就可以明白他苦吟的工夫了。

對於治印及臨池，有時是有求必應，與人方便，但間亦出之以矜持，非仗故交的友誼去動他，他是不肯輕異奏刀揮毫的。他曾爲我操鈍刀鐫劣石治一印，古拙可愛，又曾代我以楷書寫賀鄭氏新居柏粱體詩乙首於冷金箋上，細磨細琢，極具匠心，而今先生已矣，這兩件紀念品於兵燹之後已蕩爲雲烟了！

自從他任溪仔婆中西學校教席之後，幽齋一再，而臨巴石河，繞屋花木扶疏，四壁圖書滿架，擁文房四寶以自娛，有終老是鄉之意，彼此晤對的機緣也就不易，並街遇亦難能了。雖說咫尺天涯，惟念舊之情，猶不減疇昔：他曾投我以羊毫摺筆，我則報之以水印詩箋；同聲相應，同氣相求，並不拘乎聲音笑貌間的

× × ×

根香先生的詩，先則沈浸於宋、清兩代，老來遂專攻元遺山集以張其氣魄；旣出於苦吟，篇章就不多，却能傳出眞性情，而去國懷鄉之念固未嘗去諸懷抱。曾自選「春蔬樓吟草」一卷，寄存於陳鴻禧先生處，即借出摘錄數篇於左：

一、寒食清明近，歸家記昔時。故園春正麗，此物最相思。

二、愛子心無盡，園蔬著意藏。年年歸有信，祇爲菜根香。

——題寒菘圖——

欲寄家書下筆難，撫今追昔膽猶寒。三年已向愁中老，萬事應同夢裏看。剩有寸心終磊落，好憑尺素報平安，懸知青鳥銜來日，白髮高堂一笑歡！

——寄家書——

百年難遇歲朝春，甌北風傳紀令辰。大塊奚分人與我，一杯自勸主兼賓。少經貧賤常爲客，久廢晨昏愧此身。悵望海天家萬里，稱觴何日綵衣新。

——癸未元旦立春感賦用甌北庚午元旦立春韻——

且醉尊前現在身，生還敢復說艱辛。懸知泛海歸來日，喜極呼兒是老親。

——留別四絕之一——

右數章，對於家國之懷念，及不匱的孝思，於詩歌中流露出來了。

他曾寫「春日偶成」一絕寄來索和，那時我正動鄉關之情，彼此間遂賡續唱和之樂。

原作云：

江城日日咽悲暮笳，更値春來苦憶家。一樹刺桐紅似火，窗前徧著故園花。

我於讀後，亦勾起憶家的心情，即用元均報以一絕：

粉堞危牆咽暮笳，三年去國已無家，遙知鹿耳灘頭路，凍雨桃開一樹花。

他在海外所掛念的是那刺桐花與瓜棚，我却神往於洞天下鹿耳灘頭的潮聲與短牆外的碧桃樹，覩物不同，而興懷則一。

× × ×

近數年來，先生高堂棄養，旣愴風木之悲；神州陸沉，又縈鄉關之夢：蕭瑟抑鬱，憂能苦人，先則廝守藥爐，繼則纏綿床第，終竟溘然長逝；圭峯先生已歸道山，今後談詩說劍的友朋，又弱一個了！

歷敍舊情，三步腹苦！根香先生幸有春蔬樓吟草及印存可以傳世；而其文郞亦園居於考古學有所成就，家學不至於及身而絕。陸放翁每嘆家世無年，長輩壽不及一甲子；先生享年六十有二，雖弗克躋上壽，而在世之日，亦不在古人之下焉。寫此篇畢，望窗外天末，星影搖搖欲墜，而感舊傷逝之懷，猶縈繞胸臆間而不能自已，然則有夢，已菲平生魂矣！

五一、六、卅。

附錄

《莊克昌詩文存》憶舊文輯錄

目錄

憶及故園聖誕夜

應在廿四年前的吧，每逢十二月二十四日夜晚，朔風凜烈，夜氣森嚴，必得犯夜衝寒到四處遊衍一週，到四更天才回家尋夢去，——說是「報佳音」。

我蟄居鼓浪洞天之下，垂二十餘年，彈丸小島，宗教的氣氛極爲濃厚：好比星期六屠宰場得宰了十頭豬，菜市於夕陽西下時節得開夜市，以便信徒們採購；一到星期日，他們爲守教條，大都全日休息，不做買賣。擧一反三，那麼對於一年一度的聖誕節日，當然更爲哄動一時，踵事增華的了。

× × ×

十二月廿四夜，三更向盡，便有各教會學校各自組成的「報佳音遊行團」，數十成群，沿街巡行，向親友門口高唱慶祝聖誕的詩歌。各行列中高擎蠟燭，沿途歡呼；甚至有的連風琴也抬出來伴奏。各行列在戶外歌唱宣口號時節，主人必得打開窗戶報以歡聲，或燃爆竹以答報嘉音的美意。比較體面的大戶，於廳事前高燒銀燭，盛陳餅餌水果茶湯，還要開中門請他們登堂進茶點，主客盡歡。既畢事，全隊又顧而之他。如此歡娛慶祝，有時到天破曉才譁然而散。

有一年聖誕節，我忽地奇想天開，不自量力，打腫臉兒裝胖子，也購備了五十枚福橘，並略具茶點，打算於報嘉音團臨門時招待一下。詎知這一夜的團員滙成一枝龐大隊伍，人數約在兩三百人之譜，麕集戶外，把「聖善夜」的歌兒唱得震天價響。山妻聞歌聲矍然起視，從窗簾縫兒朝外張望，覷得戶外人影憧憧，「呀」地一聲，把我按住，悄悄地耳語說：「不得了！事體十分嚴重，五十枚橘子怎好分給兩三百人？你可有耶穌以五個餅兩尾魚分給五千人還剩十二筐的法力嗎？黑夜裏還是不要拋頭露面好！」閫令森嚴，我只好「謹遵台命」，馬上却入房中，屏息以待戶外的動靜。結果由山妻打開窗門說聲「謝謝！」，才打消了一樁聖誕夜的公案。傾聽歌聲已遠了，才彼此對覷噓了一口冷氣，還惹來山妻一陣埋怨。從此懲前毖後，於聖誕夜再也不敢作非非想。

以上可以說是我平生最引爲慚愧的一回事，迄今寫來尚有餘悸，事後思之又不禁啞然。

× × ×

聖誕夜敎堂中每年必開一次讚美會，歌詠團的團員是挑選各校對於音樂有素養者組成的。一提到音樂的素質，吾終要推敎會學校是較有訓練的；因爲以敎會學校的宗敎生活言，早晚有崇拜會，星期日上下午得到敎堂去，而且每星期最少有兩次的聖樂訓練，不但口誦，還要心維，邊唱邊聽，潛移默化，久而久之，對於抑揚頓挫的神理，大都能夠體會得出，非關天才，抑亦環境使然的。

聖誕的詩歌，於「聖善夜」一闋可說是不朽之作，但能唱得恰到好處的可就不容易。我在鼓浪洞天之下數十年，只有一年在敎堂中聽到唱這一首最爲滿意；以後寄寓海外十餘年，每逢佳節，時常聽到唱同樣的詩歌，而要哼到如前此那種「如聽仙樂耳暫明」的樂聲，便難於上青天。所以普通的宗教詩歌容易唱而難得好。——又況其中有不少已變質的了哩。

× × ×

尚記得有一年的聖誕夜，覺廬、音林與我於入敎堂赴讚美會之後，二更向盡，夜氣嚴寒，乃相將入小館子，開五加皮一大罇，呼來煎蠔餅一盤，三人對酌。寒威雖略減，而酒興正濃，乃再開兩罇，復佐以蠔餅，座上載談載飲，不覺盡四大罇五加皮罄三盤煎蠔餅，至是三人才狼狽相依地把臂擠肩而行。途間但覺街燈分外光明，夜氣特別淒清，蹣跚彳亍，穿小徑，越高崗，不知路之遠近，也不辨明方向，更認不得家門了。我們仍是把臂擠肩前進，途間彼此均覺得有醉意，却又交口聲明「不醉」。大約已近四更天，酒力似已多少失却權威，才逐漸蘇醒過來。覺廬居東山之上，音林寓所在筆架山之巔，我則住於古榕樹下。彼此在路左乘醉意商量，理應歸去。音林必欲送我倆歸家，我倆一定要送他返寓。於是三人又在路上拉拉扯扯，揖讓多時，突聞雞聲唱曉，晨光熹微，彼此相視，陡然大笑，才揮手道別，歡然而散。

二十餘年前往事，祇今回味，彷彿如昨。自問平生酒事，於此次爲最酣暢者，如今已無此豪興了。覺廬早歸道山，音林緣慳一面，當聖誕佳節，寓樓獨倚，百感交集，欲如當年在孤島上晤言朝夕，杯酒論文的那種生活，可已成了隔世了！

× × ×

山陽橫笛，天末涼風，感今追昔，無限悽愴。歲聿云暮，窗外時焉傳來「聖善夜」之歌聲，敎我如何不憶起當年故園此夜的風光，又敎我怎不動了生離死別之情？但願鐵幕蔽破，竹簾揭開，江山無恙，我克重回，再賡舊夢；可是，生怕江山依舊，而人事已全非了！海天浩渺，我勞何如！

林語堂在廈門

林語堂的籍貫雖是龍溪，但他生長在平和縣，却又在鼓浪嶼受中等教育。他是閩南尋源書院第一屆的畢業生，其後升學上海聖約翰大學，而留美。返國任清華、北大英文教授。再轉而留德。於是由學士而碩士而博士，扶搖直上。其後南來應廈大之聘。任文學院院長。

他與魯迅同時南下。這其間北大方面的教授如顧頡剛、張星烺、陳萬里、羅常培、孫伏園、章川島、章衣萍……等，連翩南下，而且還順手帶來整百名的大學生。——大學生往往是跟教授移轉的，所以就不遠千里而來負笈於廈大了；連北大國學院院長沈兼士也曾到廈大長國學院，但不久便北返。這一個時期，可算是廈大的黃金時代。可惜花不常好，月不常圓，未及一年，學潮旋起，所謂黃金時代，也不過曇花一現耳。

當時廈大校長林文慶之所以重金禮聘這十幾位名教授來廈大，實也有意把這一座閩南最高學府整頓一下。乘這個機會，還成立了國學研究院，院所假於生物學院，每月經常費六千元。林語堂既長文學院，復兼國學研究院秘書長。如果從此順溜幹下去，那麼廈大文科，定有可觀；而且諸新教授，十八般武藝齊全，聲勢當然十分顯赫。這麼一來，未免招來同事中的疑忌與嫉妒了。此際廈大理學院院長是劉樹杞，教育學院院長是孫貴定，兩氏就聯合其他學院暗中反對，先從裁減國學院經費入手，然後再減少該部設備費。林文慶既被這兩院所要挾，弄到無可奈何，只好從國學研究院經費酌減了。這一點使林語堂便有幾分不滿；這是學潮的外感。

但廈大第二次風潮的起因。却有其內幕在。當時從廈鼓婦女界中發出一種流言，說是林文慶乃醫學博士，任醫科主任却可，任校長則才力太差；其所以聘請林語堂的原意，是準備要把廈大校長這一席讓給他的。自從這一道空氣放出之後，林文慶倒不在意，獨其夫人則大大不甘，乃運用其外交手段向婦女界絕對否認，連聲闢謠。林語堂夫人亦非易與者，當然亦作防禦戰；變起蕭牆，患生牀笫；這是學潮的內傷。

在此不必得魚忘筌地去多談學潮，急速扯回來說林語堂應變的策略。

林語堂以旣違初衷，大拂衆意，北大派諸教授，亦就忿忿不平；無已，只好發行刊物——「野火」——以寄慨。刊物以「野火」命名，林文慶這一方面已自刺目，而其中如「至善飯店」「塚國絮語」……等題目及字眼，更覺痛心。其後再涉及「義兒」的問題，學潮便如箭在弦上，不得不發了。在此，我並不敍述學潮的如何推動演進，只要着重在林語堂對付林文慶的戰術。可是，文慶却先下手爲強地對林語堂下個「解聘」的下馬威，自是學潮便一發不可收拾了。

林語堂的第一步策略便是聯絡言論界助陣。那時我正在一家報舘裏工作，他終於來報社了，口啣着烟斗，頗有英國紳士風度。他一見面，打招呼之餘，便從篋袋中掏出一束稿件，打開一看，眞是包羅萬象；有評論，有雜感，有記敍文，並且還有插圖；其材料的範圍，有「學潮評議」，有「陳嘉庚魚」，有「林文慶草」；插圖則以「至善飯店」爲題材，繪影繪聲，指槐罵柳，眞是「嘻笑怒罵」，皆成文章；鳳凰麒麟，之於飛走，亦可謂極其洋洋大觀的。其次，再將校長秘書室對於學潮先後發出的文件，眉批夾註，製版付印分發，俾社會上明白。此次學潮內幕的主動者爲誰，咎應誰屬；劍及履及地大打其筆墨官司。但林文慶方面也不示弱，乃假廈門商會召集各界報告學潮經過。

當時頗引起一般人士的同情。此際雙方勢均力敵，公理婆理，莫不聳人聽聞；因此社會上也劃然分爲兩派，一派擁護林文慶，一派擁護林語堂。

如此相持下去，翻成對峙之局，兩不相下，又將如何收拾這一次的學潮呢？當時廈門輿論界正都是替林語堂等說話的，間也有發爲「和事老」的論調；但依那鬥爭的形勢看去，二比是妥協不來的。林文慶旣斷然地來個「解聘」（聘約大概是爲期三年）的對策，而林語堂等也就無意再勉強蟬聯下去，當然是離開廈大的了。可是，解聘既是先出於學校當局之口，那麼履行聘約的義務學校當局也該擔起；這就是結束學潮的癥結所在。

雙方一直鬧下去，約有半月工夫，斯時已迫近五九國恥紀念日，林語堂便乘機表演一齣驚人的絕技來。

林語堂在報上化名僞裝發表其『雜感』之類的調侃文章。——甚而提到『林文慶草』是南普陀僧矢所化的；如此形容，可謂鞭辟入裏，予人以難堪。但林文慶是有鬍子的階級，修鍊的火候已純青了，無所動乎中。而且身爲醫學博士，攝生的工夫已三折肱，不管此草是僧矢尼溺所化，也不冒火。林語堂以急驚風碰着慢郎中，只好暗地裏徒喚奈何。畢竟聰明人心血來潮，終於在國恥紀念日群衆大遊行場合中。表演其眞刀眞槍的把戲來。

在五九國恥紀念日之前數天，林語堂即籌思出一斬釘截鐵的辦法，搜集數十年前林文慶在新加坡當市議員時，借殖民地政府之力以壓迫愛國華僑的事實，依照科學方法整理一下，再運用文學眼光提綱挈領地分條寫出來，印成傳單，大標題爲『打倒賣國賊×××』(Down With Traitor ×××)。其下則很精彩扼要地又標出六項，——就算是『有詩爲證』的六大罪狀了。林語堂自己出馬，扛着一大捆的傳單，昂然入紀念大會場中，紛如雪片地揮汗分發；子弟兵再臨場跑龍套似的呼喊，聲勢排山倒海。今日何日？突來此非常衝動群衆心理之行逕，眞是出人「意表之外」！即「慢郎中」如林文慶也者，到此也不能不心戰膽寒，暗中央三托四找趙錢尋蘇李出來任和事老了。這一次的「自己招夫分贄見」的運動，也許可說是林語堂畢生對事對人的傑作。——即吳稚老於紀念日自作宣言自己分送的那一種老當益壯之精神，還得遜一籌哩。

果然，不出三日。即有和事老出來接洽於兩林之間。條約幸告成立，由廈大支出六個月薪金贍與林語堂，從此二比甘願，各無反悔。語堂當場檢點二千五百二十元無訛之後，藏諸「一皮」之中，然後簽署了結狀，鼓動近匝月之風波，到此才告平息。

署約後過兩日，林語堂即應蔡元培院長電邀，挈眷附輪北上，任中央研究院英文部編纂主任之職。我在鼓浪嶼遇到他，他仍是夾着「一皮」，啣着烟斗，笑嘻嘻地說：「午後輒便赴滬，不及趨辭，恕我就此街遇告別」。那時我也只有手撫自家「一皮」，目送他的背影而已。

附記：林語堂發明過一副中文打字機，係以字部及偏旁上下湊就成文的，曾在美國工廠依圖型製成一架，携歸上海，謹藏鐵櫃中，即故交也不輕易一示色相。據曾眼見該打字機之林氏至戚某君云，比商務中華之中文打字機利便得多。林氏打算取得專利權後，自己設廠在中國製造。其所以拼命出版書籍，蓋爲欲博得設廠一筆鉅款計耳。那麼林語堂之致力於著作事功，亦可謂名利兼收的了。

吳稚暉在廈門

一提起這位吳稚暉老先生，大家應不會忘記了他那廻旋往復雅俗共賞的絕妙文章，與議論風生呑吐大荒的粲花妙舌的吧。在近代的文學史上批評此老的文章，說是很少人能學得到，爲的是有其獨到的風趣。他在法國里昂大學任校長時那幾次應付中國留學生的奇聞趣事，已覺語妙天下的了。

他來到廈門大約是民國六年，——是跟胡漢民李煜瀛（石曾）一起來的。那時我正是中學修業時代，對於他們來廈的目的也不甚了了。他們曾在廈門青年會演講，却也不曾去洗耳恭聽過，就令聽講恐怕仍是不甚了了：因爲那時我才念舊制中學第一年哩。

其時粵軍入福建駐漳州，稚老之所以道過廈門，乃是路程必經的，是應陳炯明（當時尚未叛變）之邀來漳講學——推行國語運動、鼓吹注音字母——的。其所以必逗留廈門多天，爲的是特別來訪晤他的老友盧贛章先生。這位盧老前輩對於注音字母曾下了數十年的苦工。終以他是閩南人而被排擠，但目下通行的國音符號中有十幾個是他創作而被採用的。

盧贛章先生住在鼓浪嶼內厝澳一間小樓上，家無長物，而架上排滿了「五車韻府」、「廣韻」、「康熙字典」，以及各種的辭書類書。他一封信寫得不大通順，但漢英字典上任何奇難字眼，訓讀音解，無所不通，無所不曉。當時稱他爲閩南天字第一號的「字典架」。吳稚老親身到小樓上去見他，二老班荊道故了半日，幾乎有「不知老之將至」的神氣。當時稚老看到這位老朋友如此蕭條，有動乎中，露出相助的意思。但盧贛章先生性情極其孤峭，一介不與人，一介不以取諸人，嚴詞婉謝。最後才招他一同到漳州蹓躂蹓躂去。結果稚老在漳設一中華國音講習所，聘盧老去擔任所長：這是吳稚老對故人敦友誼的一段事實。

盧贛章先生歸道山近廿年了。稚老還時常馳信問盧夫人起居。我寓鼓浪嶼時與盧老小樓相距百步而遙，且也與此老作忘年交，所以知道一些關於此老的生平，稚老於寫我國注音字母發展史時屢提及之。

吳稚老道過廈門時，大抵無甚印象，可是只神往兩件東西：一、閩南的甘蔗；二、廈門的油條。他曾對人說起：閩南的甘蔗極鬆脆，汁多渣多，且帶有冰糖的味道，北方的竹蔗萬萬比不上，可說是閩南特產之一。其次是廈門的油條，既香且脆，入口欲無：這是搓揉均勻的工夫與火候的關係，北方的油條有時滲了糖又不鬆，便覺遜色。不意從事麵食人製的麵食品反此不上吃米的，眞是咄咄怪事！

關於吳稚老在廈門的經過，只能談出這麼一些兒，老當益壯，矍鑠是翁，那時他以逾古稀之年，頭童齒豁了，閩南的甘蔗老是鬆脆清甘，老夫無齒，他老無福消受，只能切細塊入口徐徐吟味之。獨有油條，入口欲無，囫圇吞棗，觀我朶頤，——而「老饕」的體物心情也就滿足了。

太武巍巍，鷺水滔滔，緬懷國老，言念元良，浩然正氣，因長留人間，而偉績軼事，亦永垂青史。迨王師北定中原之日，稚老在天之靈有知也應拈髭笑慰也！

林主席在廈門

從前翻閱畫報或紀念刊，往往會看到故林主席的尊容。他，那副尊嚴慈祥的容光，配了一部銀白色的鬍子，再戴上一對沒有邊沿的眼鏡兒，望過去不用說是岸然道貌，而且眞配任泱泱大國的元首！

林主席對於黨與國的功績，備見簡册，名垂青史，吾人固不必怎樣作諛墓文而對他歌功頌德；惟吾人認爲他一生最痛快淋漓的事蹟，莫過於抗戰期間同時對軸心國——德、意、日——簽發宣戰書了。雖說他不能及身嘗到抗戰勝利的後果，但在我國史上算已在他的筆下闢一對外的新紀元。

記不清年度（大約是在民國廿二三年間）。林主席返閩，重履故鄉——上幹鄉——一省先人廬墓，順便蒞臨廈門。當時廈門的公安局長是沈覲康。事先，沈局長未免忙於爲林主席準備行轅；但，這麼一位國家元首，竟靜悄悄地抵埠，身邊僅帶一長隨，小住於海後灘畔大千旅社。經沈氏多方請求，勸他移厥玉趾駐司令部或公安局，以便保護照應。林主席固辭，連由局裏派來兩名便衣偵探要隨時隨地拱衛他，也給遣回了：這眞是一位民主國家元首的平民化的風度。

林主席留廈數日，除接見地方前往拜謁的人士外，就是扶筇信步虎溪巖、白鹿洞及中山公園之間。市民見之，但覺我們的元首瀟灑出塵，有如光風霽月，倍加生景仰之忱。他既無室家之累，淡泊明志，寧靜致遠，所以對於一切酬酢的麻煩，也就省却了許多。

沈局長對林主席在市上簡從微行，爲職責所在，未免時存戒心，所以在大千旅社每層的扶梯通道及門前，時爲有警探有意無意地在梭巡着。沈氏每天還得撥出公餘時間到林主席面前一問起居。有一天侵晨，警探在旅社中找不到林主席，於是元首失踪的消息，登時傳佈於警界之間，沈氏脚忙手亂，下令全市警探總動員，各渡頭封鎖，然後四出偵察查尋。到了「暾將出兮東方」時節，才於中山公園的後山松下石畔尋得。原來林主席帶長隨靠着石几進早餐，吃的是油條豆漿。據他說是無上滋補食品，可以養生，可以延年：這可謂與吳稚老有同嗜焉了。

當林主席好整以暇地在山石之畔進晨餐時節，沈覲康聞訊趕到，拭去冷汗，進問起居，一時目瞪舌結，竟說不出話來。林主席只好撫慰他一下。一場突來的虛驚，才就此平復下去。

美國總統羅斯福到湖邊釣魚，李宗仁夫人挈竹籃騎脚踏車入菜市：而故林主席則若無其事地獨來獨往，絕無絲毫官僚氣味：這才配稱爲國民公僕，才是民主國家的元首！

187 蔡元培在廈門

蔡元培在廈門

大抵是在民國十三（一九二四）年蘇浙發生戰事，浙江盧永祥敗退的時節，蔡元培終於偕馬敍倫兩氏由溫州搭小帆船間關遵海而南抵福州，而泉州，終於來廈門了。蔡馬二先生之所以入閩也者，爲的是孫傳芳說他們是盧黨，下令通輯，所以不得不出此三十六計的上策來閩避難的。

蔡先生來廈，寓鼓浪嶼，鼓浪嶼上教育界同人，即假座英華中學禮堂開歡迎大會。那正是個冬天時節，到會的倒有三四百人，大都是要來看一位德劭望重的耆宿及研究小學的學者的豐采。蔡先生道貌清癯，留得微鬚；馬氏以清白的容顏卻配了兩道近寸半長的八字鬚：眞是各有千秋的。

蔡先生演說大約花了二十分鐘。那滿腔的紹興國語，令人有「天不怕地不怕」之感。當時堂中聽者都側耳引領欲恭領清誨；但那一陣脣音與齒音相磨切的腔調，眞是「不忍卒聽」。到聽者依脣循齒的音腔語氣嘴勢去揣摩有多少頭緒時，他老人家的演詞已完結了。馬叙倫先生卻當面鑼對面鼓，牙清齒白，方諸蔡老，誠有霄壤之別。蔡氏是講中國政局的動態，馬氏是講教育的問題。

這一個場合是歡迎會並非講學，所以也就是草草應酬了結。但鼓浪嶼洞天酒樓上客廳的壁間，已掛上蔡馬二氏的聯對。馬氏的是集宋人詞句爲：「沙上未聞鴻雁訊，竹間時有鷓鴣啼」。蔡氏的卻忘記了。

蔡馬二氏逗留廈鼓間未經旬即悄然他往，因爲當時福建的局勢也正在周蔭人的統制之下，好在福州與廈門之間還是海軍的勢力範圍，周蔭人尚鞭長莫及。

蔡氏是我國近代文化界的泰斗，道德文章，令人肅然起敬。猶憶民廿七年我因避寇氛旅居香江，偶入中華書局，曾遇見他提手杖徘徊於書架間，結果購得數卷子書及字帖歸去。此老窮年矻矻孜孜不倦的求學精神，眞足以激勵後學的呀！

189 徐玉諾在廈門

徐玉諾在廈門

民國十二年，我正在廈門一家報社工作，後來因爲和經理意見不合，片言決絕，一句爲定，午夜把稿件發完，摒擋一切，天亮就悄然歸去。這正是仲秋時節，該報社編輯事宜，雖一時乏人，可是東拉西湊，李四張三居然也把編輯事宜維持下去，一直拖到年底。挨到民十三年春，才從福州聘來徐玉諾先生到社主持報務。但他大部份的工作只在副刊方面下工夫；因爲他是文學研究會會員，也有一本「將來之花園」的新詩集行世，以之編副刊倒甚相宜；若云新聞方面却無法顧及。於是他就再來找我，我只好婉謝，他終於拂意而去。當時我曾對他聲明過：「編輯工作絕對不幹，但寫一點稿子幫忙是可以的」。結果，只於聖誕節送一篇小品文去，以後就沒甚交關；雖曾數次相過閑談，也無甚話說。

有一次閑談中，他操着中州口音（他是河南人）慨然地說：「閩南的新文藝作風似乎雜亂無章的。」我問：「何以知其然？」他又愀然地說：「小說和新詩的稿子收到不少，看來頭痛。如果文中的「他」和「她」分得清楚，「你」和「你們」下得準確，已是一篇好作品了。你只要從這一點去尋味，就可以概其餘」。我只好勸他：「這可見閩南方面的青年對於新文學正熱誠地創作，還得有人下啓導的工夫。」他一聽此言，就離座在室中閒步徘徊，也許是在想要怎樣下啓導的工夫。

他自到該報社工作以後，除每天在副刊上寫數百字像「文學雜談」這一類的東西而外，就也無善可述。他曾說過：「在日報上每天要常川寫三五百字的短文，這是繁重的工作。一個作家不能這樣枉拋心力的；而且旦旦而伐之，那有這麼多的材料？」這是他在報上明白宣布的話。從這幾句話傳出之後，廈門的青年對他失望，而在別報的副刊上就漸漸地對他起了惡聲，終於對他來了正面的攻擊。這其間，他絕不反攻；因爲他的去志已堅決，——其所以迫他不得不離職的原因，雖說是爲着周圍的反響囂然，但也因報社內部複雜的情形，使他不得不貿貿然而來，又貿貿然而去的。

在一個早春天氣，我無意中在鼓浪嶼大街上碰着他。他緊握着我的手，竟欲有言，反而黯然起來。我就拉他到舘子裏小酌去。他說，他得離開此間；但却又說不出理由，只搖着頭說一句：「我跟你有同樣的遭遇」！我就明白他去職的苦衷來。隔天，他寄來一張短簡寫的是：

「某某兄：彼此雖一衣帶水之隔，有時街遇也難能。我於下星期就到集美去，有信就逕寄到集美學校。精神上的聯絡在我們之間是永遠不會扯斷的！」

從此以後，他就到集美學校教書。不久，又轉到廈門大學任校刊編輯主任。又數月，再鎩羽歸去。總計他入閩數年，編報敎書，顚沛流離，終於頹然廢然遁解原籍：其失意也可知了。

當他臨走之前，曾在友人餞別席上寫成兩行小詩，是：

「在建不食建蓮子。

一個黑心，一個苦。」

席上客不解其用意所在，強他解釋。他重寫上一行：

「再見不是見憐子。」

此刻大家才恍然大悟，知道他是仿南北朝民歌的雙關意寫此兩行小詩的。「一個黑心，一個苦」；這兩句恰是描出他在報社與學校所處的境遇。但他對於「黑心」的內幕絕不吐露出來，「苦」却備嘗了。

離廈門之後，他重返故鄉，擔任河南省立中學國文教員，旋又任中州大學教授。據來信說他正於課餘之暇動手寫一部中國文學史。

玉諾自「將來之花園」一本新詩集出版後，除在小說月報上發表三五篇小說而外，也就無甚專書刊行。國中對於那一部新詩集大都予以不好的批評，說是關門數天寫下來的。該集當然是比不上康白情的「草兒」與俞平伯的「冬夜」；但若說它是數天之內寫成的却未免太苛刻。他的作品，在我看來還是短篇小說來得深刻些。他生長在紅槍會猖獗的河南，他的家庭曾經避過匪亂，所以在小說月報上曾登過他寫的兩篇是：「祖父的鞋子」、「狗竇外的脚」，描寫他的祖父逃生的經過與匪徒洗刼村莊的慘劇；凡是虎口逃生的人們讀過這兩篇，眞如身歷其境，而動痛定思痛之情。除此而外，以後他是否再有詩集或小說集行世，那可無從知道了。

玉諾身材魁梧，覆額的頭髮已半白，而雙眸炯炯，英氣勃勃，帶着神秘的風度。說話每句的尾聲高揚，笑時又聲震屋瓦，恰是個中州的典型人物。從那一撮半白的額前頭髮看來，已是飽經憂患者的了。

這是二十餘年前的事了。我們不必去重讀他初期寫下的「將來之花園」，還是他的短篇小說集或中國文學史如果行世的話，倒是快意之舉。據他自己說那部中國文學史他曾用心血寫成的。

191 許地山在廈門

許地山在廈門

許地山先生是龍溪人，筆名「落花生」。他的著作最馳名的有小品文「空山零雨」，短篇小說「綴網勞蛛」等，他是世代書香，許敦谷——近代藝術家——是他的兄弟。

他是龍溪師範學校畢業的，出校後當漳城小學教員，因爲被縣督學當場指出他教書時字音念錯，一時羞憤交集，就拋却教鞭與粉筆，到北平入燕京大學更求上進去。他修畢文科後，再進神學院研究，所以他對於文哲這一門學問有湛深的研究。——尤其是對於佛學更有心得，所以對於梵文也曾下過刻苦的工夫。

民國十年夏，他應閩南基督宣教師夏令會之聘，從北平南下講宗教哲學。會場是假座集美學校。他先到鼓浪嶼小住，然後轉到集美去。在鼓浪嶼時，於歡迎會中曾看到他：瘦小的身材，穿起長衫，頭髮留得長長的向後梳擲，還戴起一對玳瑁框的眼鏡，這種裝束打扮，在二十幾年的厦門人看來就不大慣，爲的是留長髮還戴大眼鏡，這對於瘦小身材的人就不大調和；好在他是不遠千里從北方請來的學者，大家就另眼看待了。

許地山先生曾到過英國講學，對於宗教觀也就別致了。他攻擊基督教會堂的建築不及天主教寺院。他以爲天主教的峨特式的建築物恰是崇拜眞神的場所，要高且深，塔尖聳入雲霄，才能油然生景仰肅穆的心情，否則當如佛教的深山古刹，亦是修養勝地。他主張崇拜不必限於禮拜堂，隨便什麼地方都行，只要有虔誠的心，那麼家中或野外，三五教友集合，唱詩祈禱讀經，也有「上帝臨女」「神之格思」的效驗。他再說過：「以後禮拜堂將不用作事神之地，或改變而爲交際場合較爲相宜。」

他之作爲此言，在保守派的宣教師聽來，未免離經叛道了；但他絕不改變他的主張，以爲如果基督教要尋得永生之道，新的靈的生活，非得把以往的制度及觀念振刷一下不可。在夏令會中的宣教師大都是墨守成規率由舊章的，聽他這一派話，未免搖頭太息。但旣來之，則安之，亦無可奈何，只好隨他說，而姑妄聽之而已。

他來閩南講學逾旬日，才轉到廈門來匆匆北返。對於他所說的道理，反感者多而接受者少。事後宣教士們竊竊私議，謂下次夏令會千萬勿再請這位仁兄前來散佈妖言惑衆；不過他的獅子吼却隱隱地留在一部份新派的傳教士的腦中。以後閩南一帶教堂中對於崇拜的儀式也就因之漸漸地改變起來，——有的就學天主教堂的崇拜禮節。

他離開燕京大學之後，即轉就香港大學中國文學院主任教席。民國廿七年在香港逝世。閩南在學術界有地位的學者可弱了一個了！

193 許地山在廈門

鷺門菊花會憶舊

本來賞菊應在重陽佳節前後，但江南一帶地氣暖和，故常延至小陽春初旬菊花始盛開怒放，呈洋洋大觀。

鷺門藝菊，以洞天之下菽莊最擅勝場。主人林爾嘉氏，風流儒雅，平生好客，時開詩酒之會。菽莊（林氏園名）年必藝菊數千盆、紅、紫、白、黃，燦爛滿目。每當農曆十月初旬，園中黃華齊放，「老圃」風光，已屆十分。此際主人乃發柬招邀同人，開賞菊之會，盡一日遊，近黃昏始盡懽而散。

主人備殽核饗客，四座拈韻賦詩，分曹射覆，逸興遄飛。園中盆菊數千盆，縱橫陳列，高低堆砌，疊成菊花山，黃爲正色，列於花山之巔，遊目極望，如黃金世界。客往來花叢中，徘徊延佇，意態淡遠。

但以賞菊之會雖盛極一時，惟對於盆菊却未能盡如人意。菊之種類雖云繁多，而必束縛之，剪裁之，花必高低適度，蕊必整齊有序，什伍劃分，行列井然，於是花之眞相本性斵喪矣。還是廢棄園隅之殘枝剩蕊，迎風承露，夭斜俯仰，活潑天眞，姿態自然，老圃秋容，於此角落始能領略眞相。是以遊園者均在花山行列中信步徙倚，余則獨坐山石之畔靜觀叢菊，獨得幽野之趣。

× × × ×

迨戰後歸去，重到萩莊低徊涉足，園林荒廢已無當年舊觀，小徑苔封，水榭欹斜，落葉滿地，黃花化塵，不勝今昔之感。主人林氏，已歸道山，昔日文酒之會，亦以風流雲散，而當年與於詩酒之會舊侶，且强半溘然長逝，又不禁動山陽鄰笛之愴。山河依舊，人物全非，我懷何如！

× × × ×

而今正是故國晚秋，黃花燦爛之際，坐對幽齋瓶菊，引我生念舊之情。雖案頭秋花尚好，能支十日之姸，惟已無當年之豪情逸興矣！

「莫嫌老圃秋容淡，猶有黃花晚節香」；嗚呼！晚節黃花，孤芳自賞，試問當今之世，勁節傲霜者尚有幾人？

重九憶舊

在海外又過了一番重九，關於「九」，在國人看來是特異之數目字，如「嗟予遘陽九」，便是一例。所以重九必應效桓景登高避災去，於是遂有佩茱萸，飲菊酒，題糕……諸韻事。

「春秋多佳日」，「重九」應亦「佳日」之一。李笠翁視此日爲無稽，卽寫一篇「不登高賦」以解嘲。乃海外羈人，畢竟被王維「每逢佳節倍思親」一句所牽動而想入非非，追昔遊之念，卽油然而生。又況丁玆節日，凄然北望，未免有情，誰能遣此，幾十年前往事，又上心頭。

× ×

記得在十歲時，讀書於錦里家塾。時維九月，序屬三秋，—恰是重陽佳節，賀師仙舫，卽帶塾中學童攀登村北三里而遙之塔山作秋日旅行去。山高數十丈，多石，少林木，山半聳峙古松十餘幹，蒼老之色可掬，松下有離相寺，殘僧二三株守焉。僧精拳擊，能赤手空拳劈柴烹茗餉客。山前後多狼羣，每於夜間下山襲人畜，故寺僧必須嫻絕技以防萬一。

離相寺前有曠地數弓，淺草平鋪，可充踢弄絨球之場。我輩卽懷數枚絨球往，師生分成兩隊，攻守馳騁，盡一日歡，迨夕陽銜山，寺僧始挾白木棍，護送下山。

右卽少小時重九登高之第一次。

× ×

至弱冠之年，初出茅廬執教於洞天之下福民學校。從前國內學校於重九輒放假一天，美其名曰「秋季旅行」，固亦順理成章，操教育行政機構不來干預。當年仍由賀師發動，招邀同事五六人，扶筇挈榼渡江登白鷺洲上洪濟山絕頂去。洪濟山上有雲頂岩岩上絕頂有觀日台，可以飽覽海天之勝。登其巓，金門烈嶼卽在脚底。東望大海，汪波萬頃，呼吸通天，「洪濟浮日」爲白鷺洲八景之最，登臨至此，始信不虛。

雲頂岩寺僧闢有客舍，可以坐臥縱橫於其間，極一日之遊，惜未能宿山寺一觀日出，至今猶引爲憾事。

當日登山無車，必宜循曲徑而行，逶迤曲折，高低起伏，每到「山窮水盡疑無路」之際，斜出危岩峭石，往往有三五人家聚居於山椒之間，耕薄田數畝，桔槔之聲起於阡陌間，又不禁有「柳暗花明又一村」之樂，同遊者謂桃花源風物到此可略得其二三焉。

同遊者有陳子原、張德輝、潘竹人，吳森諸子。

× ×

其後在白鷺洲與邵覺廬共操江聲日報筆政，鄒鐵香、沈亨九、吳里千、趙醒東諸君子，朝夕相過從，——蓋本乎「以文會友」之誼而結合者。某年逢重九，既無「滿城風雨」以掃興，却是「風高氣爽」之天時，即由報社名義折簡招邀朋輩登白鹿洞、虎溪岩，欣賞秋山佳色，流連於清泉白石之間。

既入寺，即央寺僧備素席。席間陳有以嫩竹枝炒米粉一味，極爲新鮮清脆可口；以豆皮、豆腐調成湯品，亦饒禪味。朋輩環坐客廳中，載談載歌，逸興遄飛，如置身於蓬萊宮闕間，舉不知有塵世紛擾事矣。

迨歸來後，各有詩文抒寫一天屐痕，彙集成專刊材料，「以文會友」，義在斯乎。

× ×

遞嬗至於今日，故國河山變色，而緬懷人事，亦已全非。當日共遊諸師友，强半已歸道山，欲追昔遊，不勝人琴之感。無已，即摘錄「重九雜詠」舊作兩截，以殿玆篇。

尋菊佩萸事已非，
六年佳節願相違。
丹楓不染江南岸，

送酒東籬愧白衣。

豈有豪情誇落帽，
羌無健筆强題糕。
中原斜日餘莖髮，
海上西風見二毛。

371 樓居清話

393 海夫夢痕

海天夢痕

十四年不返故國，雖山河變色，而江山應無恙。一山一水，一草一木，時縈夢穀。緬懷舊宇，詎已於懷？駝峯嵯峨，尚負重否？鷺水滔滔，尚長流否？延平故壘，起暮笳否？白鹿洞中，遺規在否？虎溪夜月，尚娟娟否？菽莊眉閣，柳毿毿否？鹿耳灘頭，潮鳴咽否？白鶴岩上，鶴歸來否？篔簹漁火，尚熒熒否？洪濟浮日，有客登臨否？鳳山織雨，織得七襄否？鼓浪洞天，尚雄踞稱「鷺江第一」否？——大好江山，舉無恙否耶？

× × × ×

感舊傷逝，復有懷萬千，客齋荼烟，已銷歇矣！澳中酒人，墓木拱矣？東山小樓，人憂老矣！海濱耆宿，梁木頹矣！歸石詩社，風流雲散矣！隔江酒旗，褪色不翻矣！策杖扶笻，昔遊不可追矣！江頭海上孑遺，不忍談天寶遺事矣！生死之感，叢脞匯集，我勞如何！

× × × ×

重九後一日，徐學棣復捧洋菊一束來，怡然曰：「南國秋來凄風苦雨，知吾師閉門靜坐，將何以遣此佳節？謹奉洋菊一叢爲吾師壽，雖非採自東籬畔，亦有幽香晚節沁人也。」余又謹受之。尋思洋菊未必無傲霜之氣，可以支五日妍，彼自詡爲高風勁節之士，亦不過如「海上蘇武」之流耳，當有愧於洋菊。

叢菊數之得十八朵：此數有何深意？容當詢諸徐學棣，爲我補釋「十八」之數字來。佳節最患催租人掃興，而今徐學棣贈我洋菊，意與白衣人送酒無以異。吾於此謝而且念之！

× × × ×

憶居洞天之下，移居三次，均與古木爲鄰，初寓平屋前進，一大榕樹拊其背，榕根十餘丈披屋騎牆，仰視之如山鬼掀鬚散髮下瞰也。鄰居私告以有鬼，居三年餘，未嘗見憧憧影，意或鬼物厭人避去乎。再則仍移居古榕下，窗外有古墳二，余且與鬼爲鄰矣。惟秋來有落葉，有怪梟，野興殊滋，終無他異。最後則移居木棉花下，春寒料峭，花著枝頭，天風撼之，時擊簷際，然後輾轉墮窗隙，有聲轆轆，夜來尤清晰凄厲。此時疏野之意盡消，而詩興來矣。

覺廬兄曾笑曰：「君前爲古榕齋居士，今且爲木棉庵主人矣！」余悄然告之曰：「山妻鄭家女，余幸而不姓賈耳。」相與擧杯大噱。當年朋輩間謔浪笑傲，祇今追維，已成隔世！

× × × ×

周華，字了因，浙平陽人，卅餘年前南下鷺江與余共事於學校及報社，先後數年。了因字臨魏碑，詩學兩當軒，絕句殊有風神。性跅弛不羈，不修邊幅，嗜酒，枇杷門巷間亦出入焉。余或勸之稍自檢點，不出三日，午夜輒不見人，天明，復偃蹇於床上矣。其後渠稽留春申歇浦間，從事銀幕編劇，且曾遊東瀛。一別十年，重返鷺門，徧訪春城鶯燕，已鶴去台空。留贈余絕句，有「江上雞聲不可聞」，「無復當年舊柳枝」之句。此君飄泊江湖慣矣，無望其能守一業觀厥成：然胸無城府，亦自藹然可親。廿餘年不聞了因消息。江湖多風波，人海正渺茫，惟有低誦「明月長相憶」耳！

秋節憶語

每年秋節，不可無應景文字；雖說此係未能免俗的勾當，但在說話難的今日，跋前疐後，動則得咎，那麼還是說一點應時的資料，自己既覺輕鬆省力，閱者也會莫逆於心，就閒話與後災了。

話如是說，卽寫「秋節憶語」一篇，開篇數行，可當小序看。

※　※　※

一年中有十二次的「月當頭」（閏月除外），却以元宵及中秋的「燈」與「月」最繫人思。提起「月」與燈」，韻事便多，——所以「燈謎」就應景而起。憶少時，於秋節往往跟着先君子到寺廟打「文虎」去。當日鷺門有萃新社的組織，如李壽禧、盧蔚其、柯伯行、林桂舟……諸位老伯，月明之夜，輒有雅集，各袖猜文，貼諸棚上，於茶香烟氣中，分曹射覆，仔細推敲，至宵分始盡興而歸。乃者李壽禧老蔚其老滯留鷺門，於數年前已溘然長逝。柯伯行老伯雖難來菲島，頤養靜修，亦已歸道山去，欲養當年射虎的氣力與逸興，迄今只有長勞夢魂。憶戰前許友超先生曾折東邀朋輩在東方俱樂部作春燈雅集，當日我也忝陪末座，祇覺逸興遄飛，迄今思之，尚縈夢穀。戰後洪活源先生也曾在其仙範家中舉行一次燈謎會：兩次均推柯伯行老先伯臺爲盟主。我也袖數十條參加。如今又逢秋節，就記起當年韻事雅集，又不勝人琴之感，其實這種高尚娛樂，總比博弈猶賢；我想在學校中不妨行之而無憾；蓋既可得「溫故知新」之樂，而此中別有靈機神竅存焉。

※　※　※

猶憶在陷寇之日，經過了幾度中秋節，閉門閑居，每次均胡謅三、兩首近體詩以抒愁寄慨；或律或絕，隨意所之。當日閒着無事，羈愁萬縷，所以信手拈來，可以雜湊成章。到了烽火平息之後，生活比較安定，雜事紛至沓來，焦頭爛額，擺脫不開，更何暇去聳吟肩，擁吟鼻？可見「窮愁著書」，不無道理。計戰後十餘年來，每逢秋節，片言隻字，倒擠不出，惟有終日從事調鸚鵡舌的工作。曹子桓有言：「日月逝於上，體貌衰於下，忽焉與萬物遷化」言念及此，不禁憮然！祇恐今後亦無多少閒歲月從事聲病之學了。

※　※　※

中秋月在南國不敢擔保其必有，——為的是此間恰是雨季也；但却又不能說其必無，有時倒也西風吹斷簷滴聲，浮雲破而皓月來了。憶得民二十八年初次在海外度中秋節，節前幾天，淫雨霏霏，數日不開，準擬看不到團圓月了。於心不甘，乃約三弟張燈走廊間，泡好茶，陳香餅，載飲載嚼，坐待月華，——大家謂不見皓月，終不入睡。到了午夜，眞的浮雲撥開，月亮出來，才怡然入室登床，尋鄉原之夢也。

※　※　※

老杜月夜五律：「今夜鄜州月，閨中只獨看。遙憐小兒女，未解憶長安！香霧雲鬟濕，清輝玉臂寒。何時倚虛幌，雙照淚痕乾！」

老杜此詩，不言為今日海外遊子詠的。遙想被關在鐵幕裏的大大小小，中秋夜未知要怎樣過？像我呢？兒女已長大了，第三代的小孫兒却復繞膝，是否「解憶長安」，那就不可知。不過，家中那尊菩薩，那有「雲鬟」？何來「玉臂」？怕已「吹火靑脣歛，添薪墨腕斜」，——不知已被磨折什麼模樣了！好在她身邊有孫兒可以調弄，老來應不寂寞；詎亦知海外老夫，當此佳節，正不知人間何世！

※　※　※

偶閱邵長蘅閻典史傳，當中有一段云：

「會中秋，給軍民賞月錢，分曹攜具，登城痛飲。而許用德製樂府五更轉曲，令善謳者曼聲歌之；歌聲與刁斗笳吹聲相應，竟三夜罷。貝勒既覘知城中無降意，攻逾急，梯衝死士，鎧冑皆鑌鐵，刀斧及之，聲鏗然，鋒口為缺。礮聲徹晝夜，數里內，地為之震……」

右一段，敍寫閻典史應元扼守孤城的卓絕義烈之風，數百載下，感人靡深。而中秋夜軍民苦中作樂的經過，與戰時的情景將無同？我們海外的僑胞在此礮火與明月交輝，歌聲與笳聲協奏的時節，也應動聞鼓鼙而思將士之情，共同枕戈以待旦乎？

※　※　※

今年的秋節，黃昏時候仰觀宇宙之大，應該是有月色的，——我們總希望今晚有這麼一個萬里無雲的光明世界，如果要寫詩歌，總脫不了有「月」的資料的。夫藝術之眞與科學之眞，兩不相侔；就使今宵有雨，我們仍舊要想像到晶瑩皎潔的月色來點綴佳節。除了「卽景」的題目而外，詩人與天文家是分道揚鑣的。

應景之文，卽止於此。

中秋追昔遊

在海外且將過了二十度的中秋了。囘憶過去，每逢農曆秋節，正是南國雨季時候，欲在椰林之下看到中秋月，倒是不容易的。回溯過去，中秋有月，大抵只有五、六次，其餘的只有在淒風苦雨下或在鼙鼓聲中度過。明宵恰是中秋節，我總希望有團圞美滿的象徵掛在碧海青天之上！

當此節日將臨之頃，我不禁油然地追憶昔遊了。二十多年前，在故國每逢佳節，我輩中人輒有韻事以送年光。師友六、七人，煮酒烹茗，拈韻敲詩，嘉會勝遊，此樂何極，——尤其是中秋佳節，更是逸興遄飛，非到午夜不肯罷休。到如今追憶起來，猶如昨日，但也不堪回首了！

※　※　※

憶當年，我們這一輩往往於星期六下午即不期而遇於「客齋」。齋主人爲吳里千先生，地址在小樓之上。平居大家均勞神於破故紙堆中的蠹魚生活，乃一週中能有一天晤言一室之內，數天塵夢，豁然消除，未始非人生樂事。惟每到黃昏時分，大家只有喊一聲「歸去食晚飯去也！」就悄然分頭引退了。

如此這般，於一個月之後，大家閒談之頃，以爲必得有一種「以文會友」的結合，咸認爲組織詩社來得相宜：因爲座上客幾乎全是擔任各中學的文史功課的。至於詩社的命名，僉謂既以「歸去食晚飯去也」爲共同口號，則「歸石（「石」諧音「食」）」兩字可以當之而無憾：乃命名爲「歸石社」。

當年的社友，如：鄒老鐵香、賀師仙舫、沈老亨九、邵子覺廬、林子國安、吳子里千等，每週末不期而會於「客齋」中，或拈字唱詩鐘，或命題敲險韻，然後謄錄一紙，互相評定甲乙。茶餘酒後，環坐一室，凝神運思，刻燭爲限，先後發唱，觀摩推敲，毫無芥蒂；所謂「以文會友」之樂，即在個中。

※　※　※

獨憶某年秋節之夜，萬里碧天，纖雲四卷，皓月當空，照臨下上。歸石社社友於登市樓豪飲之後，復逕返「客齋」，敲詩鬪韻，分曹射覆，而範圍必以中秋爲限。時已宵分，翹首窗外，月華正明，爰再聯袂踏月夜遊去。沈老亨九學珠江水調歌朗誦張若虛「春江花月夜」之詞，音韻與天風海濤相吞吐；大家又齊唱坡老「水調歌頭」和之，一宵遊興，幾不能自已。到四更向盡，方盡興而歸。大家認爲坡老承天寺夜遊，幽沉之境則有之，而豪放之興則我輩又何曾讓古人？

※　※　※

今年中秋節瞬屆，過去往往在風雨之夜度過，爲問尚能賡續當年豪興否？鄢老、沈老、賀師、邵子、林子、吳子已歸道山，只剩了我這麼一個旅人羈留海上，有時並欲看中秋月而不可得，遑論乎拾「以文會友」的墜歡？味向秀山陽聞笛的悽愴心情，那麼我傷逝的悲懷又曷能自已？其後追懷三十年來的師友，曾彙集成「感舊錄」一編，祇今「中秋追昔遊」一文，寫後仍憮然者久之！

元宵勝遊追憶

又度過民國四十六年度的元宵佳節，孤舘異鄉人對此，其能無「於吾心有戚戚焉」？這是歲首的第一個佳節，蒿目當前，緬懷舊宇，殊興不堪回首之情。但，「十個老人，九個『當原初』」，那麼雖元宵節過，亦尚有舊事值得重提。於是就來話舊吧！

× × ×

憶在甲申年，正非島陷虜之日，到了元夜，愴然有懷，回想當年鷺渚嬉春勝遊陳迹，恍如昨日，曾書四絕誌慨：

燈火輝煌六街，月明如水洗天階。
開元遺事成銷歇，曾否流傳到海涯？

鄰巷歡聲動四隅，占年卜歲肆嬉娛。
相將子夜雕欄外，細語低詞乞紫姑。

寶馬香車逐暗塵，勝遊爭度歲華新。
分曹射覆梵王殿，照眼春鐙韻入神。

漏聲迢遞已三更，徙倚中庭看月明。
燈火漸闌春事了，悠悠元夜故鄉情。

右四絕，即寫當年在危城度元夜的心情。如第二首寫「鏡聽」風俗，第三首寫春鐙韻事，令人低徊嚮往而不能自己。——尤其是春鐙更是元夜韻事之最。

記得在鷺渚之日，島上每逢春秋佳日，輒有文虎之會；而在元宵的清興更爲撩人。當時在鷺門諸先輩曾結一「萃新春鐙社」，家君也是社員之一；即寓居非島的柯伯行老先生，尤爲射虎能手。有一年元夜，諸老前輩相約假西庵宮開射虎大會，我也隨侍家君前往，到午夜始踏月歸來。諸先輩環坐燈猜棚前，有煙有茶，再濟以「消夜」——點心，大家時或沉吟尋思，時或歡笑四座，議論風生，詼諧百出，此樂何極！

到如今，諸先輩強半已歸道山，而家君亦棄養且二十年，今後縱而欲再追隨家君侍坐於諸先輩之側，已了不可得。當年李繡伊老先生碩果僅存，尚稽留於鷺渚之濱。興念及此，不禁愴然憮然！

× × ×

迨丙戌年，寇氛雖已稍殺，而岷市已成恐怖之區。時當元夜，枯坐小樓翹首窗外，淡雲微雨，夜色淒清。遙想故國今宵，不知如何度過，因再書五截句：

淡雲微雨惱鐙期，寄傲高樓有所思。
偶憶鷺門當此夜，庭燎吐燄古仙祠。

廟宇巍峨帝子居，拈香鏡聽恰更餘。
添薪乞火宮門外，海國歡聲動里閭。

燈光歷歷灑通衢，夭矯遊龍逐頷珠。
爆竹繁聲揮不去，禹門躍過共歡呼。

急鼓疎鐘動地來，羊城獅子戲場開。
張牙露爪奔騰起，累却師奴舞幾回。

勝遊韻事盡今宵，春半風光已寂寥。
辜負佳期留海上，鄉心空逐曲江潮。

這五截句寫的是故國在宮廟前跳火、摔龍燈、舞獅燈的豪舉。在元夜，各宮廟內有「乞龜」祈福延壽的風俗，而廣庭前則爇堆柴，火光燭天，然後少年郎抬佛輦把臂連袂跳火為樂。瞬而金鼓齊鳴，摔龍燈的健兒連串來了，即在火堆前夭矯翩翾，一起一伏，乍往乍來地旋舞着。這時炮仗聲轟起，但見龍頭隨珠而旋轉，龍尾則隨各節而起伏，燈光歷亂，遙望之，眞成神龍出海的姿勢。於是觀衆歡聲雷動，而龍燈也摔得更活躍了。

龍燈舞罷，連串成行而之他，廣東的獅燈又接踵而來：鼓聲鼕鼕，鉦聲嗆吆，獅子入場了。獅燈是一人扛獅頭，一人頂獅尾，掀騰起伏，左右跳踉；其前有獅奴一，帶假面具，手執蒲葵扇，向左右搖擺，獅子則隨其方向跳躍，應鉦鼓的音節。如是舞弄，殊覺活潑有雄風的。但此係小型的獅子戲，在羊城有大規模的獅燈，且能攀高樓奪錦標，那才是洋洋大觀哩！

在各宮殿尚有「乞龜」「乞柑」的風俗。我曾與季弟叔通袖麪粉袋於元夜到保生大地宮裏「乞柑」去，往往是滿袋而歸，寒夜劈食，到鼻端出汗才罷休。

迨元宵過後，嬉春樂事也就銷歇，於是耕者耕，讀者讀，各務各的正業去。

× × ×

寫到這裏，憶及故國元夜韻事，又不禁心嚮往者久之。今日者，反攻大陸的聲浪高唱入雲，何時實現，且拭目以待。記起舊作又有一絕句云：

卅載辭家長作客，更從海曲寄萍蹤。
何時重飲鄉原酒，來聽峯頭午夜鐘！

即錄此首聊當尾聲，又不知何時能在故國過元夜，一聽宮殿前金鼓之音，一望神龍與雄獅之影，更何時能忝陪末座在燈棚前，重聽射虎而中的時節的三通小鼓之聲乎？

聞「春風度洛岐」後

——追念邵覺廬學長——

積雨逾旬，大氣潮濕，頗覺難耐。夜來傍燈下沉思，細想過去，有懷萬端。而窗外傳來雨蛙的繁響，颯然而起，尖銳激耳，作金革之音，一時感舊之念又橫亙於胸頭腦際。回憶去國已逾二十餘載，親戚故交，大都已化爲異物，「訪舊半爲鬼」，此情庶幾近之。

年來曾寫「感舊錄」，舉過去師友都二十七位的親炙相與事蹟，分篇追述，裒爲乙集，計六、七萬字。邇者整理一過，重溫舊夢，前塵影事，恍惚如昨：春風化雨，剪燭聯床，雖事隔數十年，詎能去諸懷抱？

午夜雨聲中，曾聞「春風度洛岐」一曲，低徊往復，纏綿悱惻，教我感舊之情又悠然而起，油然而生，——於是又陡然追念及邵覺廬學長了。

× × ×

覺廬學長辭世已逾十餘年，而其謦欬顏色則宛在承塵几席間。憶當年我輩同居澳中，他的樓居翼然高踞頑石之上，我則平屋數椽，蔽於榕陰之下，風晨月夕，每相過從。邵兄擅音樂，工塡詞，於西洋古歌名曲，輒多譯成章，然後邀我共同潤飾之，研討斟酌，往往過半夜始休。偶得佳句，配合原文，且能按樂章吟之朗朗可上口，則彼此引爲大樂。如 Robert Burns 之 Auld Lang Syne ——「往日」，其中「採菊南山之陽」一句，則幾經辯難而始決定者。邵兄於譯詩之餘，每自嘅歎夫古詩及漢魏樂府之未能多多誦讀，於譯西洋古典詩歌有時感到棘手云云。誠然，他的譯詩詞句多近宋詞風調，——良以渠對宋詞比較嫻熟故也。

× × ×

記得有一年春夜，我踏月訪邵兄書齋，見他正伏案動筆，且有咿唔之聲。我夷然問：「豈兄又在譯詩耶？」邵兄停筆云，「然！我正在譯美國民歌。民歌必能被諸管絃，且又必雅俗共賞，譯時應不怕用俗字俚句，——能以柳耆卿之曼詞長調配合之，始能傳出纏綿委婉的風味，而天籟始得。」寥寥數語，可謂已道中譯詩之竅妙處，非三折肱於斯者不能發此論。

回顧案頭，他已成乙闋，錄之如左：

※甚些時春風度洛岐※

——When It s Spring Time in The Rokies——

甚些時，洛岐度春風，
我又將、泠然歸去。
小甜心，知在第幾峯。
應碧眼、盈盈凝佇。
看鶯啼燕語日遲遲，
空回首、少年情味
啊！甚時春風度洛岐，
洛岐今在天之涯！

譯歌既成，雒誦一過，斟酌了幾字，然後倚聲按拍低吟數遍，起視窗外，覺駱駝峯上，松柏山頭，彷彿有霓裳羽衣之仙人翩翩起舞於雲端天際也。

邵兄又云：據傳說美國洛岐（地志作「落機」）山上，每當月白風清之夜，往往有白衣素裳的仙女往來於衆峯之間，清歌妙舞，極縹緲夭矯之致。迨迫近視之，又如驚鴻游龍，杳焉無蹤，其地牧童類多侈言之。此傳說與我國巫山十二峯神女的故事同其空靈變幻，而其輕豔處則不可方物。

× × ×

覺廬學長生前所譯的西洋名歌與倚聲的篇雜，都數百首，每首都可以登大雅之堂而會唱之；至於所譯民歌，能伴以絃樂而低徊往復歌之，尤能傳出依依的情調。竊以爲詞語爲一事，曲譜又爲一事，欲把詞語納於曲譜之中，且能配合得朗朗可上口，就非容易事。李清照之批評北宋詞家，謂其詞可吟誦而不可入樂譜：歌與樂配合的關鍵就在此。

當鄰巷「春風度洛岐」的歌聲再起時，我不禁循樂音低唱，到「空回首少年情味」及「洛岐今在天之涯」時，又悠然地追憶及當年在澳中覺廬兄書齋裏低唱此詩的韻事了。他已長埋黃土，墓木已拱，倘靈爽不昧，在春夜月明時節，乘風下大荒而傾聽之，應亦會欷歔而不可禁的啊！

楓林魂青，屋粱月冷，幽明永隔，生死異路，但一曲清歌，當能度引溝通夢中之路的啊！

1207 南溟清話

報人舊話

民國十一年間，我初次廁身報社工作。那時我除了編副刊外，還擔任兩版的校對。半載之後，因總編輯T君與總經理鬧意見，半夜辭職以去；翌日，即由我兼編輯本埠及本省新聞的繁重工作。這麼一來，不但內勤的事務理撥不清，即外來的痲煩也多如牛毛。我終日伏案枯坐，不得須臾離去，弄到兩腿間血氣濡滯，稀爛狼藉，還得死守崗位，扶創帶病去措理紙堆中的蠹魚般的工夫。

× × ×

那時閩南一帶正是多事之秋，民軍土匪，割地稱雄：擁有三枝牛腿槍，便是隊長；握得十把毛瑟槍，即是司令，至於領有匣子礮的護兵的，那麼便自封爲什麼「長」了。其中如陳國輝、葉定國、汪連明，便是此中強有力者。

那時候雜牌鄉勇因軍費無著，不得不推行「在地取粮」的辦法以資挹注；而辦法中却以征收「烟苗捐」爲最簡便而是極龐大的收入。於是諸民軍首領，各自爲政，各行其是，到處催促農民種植鴉片：每千窩征二十元，交由各鄉長包辦。土豪劣紳，如蟻中蛆，聞風而起，向當地民軍首領接頭。這麼一來，烟苗遍地，鶯花滿目，遺害無窮。

此際正是北洋軍閥猖獗時代，中樞自身既顛簸不安，又何遑管及各省各地區的事；又況閩省民軍蠭起，既無法消除，也只好用安撫的辦法以求一時的苟安。明知抽烟苗捐是飲鴆止渴的自殺政策，但也無可奈何，只好以「視而不見，聽而不聞」的不了態度了之。

我在報社中收到不少的關於烟苗捐的通訊，就分別發表，並仗義執言地按日寫短評加以抨擊。

誰知一星期之後，痲煩便來了。

× × ×

當日陳國輝部下有一個P君者，是我小時的同學，且是該部駐廈門的聯絡員。有一天，他悄然地到我的家裏來，閑談之餘，才道來意，說是陳旅長（那時陳國輝已收編爲省防軍旅長了）托他來疏通，只要不登其防地的烟苗捐消息，按月個人津貼費三百元，由他轉手交清云云。我聽過之後，不禁大笑，就夷然地告訴他：只要陳旅長不苦民，不貽害地方，那麼對他不利的消息就自然絕跡於報端。我還勸他告訴陳旅長：做些好事，愛護桑梓，不但是個人載福之道，也是替子孫積陰騭的善舉。P君無語而退。

隔數日，他又來了，連勸告帶威嚇地說：「陳旅長可以按月津貼你個人六百元，只要你不登有關於他的消息便好，倒也不必歌功頌德；如果疏通不來，那麼陳旅長恐怕就要對你不住了！」說完就走。

從此以後，對我不利的謠言蠭起；什麼暗殺咯、綁架咯，不一而足。我呢，在報上按日發一段南安區一帶的烟苗捐新聞，還標以大題，登在明顯的版位。實迫處此，只好聽天由命。不久P君也移家他去，所謂欲對我下毒手，迄無後文。

× × ×

提起汪連明這一個民軍頭目，却是省防軍的團長。他的家鄉跟我的鄉里只一路之隔。當民團與汪部嘍囉衝突之日，吾鄉受累極大：民團下鄉剿匪，汪姓的鄉民便一窩蜂地逃到吾鄉來避難；民團跟追到鄉中來，不分涇渭，玉石俱焚，——每次都遭池魚之殃。汪部在故邑橫暴刼掠，隣近鄉里一夕數驚。於是我就不客氣地把他的暴行給宣佈出來了。

汪連明得知消息，並打聽到我的家就是在隣鄉，以爲有威脅的機會，就派了一個副官逕到廈門來，要跟我當面算賬。這個副官一到報社來，指名劃姓地要找我。我就請他到報社會客室當面鑼對面鼓地理會了。

他說他奉了汪團長的命令來報社找我，查究消息的來源。我告以新聞來源不必深究，只要看事實如何；如果有錯誤，合應更正，倘是實錄，彼此便無話說。這時他摸摸褲袋，似乎將有異動。我却夷然地告訴他：「這是報社，不是用武之場；而且門外已有便衣偵探在監視著！」他色沮了。再說：「你的家鄉跟團長的鄉里毗連，難道還不要客氣些！」

這一道威脅已是他最後的交涉武器了。我立刻站起來拍案喊道：「你回去告訴汪團長，對我的家鄉更要客氣些！我的家鄉的一草一木要給好好保護著，如果有絲毫損失，都算在他的身上！你再轉告汪團長，廈門某銀行的存款二十五萬打從那裏刮來？鼓浪嶼那幾幢洋樓可以抬走的嗎？好！我就在報社中等你的答覆！」我這麼一轟，把這個副官的氣燄頓時抑制下來，他才低首鞠躬而退。

不久，汪連明的太太也搬來鼓浪嶼住了，——於是他的活動抵押品又多了一樁，眞的不敢動故鄉一草一木，彼此相安無事。

× × ×

以上兩樁往事引來作本文的材料，雖無深意存乎其間，却是報人親身的經歷。現在提起，宛如白頭宮女，談天寶遺事，然十個老人九個「當原初」，在記者節日提及，倒也是應景的材料哩。

烽火餘生錄

大概是在民國六年間吧，閩南一帶正是多事之秋，北洋軍閥正盤踞閩南一帶，而粵軍也間關地由詔安方面入閩；於是烽烟遍地，迄無寧日。那時我的家正住在角尾鎭。這個地方是漳泉的孔道，——且是龍溪、同安、海澄三個縣分的交叉點，所以商旅往來，輳輻。但如果逢軍事旁午時節，此鎭正是軍事運輸的要衝。

家兄業醫，在鎮上開一間藥房，兼附設醫院，以便收容鄰近鄉村的病人；可是，在軍興時期，就變成戰地臨時病院了。

起先鎮上是北兵的防地，所以醫院中有不少負傷及患病的軍人留住著。軍官們時常往來，久又久之，跟我們也就熟悉起來了。他們閑來無事，常來藥房中談閑天，所談的都是戰場上的風光，有的尙是袁世凱小站訓練的舊袍澤。

這個時候前方的情勢不甚妙，軍隊調動頻繁；而粵軍入閩的消息也一天緊似一天；終於揮軍由詔安直搗漳州城了。鎮上附近原駐有北軍七、八千人，——計有兩旅，軍民雜處，秩序紛亂，此刻風聲鶴唳，一夕數驚。又傳聞粵軍已沿漳廈鐵路線南下，而角尾鎮正是鐵路線的中心點。前敵軍訊傳來，全鎮即入戒備狀態中，晚間六時，街上行人斷絕。我們却有北軍旅部發給的通行證，夜間還能東溜西跑，行動自由。

終於有一天，南北的戰事就在鎮外的山野開爆發了。

× × ×

北軍旅部尙不知粵軍先遣部隊沿鐵路線南下的到底多少，所以除了留下維持鎮上治安的一營而外，其餘的悉數開往前線去。

粵軍從漳州出發，渡過江東橋，屯紮於蔡店，然後派一連人以急行軍推進。北軍六千多人就在東山後的山頭小丘上佈防，架大礮，掘戰壕，準備死守。

當幾千軍隊出發時，我悄悄地登禮拜寺的小樓上當瞭望台，借得軍用望遠鏡一具窺測。黃色制服的北軍，分佈於戰壕山野間，宛如攪破了蟻窩，朝四下裏蠕動。村外另一山丘是粵軍的防地，呈現在鏡底的，是灰色的服裝，短袖短褲，行動非常矯健敏捷；武器只有輕機關槍而已。

在白天，雙方按兵不動，不過時焉有稀疏的槍聲發放著；北軍的大砲也間歇地發出怒吼向敵人示威。

入夜，我向王旅長商量，請允許我往前線一觀戰況。起先他有難色，落後才答應了，不過得跟著他，不要遠離。我也明白此際正是兵凶戰危的局面，又況是在戰場上；但俗人說：在戰場上一個子彈有兩個小鬼抬著，不會隨便打傷人的。就憑著這一道迷信心理，慨然地偕王旅長出發。

大約是九點多鐘，夜戰開始了。在月色朦朧之下，砲火密集，時有步槍子彈聲如野猫夜鳥般怪叫著從頭上飛掠而過，勁而且哀。對面機關槍有如火蛇吐舌般地閃爍著。這邊的大砲燃放時節，有如火龍飛騰，砲彈在夜空騰起，一道紅光，掠夜空殷殷作雷鳴，落地時火花迸發，山鳴谷應，震耳欲聾。這其間，我不禁心戰膽寒，但也引爲平生奇觀，咬著牙根，膽又壯起來了。

王旅長跑過來，問我是否害怕，如果要回去，他可以派一個護兵帶我回家。我一時不知要如何回覆，尋思一下，既來之，則安之，還是勉強支持下去，再觀究竟。

這一夜倒沒有衝鋒陷陣的緊張戰況，看情形明天必有壯烈悲壯的鏡頭。

天已破曉，我也跟著王旅長退到後方來休息一下。

× × ×

那天下午，劇烈的場面開始了。

午後，粵軍已佔據了幾個山頭，北軍人數雖多，已呈了慌張之象，個個撐著疲倦的軀體，張著失神的眼光，看起來軍心已亂，似難以抵抗當前的大敵。

司令部下了一道命令來，說是軍隊要全部開到前線去，——並鎮上的那一營人也得出發。我即私下通知大兄，看看明天粵軍就會佔領了本鎭，得準備一下。大兄說：「軍隊已全部離開了，應不至於發生搶掠的事；而且我們曾對北軍服務過，大概不會相侵害，即使粵軍前來，我們本著紅十字會的救護傷病士兵的精神，也不至於怎樣爲難的啊。」我聽後稍覺安心。

我再不跟王旅長去了，因爲戰火已愈迫愈近，我就仍舊登禮拜寺小樓伏望遠鏡之力作壁上觀。這時遠處四野間槍聲密集，礮聲隆隆，叢樹間烽烟瀰漫，而喊殺聲也四起。粵軍從山坡間衝下，北軍慢慢地且戰且却。說也奇怪！北軍從戰壕中起來露頭的放了一排槍，然後伏下；接著對方的機關槍及步槍連續施放；稍停一下，北軍步槍再放一排，粵軍又報以密集的槍聲；如此一來一往，相持到黃昏。終於粵軍打衝鋒了，北軍全線潰退下來，不入鎭上，沿鐵路線折向嵩嶼而去。退兵時那種狼狽情形，也覺慘然摧沮的哩！

夜來，全鎭悄然無聲，而粵軍一營已推進入鎭駐紮了。

× × ×

粵軍入鎭的計三百多人，號爲一營。先找祠堂及學校駐紮，然後在街頭巷尾放步哨。粵軍營長名叫熊略，親自來找大兄，設法救治傷兵，那間附設的醫院，就權充南軍的臨時傷兵病院了。

熊營長雖征塵僕僕，而精神奕奕，終夜不寐，向鎭長詢問附近的地勢及往嵩嶼的途徑，繪成軍事地圖一紙。翌晨，僅留一排士兵鎭守，又匆匆地跟追北軍去了。

× × ×

這已是六十多年前的事了，現在談來尙歷歷在目。民六之後，閩南一帶風鶴頻驚，民不聊生，但紛亂的局面過慣了，見怪不怪，民衆對戰事反有熱鬧之感，引爲奇觀。如果是臨大難而尙倖存，則事後回憶，尤覺醰醰有味。

計平生親到戰區觀內戰，這是第一次。事後，父親知道了，便耳提面命地呵責了一頓。惟我老是追念那位王旅長：他是山東人，具有軍人慷慨爽朗的胸懷，且亦滿有輕裘緩帶的儒將風度，他會寫詩，悲歌激昂，不在燕趙之士之下，他對待部下也寬猛相濟。噫！吾於此懷念之！

烽火餘生錄

前此曾寫「槍口下的掙扎」一文，意尚有未盡；茲再進而草「烽火餘生錄」。當日經過事蹟，至今尚歷歷在目，其驚險詭異，應不在閩軍總司令臧致平抓記者之下；可見報人可爲而不可爲：可爲者，以其有「無冕帝王」的徽號；不可爲者，即隨時隨地有性命之憂。祇今事已隔幾十年，痛定思痛，痛何如哉！

× × ×

當閩軍、討賊軍聯合攻潮汕弄到全線潰退之日，陳炯明的粵軍捲土重來，縱橫閩南一帶，漳屬各縣，一時盡行席卷入粵軍掌握中，勢燄所至，如火燎原，槍口刀尖，直指海澄屬海滄鎮進而佔據嵩嶼，與廈門孤島隔江對峙。當時我的家眷正住在海滄鎮，我則蟄居廈門某報社工作：我與我的家竟儼成敵國了。爲了關心家中的安全，我終於悄悄地僱了一隻舢舨偷偷地從鼓浪嶼出發，橫渡金帶河（即鼓浪嶼與嵩嶼間的海峽之別稱），沿海灘上溯，僞裝爲內港的漁戶，即在海滄港閑閑散散地登岸。繞過偏街僻巷，好容易抵達家門。輕敲偏門久之，山妻才下樓從門縫間窺探，看見是我，極度驚愕。我四顧無人，才急速奪門進去。

母親看我突地冒險歸來，悲喜交集，立即促我登樓暫避。妻則錯怪我以何必返家，眞是身入虎穴，自投羅網，又催我於夜間即速返廈門去。我一時心神無主，進退維谷。但是，既來之，只好稍安毋躁，靜觀其變，再作打算，橫豎棺材已抬上山，佛也送上西天了，此行雖險殆萬狀，身爲報人，既幸而到了戰區，如入寶山，那可垂橐而返？勢必得有戰區消息返廈門以饗吾報讀者。此心一橫，膽亦遂壯，一宿無話，明早好出門採訪新聞去。

× × ×

翌晨，我即化裝作村農模樣，到處閑逛。此次粵軍入閩南的總指揮是陳炯明的弟弟陳炯光，又湊合黃大偉及其他雜牌部衆－人數在三萬以上。街道上散兵游勇，觸目皆是。這一批丘八爺開到鎮上來，表演其唯一的絕技便是「屠狗」。他們屠狗的工夫眞是高明透頂：削鴨嘴尖形的短竹，繞以蔴繩，四處逡巡，路逢「沒角羊」，以繩突套其頭，拉緊提高，狗狺狺相向，立以尖竹刺其喉，遂爾不作汪汪叫，然後提歸，拔刺刀，剝皮，剖腹，剔去肚腸，斫作數段，馬上下鍋加藥物燉燖了。所以自粵軍入鎮，三天後鎮上晝夜，就不聞犬吠聲。

其次是排「番攤」。時當七月杪，龍眼纍纍上市，這一般丘八爺就沿街擺桌，以龍眼核大賭「番攤」，喝雉呼盧之聲四起，幾成市閧，金錢賭罷，繼之用首飾下注，金戒指、銀手鐲，連串成堆：這些都是這一批虎狼沿途按縣循鄉刦掠而來的賊贓。

我則東張西望，裝做若無其事地四下閑逛，對於粵軍在海澄一帶的駐紮地與數目及軍事動態，竭三日之力，已密查得梗概，不過尙無進攻廈門的野心；因爲濟師渡海倒不是一件容易事。又況廈門是個通商口岸，中外觀瞻所在，粵軍並不是個「交戰團體」，所以器小易盈，就也不作投鞭斷流想以招來外交上的麻煩了。

× × ×

戰區新聞已搜得不少，原想小住家中至於一星期才返社中，不意粵軍的耳目有靈，竟打聽到情報，說是有廈門閩軍的間諜潛入鎮中刺探軍情，準備反攻，非逐戶搜查不可。大兄最先得到這個消息，急忙從後門閃身進來，強迫著我必得立刻離開，以免累及一家安全。那時已是我潛入鎮中的第四天的下午了。母親聞訊，手忙脚亂，老淚縱橫落，妻則愁眉不展。到此際，我就安慰她們以憑我的經驗，軍隊搜捕間諜必於夜間，白天無事；待黃昏後離家好咯。

到了黃昏，我再打扮做村農模樣，由大兄帶路，沿海灘走了五里多路，穿過叢林，攀越危崖，趕到白石港時，已不辨西東。休息一下，以十枚銀幣僱得帆船一艘，待到三更向盡潮水將落，才順流悄悄地駛出港口。又不敢駛得太快，淡蕩容易，放乎中流，只用舵指引方向，到天亮才越過象鼻岬，向東朝鼓浪嶼進發。此際才脫離了粵軍的防地，自以爲此身已到安全區了。孰料在鼓浪嶼與廈門之間的麻煩與驚險，更有甚於粵軍的防區者。

× × ×

當船靠近鼓浪嶼港仔後海灘時，岸上突聞槍聲。就瞥見兩個「紅頭阿三」巡捕——擎著短長槍指我，迫令離開。我在船板上告以我是鼓島居民，且告以我的叔父的住址。阿三倆不由你分辯，高喊「退開」，否則必饗以衞生丸：因爲這是奉工部局長的命令的。事到無可奈何，只好撐退下來，轉向廈門方面駛去了。

當時廈門戒備得正嚴緊，外方來的船隻是難以入港的，榜人嚴戒我得蟄伏艙底，不可拋頭露面，而且不許我戴眼鏡兒。我只好「謹遵台命」，聽他指揮，仰臥船板上，屏息望天。船居然緩駛入港，將停在龍船宮前。誰知岸上駐軍又來一槍，子彈如野貓般叫地掠桅上而過。這時我已不耐煩了，半躺半坐地倚在船舷望沿岸的光景，但見軍警林立，渡頭上重輕的機關槍密佈，沿江的高樓架有小礮，堤上似乎有馬隊馳騎往來逡巡。榜人又喝我臥下不許動。

船既不能靠岸，難道再折回嗎？人急智生，我就吩咐榜人以此刻潮水正落，船可以順落潮任其自在地飄到廈門港，到過了沙坡尾一段，然後掉轉鷁首逆流入港；倘若水上巡船查詢，說是從金門來的便了。榜人有難色，說：「如果查到你，將如何解答？」我告以「警察廳長是我的朋友，我自會對付」。他才安心寫意地照辦了。這時我探頭望江岸，沙包堆成銅牆鐵壁，槍聲斷斷續續地四起；在戒嚴期間，子彈是無情的，萬一有事，那麼不死於粵軍之手，而死於閩軍槍下，那可就大不值得的了！想到這，我又急忙攢入艙底以策安全。

船終於停泊在一個偏僻的小渡頭。這裏無防兵，我以草笠掩面，跳上渡頭，一溜烟兒打從寮仔後趕到報社。這一趟海程，竟花了一整天的艱難苦悶的時間。入編輯部時，已近黃昏了。

× × ×

隔天，我便把那三天所得的戰區材料，整理一下，按日刊登報端。臧致平氏竟派參謀長來社中向我詳詢隔江的軍事實況。我乃私下告以廈門孤島似乎已守不住，最好是請總司令另圖出路，打成一個新的局面。到了奉軍楊化昭那一混成旅約七千多人從同安退到廈門來，臧氏終於會合奉軍渡海打開一條血路由閩北退入浙江去，而江浙的戰爭也就是以盧永祥收容此一路，閩奉軍隊爲導火線而打起來了。

槍口下的掙扎

已是半世紀前的往事了，到現在談起來還虎虎然有生氣。

還記得是在民國十二年間吧，那時閩粵戰事正酣。討賊軍、奉軍、浙軍結下三角同盟；而粵方的陳炯明正與直系吳佩孚勾結，呵成一氣，於是雙方對峙，烽火連天，就此閩粵一帶，迄無寧日。

那時候廈門漳州及同安這一帶，是閩軍臧致平的防地。臧氏自驅逐了李厚基之後，閩南一帶就劃在他的勢力圈之內。他又是受奉軍指揮的，所以也算是「三角同盟」中的一員。

當日西南大本營的軍事計劃，爲欲從速殲滅陳炯明的勢力，非從福建這一路以奇兵橫衝入東江是難以收犂庭掃穴之效的。於是乃令閩軍臧致平及討賊軍四十九師張幹之部隊由詔安方面向潮汕進攻，然後與在粵討賊軍許崇智部夾攻惠州。殊不知閩南這一路聯軍最後竟遭敗衂，而陳炯明部竟長驅入閩，一直進到廈門對岸海滄嵩嶼一帶。臧部則退守廈門孤島。

當閩粵戰事如火似荼之頃，我正在一家報社當總編輯。我有一位同鄉C君在討賊軍四十九師司令部任參謀之職。他每日從前敵拍來軍事電報，既迅速而又翔實。刊登之後，每晨報社前門限爲穿，市人各手一編，爭相先覩爲快。當時我不禁自鳴得意，沾沾自喜，因爲報社既獲得內部戰事新聞，眞是出色當行，駕各報之上，——實則全仗C君之力而始克有此的。

誰知暢不可太過，樂亦難以持久，經旬之後，太禍遂爾臨頭了。

× × ×

一夜，我正株守編輯部中靜待前線的戰訊，忽地電報局遞來一封急電，譯後，始知是報告「平和失守」的消息，平和距漳州百餘里，朝發夕至，漳州已勢難固守，則閩南大局且隨之而改觀。乃把它編排爲第一條新聞。自此道新聞發表之後，島上人心惶惶，不可終朝，我一時還不知道外邊已騷動到這步田地。

隔兩天，閩軍總司令臧致平從漳州匆匆地回到廈門來了。他一看到報上登載「平和失守」的消息，勃然大怒，立即下手令飭警察廳長郭紱昌派三十六名武裝警察到報社來抓我。提起這位郭廳長，先是署長，於廈門政變（即臧致平驅逐李厚基也）時節，曾溜到報社來躲了十天，事後才而陞任廳長的。他奉到手令，馬上打了電話來通知我「急跑！」我回問以何事，他急喊著「說跑就跑，要跑得快，慢就來不及！」我立即回他：「武裝警察慢些來，待我想辦法！」他即刻把聽筒掛下。

我既不知個中突來的玄虛，即刻打電話給一位姓石的，請他就備轎子到司令部去，也不能告訴他以什麼因由，——只能把郭廳長通知我的話轉告他。他也就答應我馬上就動身找臧總司令去。

武裝警察既不來抓人了，我就不必「跑」，只好靜坐編輯室中等待消息。半小時之後，石君從司令部通電話來，說是登載「平和失守」一則電訊。到此我才恍然大悟司令抓人的因由；他並且說臧總司令不抓人了，請我自己到司令部去投案。

現在我只好用電話託石君辦交涉；但石君只回我說：「軍法從事，罪應槍斃！」摸摸頭顱，撫撫胸膛，難道此身就如此完結了嗎？

事到如斯，惟有請石君來報社一行，商量善後辦法。

×　×　×

石君到報社來，愁眉不展，喟然嘆道：「不意我與臧總司令深交十年，如今碰到此事，眞覺無下箸處。如今他一定要請你去當面說個清楚，爲之奈何！我想還是我陪你去見他一面，未必就會發生什麼那個的。」

實偪處此，放鬆不得，我一時神志清醒過來，氣色也就剛強過來，就斷然地對石君說：「我此刻正處在刺刀之下，站在槍口之前，死死生生，原不計較，如有斡旋之餘地，還是從長計議。否則我絕不逃匿，或託庇於外力之下。我報道消息如果失實，甘受軍法裁判，死而無悔！但若以軍閥的暴力橫施於報社編輯身上，則身後是非，自有評定。請你把此意轉告總司令。我說出來的便是話，說完了便幹到底！」

石君於心有戚戚焉，乃在社中與臧氏通話，請他再想其次，——籌一個妥善辦法。但臧氏一定堅持要招我到司令部當面說過牙清齒白，才肯干休。我既不去，警察也不來抓人，就成對峙之局。

經石君周旋於報社與司令部之間，歷一星期，尙無頭緒。最後臧氏似乎因戰況緊迫，戎馬倥傯，軍書旁午，今又有此事糾纏，已覺不耐；我呢，只好能拖延一日，便算過了一日，也許事態能逐漸鬆懈下來。

一星期之後，石君突來社中，告我以總司令必欲澈查電訊之來源，便知漏洩此道消息的人到底是誰；並謂，報社而欲減輕言責，只要透露出這一著，也許可以通融，惟總編輯却是不能辭其咎的。

這一道官腔，打來便覺厲害了；一來要扒電訊的底子，二來明槍悶棍還是不折不扣地敲擊到我的身上的。事態已演進這步田地，最好是硬軟兼施。於是再託石君向總司令表白報社和我對此事的堅決態度。就是：一、報社既把這一電訊刊載出來了，必負全責，寧可關門，不能累及他人；這是嚴守報律及道德問題。二、本報完全是國人創辦，並不加入外籍，如果總司令要摧殘自家的輿論機關，則「子安則爲之」。三、本人犧牲了不足惜，今天被槍斃，明天全國的報紙一定刊載這麼一條「閩軍總司令臧致平槍斃某報總編輯」的消息，則本人雖死猶生，而總司令的罪名是不可逭的。又況閩軍眼前的根據地只有廈門孤島及周圍一帶地區，又將何以安定人心？四、當刊登「平和失守」的電訊之日，本人不在社中，由另一位編輯代理；且本人一定不推卸責任，義無反顧。此中尚情有可原之處，似宜斟酌處理。

這一礮開過去，竟把官腔轟回了。於是臧氏就交由石君帶來一個通融的辦法，說是：報社應把總編輯開除；並附來一道臧氏代擬就的報社啓事的稿子。

我看到這事往來交涉的效果，已到了六分光的地步，就索性拒絕送來的稿子不登，並告以報社從未有開除總編輯的創舉惡例，而且自家的啓事自家有主張，也不必勞動他人越俎代庖。我就順便擬了一道啓事託石君帶司令部交臧氏一閱。那啓事是這樣的：

「本編輯×××君自即日起已辭去社中職務，逕返上海原籍此啓」

石君去後一小時許即通來電話，說是總司令已同意，即照原擬刊登。

一場軒然大波，到此才告結束，却已費去半月工夫去。寫到此，我不禁深深地感激石君當日的高情厚德：因爲他爲了此事辛苦勞瘁至於廢寢忘餐的。

× × ×

事後，石君再到社中悄然地對我說：「總司令說這次你却佔了不少的便宜：因爲他經過了細心調查，刋登那則電訊時你確實在報社並未他往。那則電訊是實情，但却不能率爾刋布出來。」我就問石君以該得何罪？他說：「司令部軍法處擬定的罪狀是：漏洩軍機，擾亂後方。」我不禁笑著說：「在軍事時期而犯了這八字的罪名，確是槍斃了尚有餘辜的。」老實說，我不該刋布那則消息，因爲影響後方的人心極大，這是我少年輕率不經事所招致的；惟事態已弄僵了，我可又不能不硬著頭皮出來掙扎一下。好在拼得過面，深仗了石君的力量才脫險。事後思量，死裏逃生，恍如一夢。

一個月之後，臧總司令派了一位副官長姓王的來找我，一定要約我到司令部和他見面一下。我暗中打算，在動亂期間，「司令部請客」原不是好事，末了只好婉辭謝却。王副官長又來一次，說是臧氏眞實意要交歡於我，請我向京滬各大報替他宣傳德政，每個月且有數百元的個人津貼費。到此我才明明白白地對王副官長說：「請你轉達總司令，閩軍的防地只剩了廈門孤島及附近的地區，只要軍事民政幹得好，我們的報上自然而然地會說他的好話；如果做得不好，那就愛莫能助了。再則爲我轉達總司令，謝他不殺之恩，本人既廁身報界，倒也不是槍口刀尖所能轉移意志及金錢所能收買的。今後總司令在廈門之日恐怕甚短，在此短促期間，我將執筆以待，看看總司令有什麼德政施之於數十萬閩南民衆之前的。」

以上算是大風浪過後的一段餘波。

× × ×

當此事發生之日，親友們都勸我早日避開免得橫罹殺身之禍；至於同業則竟噤若寒蟬，坐觀其變，——間且有幸災樂禍的；痛定思痛，此亦其一。臧致平氏能不甚堅持，而把大事化爲無事，石君斡旋之力固不可泯，然臧氏到底尚非剛愎橫暴的小軍閥，在此可又不能不補載一筆以存公道。惟因少年輕率沒經驗的過失所招來的禍患，也已夠我消受了！

1249 南溟清話

李良榮氏兩三事

「身長不滿五尺，而心雄萬夫」——我們可以借用這兩句話來形容閩省新主席李良榮氏。一個人到飛黃騰達之日，——不！可以說是身膺重寄之秋，歌功頌德者有人，臨風頷手者有人，但我不說其他，只記得他當年兩三事當談佐吧了。

※　※　※

李氏當身任四九師補充營營長之日，駐紮安海。有一次，來厦門鼓浪嶼探訪他的親戚。入門時，我看見一位短小精悍的陌生人，穿了一件灰色布衫，手提小籐篋，足登舊皮鞋，其底之厚約一寸半高，——已是貨郎担頭一補一綴的「破物一件」了。我從他的頭俯視到脚，又從脚逆溯而看到頭，簡直是一位內地的教書匠或傳道師。我以為他是要來募捐的，就搶上前去問個究竟，並請敎他的「貴姓」「台甫」。他恭謙地道出眞姓名來，並說是要找某某丈去。

事後我就怪他怎不帶一名護兵跟伴，又為甚不掛起「三皮」——即皮篋，皮鞭，皮綁腿也——出門，他的「丈」却聲言李氏本來就便裝簡從的。

※　※　※

李氏的夫人佩蓮女士原在鼓浪嶼敎會女中讀書，李氏曾數次到校中去探訪過。有一次，他到校中去了，在敎會女校對於男女的界限防範得頗嚴。當他入校門時，大家報以奇異的神色，那時我恰閑着沒課，正碰到他登台階了，一看見他的身材，就猛想到當年到家門的那位短小精悍的內地傳敎士，但衣裳楚楚，却整齊得多多了。我知道他的來意，就請他到會客室中小憩去。他，趦趄囁嚅地說是要找「佩蓮」，我只好到課室中叫佩蓮出來送給他了。彷彿是傳遞一件小包給她，倒也不必深究，事後，佩蓮還對我聲明那位來找她的是她的哥哥，我點頭微笑，催她快上課去，她似乎明白了我知道他倆的關係，紅着臉兒溜走了。

※ ※ ※

有一次，李氏從廈門搭小輪到安海去，他仍舊是表演其穿灰布衫提小籐篋的作風，輪伙一定強迫他打票，他追到不得已時才老老實實地招說他是「營長×××」，輪伙不相信，說是不像營長，怕是冒牌，更非打票不可了，李氏窘促得沒法，只好照付，到了安海，進入營部，才越想越不甘願，就叫兩個護兵到江濱登輪去扭那個收票的輪伙來，護兵不知就裏，就遵令把那個輪伙抓來了，李氏夷然地對那個輪伙說：「我的船錢已照付了，你硬指我是冒牌營長，這一層可就令我難過，帶你來不爲別的，只是讓你知道我這個營長不是假的吧了。」說完，就揮他出去，輪夥不禁揑了一把汗，抱頭鼠竄地回來了。

同文書庫·廈門文獻系列

第一輯

壹　小蘭雪堂詩集
貳　固哉叟詩集　寄傲山房詩鈔
叁　紅蘭館詩鈔
肆　寄傲山館詞稿　壺天吟
伍　林菽莊先生詩稿
陸　夢梅花館詩鈔
柒　寶瓠齋襍稿（外三種）
捌　甲子雜詩合刊　菲島雜詩　海外集
玖　稚華詩稿
拾　同聲集

第二輯

壹　賦月山房尺牘
貳　禾山詩鈔
叁　揮麈拾遺
肆　頑石山房筆記　紫燕金魚室筆記
伍　臥雲樓筆記
陸　止園詩集　鐵菴詩存
柒　陳丹初先生遺稿（外一種）
捌　繡鐵盦叢集　繡鐵盦聯話
玖　二菴手札
拾　虛白樓詩

同文書庫·厦門文獻系列

第三輯

壹　椽筆樓初集
貳　吳瑞甫家書（外一種）
叁　菽園贅談
肆　臥雲樓雜著
伍　曠劫集
陸　紅葉草堂筆記　感舊錄
柒　松柏長青館詩
捌　海天吟社詩存　鷺江乙組梅社吟草
玖　菽莊叢刻（外二種）
拾　近代七言絕句初續集